デュ・モーリア傑作集

ダフネ・デュ・モーリア

島から一歩も出ることなく，判で押したような平穏な毎日を送る人々を突然襲った狂乱の嵐「東風」。海辺で発見された謎の手記に記された，異常な愛の物語「人形」。上流階級の人々が通う教会の牧師の徹底した俗物ぶりを描いた「いざ，父なる神に」「天使ら，大天使らとともに」。独善的で被害妄想の女の半生を独白形式で綴る「笠貝」など，短編14編を収録。平凡な人々の心に潜む狂気を白日の下にさらし，人間の秘めた暗部を情け容赦なく目の前に突きつける。『レベッカ』『鳥』で知られるサスペンスの名手，デュ・モーリアの幻の初期短編傑作集。

人　形

デュ・モーリア傑作集

ダフネ・デュ・モーリア
務　台　夏　子　訳

創元推理文庫

THE DOLL AND OTHER STORIES

and ANGELS AND ARCHANGELS

by

Daphne du Maurier

目次

人形

デュ・モーリア傑作集

東風

シリー諸島の百マイルほど西、主要航路から遠く離れたところに、岩だらけの小島、セント・ヒルダ島はある。わずか数マイル四方のそれは、ごつごつした不毛の地であり、ぎざぎざの巨大な断崖は急降下して海中深く没している。港は小さな入り江にすぎず、港口は岩に切り開かれた黒い穴のようだ。荒涼たる姿も壮麗に、その島、怪しい歪《いびつ》な岩山は、海からぬっと突き出して、灰色の顔を東西南北にさらしていた。それは、大荒れの瞬間に、大西洋の深部から放出されてそこに定着し、片意地な一片の陸地として永遠に海の怒りに耐えることになったのかもしれない。一世紀前まで、島の存在を知る者はほとんどなく、水平線上の黒いシルエットを見た多くの船乗りは、その島を歩哨さながら海原にぽつんと立つただの岩だと思ったものだ。

セント・ヒルダ島の人口は七十人を超えたことがない。島民は、シリー諸島やヘブリディーズ諸島から移住してきた最初の入植者たちの子孫だ。かつて彼らの生活の手段は、漁と耕作だけだった。近年、近海汽船の月一度の寄港と無線電信局の設置により、環境は大きく変わった。しかし前世紀のなかごろには、ときとして本土との連絡のないまま、何年もの月日が過ぎることもあり、島民は近親婚の必然的結果として、無口で覇気のない人々になり果てていた。当時は本も新聞もなかった。最初の入植者たちが建てた小さな教会さえ、使われなくなっていた。年々歳々、生活に変化はなく、新しい顔や新鮮な考えが日々の単調さを打ち破ることもない。ときおり水平線上に船の帆のかすかなきらめきが見られ、島民は驚異の目でそれを凝視するのだが、やがてその帆もゆっくりと海の果ての点となり、未知の船は忘却の彼方に消え去るのだった。

彼ら、セント・ヒルダの民は、温和な人々だった。島の岸辺に打ち寄せる波と同じく変化に乏しい、静かで平穏な生活を送るべく生まれついていた。島の外の世界のことなど何ひとつ知らず、誕生と死と四季の変化より重大な事件は見たことがなかった。彼らの暮らしが激しい感情、激しい悲しみに揺さぶられることはなく、彼らの欲望は一度も燃えあがらずに魂のなかに囚われたままだった。彼らは手さぐりで暗闇を進むことに満足し、その闇の外にあるものは決して求めず、子供のように盲目的に幸せに生きていた。心の奥の何かが、無知にこそ安全があるのだ、と彼らに告げていた。熱狂とも勝利感とも無縁だが、平和で静かな幸福がそこに。彼らは地面に目を据えて歩いた。決して船が来ない海を眺めるのにも、ほとんど変化のない空を見あげるのにも、飽き飽きしていたのだ。

夏が過ぎ、冬が過ぎ、子供らは成長して男や女になった。それ以上は何事もなかった。はるか彼方には見知らぬ人々の住む別の陸地がある。そこでの人生は過酷で、男たちは暮らしを立てるために苦闘せねばならないという。ときおり島民の誰かが本土をめざし、外界の話を持ち帰ると約束して出航した。おそらく彼らは溺れるか、どこかの船に拾われるかしたのだろう。真相は誰にもわからない。なぜなら彼らはそれっきりもどらなかったからだ。島を出た者は誰ひとり帰ってこない。ごく稀にセント・ヒルダを訪れる船も、来るのは一度限りで、二度とそこを通らないのだ。

まるでそんな場所は存在しないかのよう――この島がただの夢、船乗りの脳の生み出す幻であるかのようだった。現実に対する挑戦として、真夜中に海中から浮上し、やがて寄せ波と霧のなかで消え失せ、忘れ去られるもの。何年も後に半ば無意識に思い出され、混乱の一瞬、ぼんやりした像となって霞《かすみ》のかかった脳のなかでちらつくもの。しかしセント・ヒルダの島民にとっては、この島が現実であり、行き来する船のほうこそ幻なのだった。

存在するのは島だけだ。その外には、とらえどころのないもの、漠たるものが広がっている。真実は、焼かれた岩、土の感触、崖に打ち寄せる波の音にある。慎ましい漁民たちはそう信じており、日中は網を打ち、宵《よい》には港の岸壁で雑談し、海の向こうの陸地のことなど考えもしなかった。男たちは夜明けとともに漁に出、網が一杯になると島にもどり、畑につづく急な坂道をのぼっていって、辛抱強く黙々と土を耕した。

一群のコテージは海辺に密集していた。部屋はたいていふたつまでで、そのなかに家族全員が収まっていた。女たちはそこで、火に向かって背を丸め、料理をし、男たちの衣類を繕い、夜明けから日暮れまで穏やかに談笑した。

一軒のコテージだけが他から離れて立ち、高い崖の上から入り江を見おろしていた。今日《こんにち》、残っているのはその敷地のみで、コテージの跡には醜い無線局が立っている。しかし六十年前、それは島の漁労長の家だった。ガスリーはそこで、妻のジェインと子供のように暮らしていた。お互いに満足し、欲望など顧みず、悩みとはどんなものかも知らずに。

黄昏《たそがれ》時、ガスリーは崖に立ち、海を見つめた。下の港では、夜を前に漁船が繋がれ、揺れていた。男たちは港の岸壁の上で雑談しており、彼らの声が子供らの喚声と入り混じって聞こえてくる。小さな波止場は波飛沫《なみしぶき》と血と死んだ魚の鱗《うろこ》ですべりやすくなっていた。家々の煙突からは煙が渦を巻いて立ちのぼり、その細く青い円柱がくねくね宙をのたくっている。ガスリーのコテージからジェインが現れ、両手を額にかざして彼をさがした。「降りてらっしゃい！」彼女が叫んだ。「夕飯は一時間前からできてるのよ。きっともうおいしくなくなってるわね」ガスリーは手を振って応えると、向きを変えながら、最後にもう一度、水平線に目をやった。空は白いちぎれ雲で斑《まだら》になっていた。海も日中のねっとりしたなめらかさとは打って変わって、低くうねりながら港を走り過ぎていく。すでに、東の港口では波が岩に打ち寄せていた。かすかな唸りが耳に届いた。海が威力を増しているのだ。冷たい風が髪をなぶる。彼は丘を駆けおりていき、岸壁のそばに立っていた漁民たちに叫んだ。

「東風が吹きだした。ほら、あの鱗みたいな空。それに、岩に打ち寄せる大波。真夜中までに頭が吹っ飛ぶような大風が来るぞ。海も悪魔みたいに荒れ狂うだろう。船に注意しろよ」

港は風から護られているが、各漁船は万が一にも流されることのないよう、船首、船尾ともしっかりと繋がれた。

すべての安全を確認したあと、ガスリーは小道をのぼって、崖の上のコテージにもどった。彼は無言で夕飯を食べた。気が高ぶって落ち着かなかった。コテージの静けさが息苦しく感じられた。漁網の穴をかがって時間をつぶそうとしたが、作業に集中することはできなかった。網が手からすべり落ちた。彼は頭をめぐらせ、耳をすませた。夜の闇で叫び声があがったような気がしたのだ。しかし何もなかった。聞こえるのは、風の低い唸り、そして、岩に砕ける波の音ばかりだ。彼は吐息を漏らし、暖炉の火に見入った。不可解な胸騒ぎに心は重くなっていた。

寝室では、窓に顔を寄せ、ひざまずいたジェインが、海の音に耳をすませていた。心臓が妙に動悸を打ち、両の手は震えていた。こっそりコテージを抜け出して、風の本当の力が感じられる崖に駆け出ていきたかった。風は彼女の胸を殴りつけ、髪をうしろへなびかせるだろう。耳のなかにその歌声が聞こえ、波飛沫の塩は香り、唇や目をひりつかせるだろう。彼女は切望に駆られた。風とともに笑い、海とともに叫び、両手を大きく広げたい。そして、自分を包みこむ黒いマントのような何かにとらえられたい。それは、彼女が草深い淋しい崖を離れ、遠くさまよっていくのを、止めてくれるだろう。彼女は早く夜が明けるよう祈った。いつものように穏やかにではなく、熱く激しく。太陽が野を焼き、風が白波を立て、破壊をもたらすように。彼女は裸足に湿った砂を感じつつ、浜に立って待つだろう。

部屋の外で足音がし、彼女は小さく身を震わせて、窓から振り返った。それはガスリーだった。彼は厳粛な顔で彼女を見つめ、風の音を閉め出すよう命じた。ふたりは静かに服を脱ぎ、無言のまま狭いベッドに並んで横たわった。ガスリーは妻の体のぬくもりを感じたが、その心はよそにあった。彼の思いは、妻のかたわらに囚われた肉体を離れ、夜の奥へと飛んでいった。ジェインは彼が行ってしまうのを感じたが、気にはならなかった。彼女は夫の冷たい手を押しやって、彼には入ってこられない、自分自身の夢に埋没した。

こうして彼らは互いの腕のなかにいながら、別々に眠った。とうの昔に魂が消滅し、忘れ去られた、墓のなかの死者たちのように。

ふたりが目覚めたときは、すでに夜が明けていた。太陽が蒼穹《そうきゅう》からまぶしく照りつけ、地表を焦がしている。港の外では、巨大な波が泡を立て、崖にぶつかり、岩を洗っていた。そして、そのあいだもずっと、東風は吹きつづけ、草を揺らし、熱い白砂をまき散らし、島に解き放たれた悪鬼さながら、白い霧と蒼い波を切り裂いて勝利の道を突き進んでいた。

ガスリーは窓辺に行って、外を眺めた。その口から叫び声が漏れた。自分の目が信じられず、彼はコテージを飛び出した。ジェインも彼のあとにつづいた。他のコテージの人々もすでに起き出しており、驚きに両手を振りあげ、突っ立って港を眺めていた。彼らの興奮した声であたりはざわついているが、それも風の音にまぎれ、はっきりとは聞き分けられない。そして港には、小さな漁船の一群を巨大な円材で圧倒し、帆桁に広げた帆を朝日にさらして乾かしつつ、ブリッグ型帆船が一隻、錨を下ろし、風と潮に揺れていた。

ガスリーは漁師の群れに囲まれ、波止場に立っていた。セント・ヒルダの全島民が、帆船の異人たちを歓迎するため、そこに集まっていた。その連中、海の向こうから来た水夫らは、アーモンド形の細い目と笑うと輝く白い歯を持つ、背の高い、色の黒い男たちだった。彼らは言葉もちがった。ガスリーと仲間たちは彼らにあれこれ質問した。一方、女や子供は彼らを取り囲んで、ぽかんと口を開け、穴のあくほどその顔を見つめ、おずおずと服に触ってみたりしていた。

「よくもまあ港の入口がわかったもんだな」ガスリーは叫んだ。「風と波が一緒になって、襲ってきてるってのに。きっと悪魔のやつがあんたらをここに送りこんだんだね」

水夫らは笑って首を振った。ガスリーが何を言っているのか、わからないのだ。彼らの視線が、ガスリーと漁師らを通り過ぎ、女たちのほうへさまよっていく。彼らはほほえみ、いいものを見つけたと喜んで、仲間同士、何か言い合った。

そのあいだもずっと、太陽はぎらぎらと頭上に照りつけており、東風は吹きつづけ、地獄からの息吹さながら空気を焼いていた。その日は誰も漁に出なかった。巨大な山のような波が轟音《ごうおん》を轟《とどろ》かせ、つぎつぎと港口を通り過ぎていき、漁船はどれも停泊したまま、異国のブリッグ船の脇でちっぽけな姿をさらしていた。

何か狂気じみたものが、セント・ヒルダの島民を襲ったようだった。漁網はコテージの戸口のそばに繕《つくろ》いもせず捨て置かれ、村の上の丘では、畑や花が放置された。大事なのは、あの帆船の水夫たちだけだった。島民はブリッグ船によじのぼり、船内を隅なく探検し、わくわくしながら興味津々で異人たちの服に触った。水夫らは島民を笑い、私物箱のなかをさがして男たちにタバコを与え、女たちには派手なスカーフや色とりどりのネッカチーフを贈った。ガスリーは水夫らを崖に案内した。彼はタバコをくわえ、少年のようにちょっと粋がって歩いていた。

漁師らはコテージの戸を大きく開け放ち、互いのもてなしぶりをやっかみ、それぞれが一番の歓迎を表そうとした。水夫らはたちまち島の探検を終えた。ここを何もない不毛の地とみなし、少しも興味を覚えずに。彼らは浜に降りていき、波止場で何組かに分かれ、天候の変化を期待しつつ、あくびをし、のらくら過ごした。みんな退屈しきっていた。

東風はなおも吹きつづけ、砂をまき散らし、土を埃に変えた。太陽は雲ひとつない空からぎらぎらと照りつけ、大波は泡立ち、蒼くうねり、生き物のようにのたうちながら、海岸を走り過ぎていく。太陽はすじ雲と強風のなか、オレンジ色の光線で天を指しつつ沈んだ。夜が来た。活気に満ちた、暖かな夜が。空気そのものが浮き立っていた。水夫らは村の端で廃墟となった教会を見つけ、船からタバコとブランデーを取ってきてそこに夜営した。

　水夫らのあいだに序列はないようだった。彼らには規律がなく、従うべきルールもなかった。船の番に残ったのは二名だけだった。漁民らは水夫らの振る舞いになんの疑問も抱かなかった。島に彼らがいることがとにかくすばらしく、めずらしいので、それ以外のことはどうでもよかったのだ。彼らは教会の水夫らに加わり、生まれて初めてブランデーを飲んだ。喚声と歌声が夜に響き渡った。平和を破られ、誘惑にぐらつき、未知の欲望を注ぎこまれて、島はいまや新たな場所となっていた。ガスリーは仲間たちのなかに立ち、頬を赤くし、いつも冷静な目を明るく愚かしく輝かせていた。彼はグラスを手に持ち、ブランデーをぐいぐいと飲んだ。水夫らとともに意味もなくげらげらと笑った。言葉がわからない？　それがどうした？　目の前で明かりが揺れ、足もとの地面が傾く。まるで初めて生きているような気がした。風は叫ぶ。海は轟き、咆哮する。いま、世界が彼を呼んでいる。島の彼方には、他の国々、この水夫らの故郷がある。そこに行けば、人生に、美に、驚異に満ちた冒険に出会えるだろう。背中を丸め、不毛の土を耕すことももうないだろう。水夫らの歌が耳のなかでこだまし、タバコの煙が目を霞《かす》ませる。ブランデーが血管を流れる血と混ざり合うようだ。

　女たちは水夫らと踊った。誰かが手風琴《コンサーテーナ》を見つけてきた。それに、三弦のバイオリンも。

突然、イカレた曲が始まった。女たちはそれまでダンスをしたことがなかった。彼女らはくるくると舞い、そのあとを追ってペティコートが飛んでいく。水夫らは笑い、歌い、床を踏み鳴らして拍子をとった。漁師らは酔っ払い、いい気分になり、時を忘れて、ぼんやりと壁に寄りかかっていた。水夫のひとりがジェインのほうにやって来て、ほほえみかけ、腕を取った。彼女は水夫と踊った。頬を染め、高揚し、なんとか喜んでもらおうと。音楽がどんどん速くなり、部屋を駆けめぐるふたりの足もどんどん速くなっていった。ウエストを抱く男の腕に力が加わり、彼女はその体の温かさを強く意識した。頬に男の息がかかっている。顔を上げると、彼の目がそこにあった。それは彼女の目をじっとのぞきこみ、裸の彼女を見ていた。男は舌で唇を湿らせた。互いの胸の内を読みとり、ふたりはほほえみあった。冷たい手が肌に触れたかのように、甘美な震えが体を駆け抜けた。脚の力が抜けるのがわかった。彼女は欲望を意識し、目を伏せた。そして初めてうしろめたくなり、ガスリーは気づいただろうかと振り返った。

東風が教会に吹きつけて屋根を揺らし、波が海岸で砕け、轟音を轟かせた。

翌日もまた酷暑の一日だった。

風の力は衰えず、海の猛威も収まらなかった。ブリッグ船は相変わらず係留されたまま、漁船に囲まれ揺れていた。漁師らは水夫らとともに岸壁に寄りかかり、何も考えず、無気力に、風を呪いながら、酒を飲み、タバコを吸った。女たちは料理を怠け、繕いものを怠《おこた》った。彼女らは新しいスカーフを肩にかけ、真紅のネッカチーフを頭に巻いて、コテージの戸口に立ち、子供たちにいらだちながら、落ち着きなく、誰かの笑顔を待っていた。

そうして一日が過ぎ、また夜が来て、さらに一日が過ぎた。太陽は輝き、海は荒れ狂い、風は吹きつづけた。誰も漁に出ず、誰も畑に行かなかった。島には日陰がまったくないようだった。草は茶色くしなび、木の葉は干からびて、数少ない樹木から力なく垂れ下がっていた。ふたたび夜になったが、風はまだやまなかった。ガスリーはコテージで、空っぽの頭を両手にかかえてすわっていた。気分が悪く、まるで老人のように疲れていた。耳の奥で叫ぶ風の音と目を焦がす太陽の熱を防ぐ手段は、ひとつしかない。彼はよろよろとコテージを出て、丘を下り、教会に行った。そこでは、水夫や漁師が口からブランデーを垂れ流し、重なり合って床に転がっていた。彼はそのなかに飛びこみ、貪欲に分別なく飲みまくり、酒に浸り、風と波のことを忘れた。

ジェインはコテージを出てドアを閉め、崖に駆け出ていった。くるぶしが深い草にうずもれ、風が髪をかき乱す。それは耳の奥で歌い、勝鬨《かちどき》をあげた。眼下では海が岩へと躍りかかっており、波飛沫がぱらぱらと崖の上に飛んでくる。ジェインにはわかっていた。待っていれば、きっとあの男が教会からやって来る。一日じゅう、彼の目は彼女を追いかけていた。ガスリーはいい港の岸壁のそばで水夫らのなかを歩き回る彼女を。他のことはどうでもいい。ガスリーはいま、酔って眠りこみ、忘れ去られている。だがここ、この崖では、星空が彼女を照らし、東風が吹いていた。木立の向こうから黒い影が現れた。一瞬、彼女は怖くなった。だが、ほんの一瞬だ。

「誰なの？」彼女は言ったが、その声は風にさらわれた。

水夫が近づいてきた。彼は慣れた様子で手早く彼女の服を脱がせた。彼女は両手で顔を覆い隠した。彼は笑って、彼女の髪に唇を埋めた。そのあと彼女は両手を広げて待った。素裸で、恥じらいもせず、白い亡霊のように、風に打たれ、なぶられながら。下の教会では、男たちがわめき、歌っていた。酔っておかしくなり、彼らは仲間内で喧嘩を始めた。漁師のひとりが自分の弟にナイフを投げつけ、壁に串刺しにした。やられたほうは苦痛の叫びをあげ、毒蛇さながらに身をくねらせた。

ガスリーが立ちあがった。「いい加減にしろ、犬どもめ！」彼はどなった。「おとなしく飲んで、まわりのやつらを眠らせといてやれんのか？　おまえらはいつもこうやって風の変わるのを待つのかね？」

野次と嘲笑《ちょうしょう》に彼の声はかき消された。男のひとりが震える手で彼を指さした。「そうとも、仲よくしないとなあ、このトンマ野郎。おまえの女房はまさにいま、おまえのベッドでよその男と寝てるんだぞ。島にもじきに新しい血が入ってくるんじゃないかね」いくつもの声がそこに加わり、笑っている。彼らはガスリーを指さした。「そうとも、ガスリー、女房に気をつけな！」

　ガスリーは怒声を発して男たちに飛びかかり、彼らの顔を殴りつけた。しかし相手の数が多すぎた。男たちは彼を教会の外へ、ごつごつした波止場へと放り出した。彼はしばらく呆然とそこに横たわっていた。それから、犬のようにぶるんと身を震わせて、立ちあがった。そうか、ジェインは売女なのか。おれを騙していたのか。彼は妻の体、すらりとした白い肢体を思い出した。憎悪や欲望と一緒になって、狂気の霞が襲ってきた。彼は暗闇のなかよろよろと丘をのぼっていき、コテージにたどり着いた。どの窓にも明かりはなかった。部屋はどれも空っぽだった。

「ジェイン」彼は叫んだ。「ジェイン、どこに隠れてる？　間男のごろつき野郎はどこなんだ？」返事はない。激しい怒りに嗚咽《おえつ》しながら、ガスリーは壁から斧をひったくった。薪割りに使う扱いにくい大きな道具を。「ジェイン」彼はもう一度叫んだ。「出てこないか」

　コテージの壁を揺らす風に対し、その声は無力だった。彼はドアのそばにうずくまり、両手に斧を握り締めて待った。数時間が過ぎた。彼はぼんやりとすわって、妻の帰りを待っていた。夜明け前に、彼女は帰ってきた。青ざめ、震えながら、道に迷った者のように。ガスリーは小径を歩いてくるその足音を耳にした。彼女に踏まれ、小枝が一本ポキンと折れた。斧が上がった。

「ガスリー」ジェインは叫んだ。「ガスリー、やめて、やめて」彼女は両手を広げ、哀願したが、彼はその手を押しのけ、斧を頭に振りおろし、彼女をたたきつぶし、頭蓋骨を打ち砕いた。ねじ曲がり、誰かもわからぬ、おぞましい姿になって、彼女は地面に倒れた。ガスリーは荒い息をしながら、かがみこんで、妻の体を見つめた。目の前で血が流れていた。彼はジェインの横にすわった。意識が朦朧《もうろう》としており、心は虚ろだった。妻の胸に頭をあずけ、彼は酔余の眠りに落ちた。

しらふになり、正気にもどって、目覚めたとき、ガスリーは足もとの死体に気づいた。わけがわからず、彼はぞっとして死体を見つめた。斧はまだ床の上にあった。吐き気と恐怖に襲われ、動くことができず、彼は呆然とすわっていた。それから、いつも聞こえる音を聞こうとするように、耳をすませた。あたりはしんとしていた。何かが変わっている。風だ。風の音がもうしない。

彼はよろよろと立ちあがり、島を眺め渡した。空気は冷たかった。彼が眠っているあいだに雨が降っていた。南西から涼しいそよ風が間断なく吹いている。海は灰色で穏やかだった。はるか遠い水平線上には黒い点があり、空を背に白い帆をくっきり浮かびあがらせていた。ブリッグ船は朝潮とともに去ったのだ。

人形

序

以下の書付けは、塩水に濡れそぼって変色した、ぼろぼろの札入れから見つかったものである。札入れは、××湾の岩の割れ目に押しこまれていた。

持ち主の行方は知れず、入念に調査を行ったにもかかわらず、それが何者なのかはわからなかった。その哀れな男は札入れを隠したあと、近くで身を投げ、遺体は海の藻屑《もくず》と消えたのだろう。あるいは、彼はまだ世界のどこかをさまよい、自分自身と自らの悲劇を忘れようとしているのかもしれない。

風雨にさらされていたため、ページの何枚かは損傷がひどく、まったく判読できない。したがって、物語にはたくさんの空白部がある。また、多くの部分は脈絡がないように思え、終わりかたも唐突であっけない。

解読できない箇所については、文中に六つ、点を挿入した。この荒唐無稽《こうとうむけい》な物語は真実なのか、それとも、すべて病める精神の異常な昂りの産物にすぎないのか、われわれは永遠に知りえないだろう。わたしがこれを出版するのは、ただ、わたしの発見に興味を抱いた多くの友人たちの強い要望に応えるためにすぎない。

南イングランド
××湾
ドクター・E・ストロングマン

人間は自分が正気を失ったのがわかるものなのだろうか。僕はそれが知りたい。ときどき脳がもたず、ばらばらになりそうな気がする。それは、大きすぎる恐怖、深すぎる絶望で、満杯になっている。

それに、誰もいない。これまでこんなにも孤独だったことはない。これを書くことがなぜ救いになるのだろう？……脳の毒を吐き出せ。

なぜなら僕は毒に侵されているのだから。眠ることができない。目を閉じることが。閉じれば必ず忌まわしいあいつの顔が見える……

あれが夢だったらと思う。笑い飛ばせるもの、爛《ただ》れた空想だったらと。

本当に笑える。誰だって笑うだろう。腹が破れ、舌が裂けるほど。みんなで笑おう。目から血が出るまで。どうぞおもしろがってくれ。そんなことより、苦痛なのは、この空虚感だ。自分の内部で何もかもが崩壊しつつあることだ。

何か感じられたなら、僕は彼女を地の果てまで追いかけたろう。やめてと懇願されようが、嫌われようが関係ない。男に愛されるとはどういうことか、彼女に教えただろう。そう、男にだ。僕はやつの穢《けが》れた醜悪な体を窓から放り出したろう。やつが永遠に消え失せるのを見つめ、やつの真っ赤な口が歪むのを……

僕を満たしていたのは激情だ。理性で考えることはまったくできなかった。

きっと彼女は僕のもとに来た――そう言うとき、僕は自らを欺《あざむ》いている。僕が彼女を追わなかったのは、望みがないと知っていたからだ。彼女は僕を愛しはしなかったろう。どんな男も決して愛しはしないだろう。

ときには完全に冷静に考えられることもあり、僕は彼女を哀れに思う。彼女は多くを逃している。あまりにも多くを。そして誰も真実を知ることはないのだ。僕と知り合う前、彼女の人生はどんなものだったのだろう？　いまはどんなものなのだろうか？

レベッカ――レベッカ、あの浅黒い真剣な顔、聖人を思わせる狂信的な大きな目、象牙《ぞうげ》のような尖った白い歯の潜む小さな口、そして、黒く輝き、荒れ狂う、手に負えない髪の光輪――そう、あれ以上、美しい人はいまだかつていなかった。誰がきみの心を見抜くだろう？誰がきみの考えを見抜くだろうか？

熱く、抑制が強く、魂がない。あんなことをしたのだから、魂などないはずだ。きみには破壊的な寡黙さがある。炎の潜伏を示唆する強力な自制心が。そう、消すことのできない燃える炎だ。夢のなかで、僕はきみにあらゆることをしたんじゃないかな、レベッカ。

きみはすべての男に破滅をもたらす。輝きはするが、自らを燃やすことのない火花、他の炎を煽《あお》る炎。

僕はきみのなかの何を愛したのだろう？　きみの無関心と、その無関心の表面下で誘いかけるもの以外の何を？

僕はきみを愛しすぎるほど愛し、求めすぎるほど求め、きみに対して大きな優しさを抱いた。いまこのすべてが、僕の心のよじれた根、脳のなかの危険な毒と化している。きみは僕を狂わせた。一種の恐怖を僕に注ぎこんだ。愛によく似た破壊的な憎しみ、吐き気をもたらす飢餓感を。ほんのひととき、頭が冴え、冷静になれたら――ほんのひとときでも……

計画を立てたい。日を追って順々に起きたことを並べたい。

最初はオルガのスタジオだったと思う。外は雨だったことを覚えている。その雫は窓ガラスに汚いすじをつけていた。室内は満杯で、大勢の人がピアノのそばで談笑していた。ヴォルキもそこにいて、みんなが彼に歌をせがんでおり、オルガは甲高く笑っていた。

僕は前からあのきんきんした笑い声が大嫌いだった。きみは――レベッカは暖炉のそばのスツールにすわっていた。

左右の脚をからみあわせたその姿は、小妖精《エルフ》のよう、少年のようだった。

彼女はこちらに背を向けており、頭にはおかしな毛皮の縁なし帽をちょこんと載せていた。僕はその格好をおもしろいと思って、彼女の顔が見たくなった。そこでオルガに声をかけ、紹介をたのんだ。

「レベッカ」オルガは言った。「レベッカ、顔を見せて」……さっと帽子を取り、彼女が振り返った。髪は勢いよく八方に広がり、目は大きく見開かれていた――そして彼女は唇を軽く嚙み、ためらいがちに僕にほほえみかけた。

僕は彼女のそばの床にすわって、しゃべりまくった。内容はどうでもいい。もちろん、つまらないこと、無意味なことばかりだ。彼女は息をひそめ、熱意を抑えた口調で話した。口数は少なかった。彼女はほほえんだ……預言者の目、狂信者の目――それはあまりにも多くを知り、あまりにも多くを求め――人はその目にのまれ、抵抗できなくなる。まるで溺れるようだった。彼女をひと目見た瞬間から、僕の破滅は決まっていた。僕は彼女を残して辞去し、酔っ払いのように堤防を歩いていった。いくつもの顔がぶつぶつと語りかけ、肩が肩をかすめた。濡れた舗道に反射するほのかな光を、僕は意識していた。それに、行き交う車のかすかな振動を。そのなかで、存在するのは彼女の目、荒れ狂う始末に負えないあの髪、少年のようなすらりとした体だけだった……すべてがはっきりしてきた。いまでは、それぞれの出来事、ゲームの各瞬間が、当時のままに見える。僕はふたたびオルガのスタジオに行った。すると彼女がそこにいたのだ。

彼女はまっすぐ僕のところに来て、言った。「音楽は好き?」しかつめらしく、子供みたいに。なぜそう訊いたのかはわからない。ピアノの前には誰もいなかった。僕は曖昧《あいまい》な返事をし、彼女の肌の色に目を留めた。淡いコーヒー色、そして、水のように澄んでいる。

彼女は茶色の服、ベルベットらしいのを着て、首に赤いスカーフを巻いていた。

その首は細く長く、白鳥のようだった。そう、あのとき僕は、スカーフを引き絞り、彼女を絞め殺すのは、いかにも簡単そうだと思ったのだ。死んでいくときの彼女の顔を僕は思い浮かべた。開かれた唇、なぜと問いかける目を。白目を見せてはいるが、彼女は恐れていない。これはほんの束の間のことで、そのあいだも彼女は僕に話しかけていた。僕が彼女から聞き出せたことはごくわずかだった。彼女はバイオリニストで、父母はなく、ブルームズベリー（ロンドン都心部の地区）に住んでいた。

ええ、旅は始終している。彼女は言った。特にハンガリーによく行くわ。彼女はブダペストで三年暮らし、音楽の勉強をしたのだ。イングランドは好きではなく、ブダペストに帰りたがっていた。あそこが世界で唯一の町なのだという。

「レベッカ」誰かが呼び、彼女は笑顔でそちらを振り返った。レベッカのほほえみのことは、いくら書いても書き足りない！　それは、生き生きしていて、精気に満ちていながら、遠くにあり、この世のものとは思えない。人が言ったこととはなんの関係もなく浮かぶのだ。そして彼女の目は銀の矢に射抜かれたように変貌する。

その日、彼女は早く帰った。僕は部屋の向こう側に行って、彼女のことをオルガに訊ねた。何もかも知りたくて、居ても立ってもいられなかった。オルガはほとんど何も教えられなかった。「出身はハンガリーよ」彼女は言った。「親が誰なのかは誰も知らないの。ユダヤ人じゃないかしらね。彼女をここに連れてきたのは、ヴォルキなの。彼はパリで彼女を見つけたのよ。よくあるロシアン・カフェのひとつで、バイオリンを弾いていたんですって。でも彼女、彼と関係を持つ気はないの。まったくひとりで暮らしているわ。ヴォルキによれば、すばらしい才能の持ち主だそうよ。もし勉強をつづければ、誰もかなわないって。でも本人はやる気がないの。興味がないらしくてね。わたしもヴォルキのアパートメントで彼女が弾くのを聞いたけど――背筋にぞくぞく震えが走ったわよ。彼女はまるで別の星から来た何かみたいに、部屋の向こう側に立っていた。髪は突っ立っていて、まるで毛髪の藪《やぶ》みたいに頭を取り巻いてたわ。そして彼女は演奏したの。とても奇妙な、忘れがたい旋律だった。あんなのは聞いたことがない。なんとも表現できないわ」

僕はふたたび夢見心地でオルガのスタジオをあとにした。目の前ではレベッカの顔が踊っていた。それに、彼女がバイオリンを弾く姿も見えた――彼女は子供のようにまっすぐしっかりと立っている。目を大きく見開き、歯を見せてほほえんでいる。

つぎの夜、レベッカはヴォルキのアパートメントで演奏し、僕はそれを聴きに行った。オルガの言葉は大げさではなかった。彼女は見え透いた底の浅いお世辞を言うタイプだが。僕は薬物をやった男のようにそこにすわっていた。動くことができなかった。なんの曲かはわからないが、その演奏は衝撃的で――並はずれていた。僕の意識には、自分とレベッカが一緒にいるということ――この世から抜け出し、遠く離れ、我を忘れ――えも言われぬ幸福に浸っているということ以外、何もなかった。僕たちはぐんぐん上昇していき、やがて飛びはじめ――上へ、上へと向かった。

一度、バイオリンは抗っているように思えた。まるで彼女が僕を拒絶しているようだった。僕は彼女を追いかけていた――とそのとき、音の奔流が襲ってきた。受容と拒否のメドレー、欲望と優しさの入り混じる旋律の混沌、耐えがたい歓びが。心臓が大型船の振動さながらに鼓動し、血がこめかみで脈打っているのが感じられた。

レベッカは僕の一部、僕自身だった。それは過剰であり、あまりにも輝かしすぎた。僕たちは頂に至り、もうその先へは行けなかった。太陽が目を突き刺すようだった。僕は顔を上げた――レベッカは僕にほほえみかけていた。演奏は絶妙な美しい音で終わった――それこそが充足だった。

僕は消耗しきってソファに背をあずけた。意識は朦朧《もうろう》としていた――それはすばらしかった。それはすばらしすぎた。完全に現実にもどるまでには、三分かかった。僕は真っ暗な永遠の奈落に飛びこんで眠り――ふたたび目覚めたような気がした。

僕の様子に気づいた者はなかった。ヴォルキが飲み物を配っており、レベッカはピアノのそばにすわって、楽譜を繰っていた。みながもう一曲、弾いてほしいと言うと、彼女はことわった。疲れたからと。みなはさらにせがんだ。そこで彼女はバイオリンを取り、もう一曲弾いた。ごく短いが、とても可愛らしく清らかな、子供の祈りのような小品だった。

その後、彼女がこちらに来て、僕の隣にすわった。僕は感動のあまりしばらく口がきけずにいた。それから馬鹿な自分を胸の内でののしり、彼女のほうを向いてその顔をのぞきこんだ。

「きみの演奏中は天にも昇る心地だった」僕は言った。「美しくて、うっとりしたよ。きっと一生忘れられないな。きみは類稀《たぐいまれ》な――いや――非常に危険な才能の持ち主だね」彼女は黙っていた。それから、例によって息をひそめ、抑制された小さな声で言った。「あなたのために演奏したのよ。男性のために演奏するのがどんな感じか知りたかったの」彼女の言葉に僕はとまどった。それはまったく不可解に思えた。彼女は嘘をついていたのではない。その目はまっすぐ僕の目を見つめていた。そして彼女はほほえんでいた。

「それはどういう意味？」僕は訊ねた。「これまで人のために弾いたことはないの？　きみは自分自身の満足のためだけに才能を使っているの？　どうもわからないよ」

「たぶん」彼女はゆっくりと言った。「たぶん、そんなふうなことね。説明できないけれど」

「また会いたいな」僕は言った。「ふたりきりで。どこか話ができるところ、ゆっくり話せるところがいい。オルガのスタジオで出会って以来、僕はきみのことばかり考えているんだ。きみも気づいていたろう？　だから今夜、僕のために演奏したんじゃないか？」

僕は彼女の口から答えを引き出したかった。無理にでもイエスと言わせたかった。彼女は肩をすくめ、明言を避けた。その態度はいらだたしかった。

「わからない」彼女は言った。「わからないわ」そのあと僕が住所を訊ね、レベッカはそれを教えた。彼女は忙しく、週末まで僕には会えないと言った。その後まもなくパーティーはお開きになり、彼女は消えた。

それにつづく数日は果てしなく感じられた。また彼女に会える時が待ち遠しくてたまらなかった。僕は四六時中、彼女のことを考えていた。

金曜日、ついに我慢しきれなくなり、彼女のうちを訪ねた。彼女の住まいは、ブルームズベリーの一画の風変わりな家だった。彼女はその最上階を間借りしていた。家の外観は陰気くさく、ぱっとしなかった。よくこんなところに住めるものだと僕は思った。

彼女は自らドアを開け、スタジオのようながらんとした広い部屋に僕を通した。なかでは石油ストーブが燃えていた。僕はその部屋のわびしさに衝撃を受けたが、彼女は何も気づいていない様子で、古ぼけた肘掛け椅子に僕をすわらせた。

「ここが練習する部屋なの」レベッカは言った。「食事をするのもここよ。明るくていい部屋でしょう?」僕はなんとも答えなかった。彼女は戸棚に行って、飲み物としけったビスケットを少し持ってきた。自分自身は何も口にしなかった。

彼女が妙によそよそしいのに僕は気づいた――まるで僕がそこにいることにうんざりしているようだった。会話ははずまず、途切れがちだった。言いたかったことが何ひとつ言えないのがわかった。彼女は僕のために少しバイオリンを弾いたが、それはどれも僕の知っている古典的な曲ばかりで、ヴォルキの家であの夜、弾いたものとはまるでちがっていた。

辞去する前、彼女はちっぽけなアパートメントのなかを僕に見せて回った。キッチン代わりの食器洗い場と、狭苦しい浴室、それに、小さな寝室があった。寝室は、尼僧の独房のように質素で殺風景だった。スタジオの隣にはもうひとつ部屋があったが、彼女はそこは見せなかった。あとで下の通りから窓を見あげたとき、わかったのだが、それはかなり大きな部屋のようだった。じっと眺めていると、彼女が分厚いカーテンを引き……

（注記。ここから数ページは、しみだらけなうえ、変色しており、まったく判読不能だった。このつづきは文章の途中から始まっているようだ。ドクター・ストロングマン）

……「冷たいわけじゃないわ」彼女は言い張った。「説明したでしょう？　わたしはちょっと変わっているの。これまで好きになった人はいない。恋をしたことがないのよ。わたしは昔から人に心を惹かれるよりも反発を感じることが多かったの」「でも、それじゃきみの音楽がなぜああなのかわからない」僕はいらだち、さえぎった。「きみはすべて知っているような演奏をするじゃないか。何もかも経験したような」

彼女の冷淡さのせいで、僕はおかしくなりかけていた。それは自然な態度ではなく、計算されていた。彼女は常に、何か隠しているという印象を与えた。僕には彼女の心に何があるか、決してわからないだろう――僕はそう感じた。彼女は眠っている子供、つぼみが開く前の花のようなものなのか――それとも、ずっと僕に嘘をついているのか。その場合、彼女はあらゆる男と寝てきたにちがいない――あらゆる男と。

僕は猜疑《さいぎ》と嫉妬に苦しんでいた。他の男たちのことを思うと、気が狂いそうだった。そして彼女は僕を安堵させなかった。水のように澄んだ、あの色の淡い大きな目で、彼女は僕を見つめる。そして僕は確信する。彼女は本当に無垢なのだ――でも……でも本当に？　表情ひとつ、微笑ひとつで、苦しさ、みじめさがもどってくる。実にいまいましい女だった。何もかもはぐらかすのだが、この抑制こそが破壊的であり、それは僕につかみかかり、打ちかかり、やがて彼女への僕の愛は妄執に、恐ろしい衝動になるのだった。

僕はレベッカのことをオルガに訊ねた。ヴォルキにも訊ね、レベッカの知人全員に訊ねた。誰も何も知らなかった。何ひとつだ。

これを書いているあいだにも、いくつもの日、いくつもの週が記憶から消えていく。もう何事にも連続性が感じられない。それは、死者のなかから起きあがるのに似ている。塵と灰のなかからよみがえり、ふたたびこれを、この呪われた人生を生きることに。レベッカを愛する前の僕の人生はなんだったのか？　僕はどこにいたのか、何者だったのか？

そろそろあの日曜日のことを書いたほうがいいだろう。実は最後だった日曜日。そのときはそうとは知らなかった。それを始まりだと思っていた。僕は暗闇を歩いていたようなものだ。いや、ちがう。目を開けて光のなかを歩いていながら、何も見えていなかったのだ――自ら進んで盲目になっていたのだ。

日曜日。空虚な、誤解に基づく幸せの日。僕は夜の九時ごろ、彼女のアパートメントに行った。彼女は僕を待っていた。真紅の何か、彼女にしか着られない風変わりなものを着て――まるでメフィストフェレスみたいだった。彼女は興奮し、浮き浮きしている様子で、小妖精《エルフ》よろしく室内を飛び回った。

それから僕の足もとに、膝を折ってすわると、褐色の細い手をストーブのほうに差し出した。彼女は楽しげに笑った。子供みたいにくすくすと。そのさまは、何か企んでいるいたずらっ子を思わせた。

それから唐突に、彼女は僕に顔を向けた。頬は青ざめ、目は異様に輝いていた。彼女は言った。「強く愛するがゆえに、その人を苦しめることに歓びを――説明のつかない歓びを感じるってことはある？　つまり、相手を嫉妬させて苦しめ、同時に自分も苦しみたいってことだけど。歓びと苦痛、ちょうど実験で作るような、歓びと苦痛の均等なミックス。それはめずらしい感情？」

とまどいながらも、僕はサディズムについて説明しようとした。彼女は理解した様子で、考え深げに何度かうなずいた。

それから立ちあがって、部屋の向こうのドアのほうに歩いていった。僕はまだそのドアが開いたところを見たことがなかった。そこに立った彼女は、妙に青ざめていた。あの猛り狂うすさまじい髪は八方に広がっており、手はドアノブにかかっていた。「あなたにジュリオを紹介したいの」彼女は言った。僕は椅子から立ちあがり、そちらへ行った。いったいなんの話なのか、さっぱりわからなかった。僕の手を取ると、彼女はドアを開けた。そこは天井の低い円形の部屋だった。壁には防音のためなのか、ベルベットのような布が掛けられ、窓には長く分厚いカーテンが引かれていた。薪で燃やす暖炉があったが、火はごく小さく抑えてあった。暖炉のそばには長いソファがあり、クッションがいくつかその上に放り出されていた。明かりは小さな傘付きのランプだけなので、室内は薄暗かった。

部屋にはひとつ椅子があり、これはソファの正面に置かれていた。

椅子には何かがすわっていた。部屋に悪霊が憑いているかのように、心臓がぞくりと冷たくなった。「なんなんだ？」僕はささやいた。

レベッカはランプを取って、椅子の上に掲げた。「これがジュリオよ」彼女は小声で言った。さらに歩み寄ってみると、それは十六くらいの少年だった。彼はタキシードとシャツとベスト、それに、スペイン風ズボンを身に着けていた。

その顔ほど邪悪なものは、それまで見たことがなかった。肌の色は蒼白で、口は真っ赤に裂けており、肉感的でみだらだった。鼻は薄く、鼻孔がカーブを描いていた。目は細く残忍そうで、きらきら輝き、妙にすわっていた。まるでまっすぐに人を射抜くような――そう、鷹の目だ。髪は黒くつややかで、白い額からうしろへとかしつけられていた。

それは、サテュロスの顔、にやにや笑ういまいましいサテュロスの顔だった。

それから僕は奇妙な失望感、わけがわからないという無力感、唖然たる思いにとらわれた。

椅子にすわっているのは、少年ではなかった。それは人形だった。充分に人間臭く、ひどく生々しくて、なんとも不快な個性をそなえているものの、やはり人形にすぎなかった。ただの人形。その目は何も認識せずに僕の目を見つめ、口は愚かしく薄笑いを浮かべていた。

僕はレベッカに視線を移した。彼女は僕の顔をじっと見守っていた。

「わからないよ」僕は言った。「こんなことをしてなんになるんだ？　この気持ち悪い玩具はどこで手に入れたの？　僕をからかっているのかい？」声が鋭くなっていた。不安だったし、寒かった。つぎの瞬間、部屋は真っ暗になった。彼女がランプを消したのだ。僕は首に回された彼女の腕を感じた。そして唇に重ねられた彼女の唇を。

「愛しているって言いましょうか」彼女はささやいた。「ねえ？」

熱い波が押し寄せてきた。足もとで床が揺れていた。彼女は僕に抱きつき、喉にキスした。うなじに彼女の指が感じられた。僕は彼女の手が体をまさぐるのを許し、彼女はもう一度、僕にキスした。それは破壊――それは狂気――それは死のようだった。

どれくらいそこにそうして立っていたのか、僕にはわからない。僕は何も覚えていない。言葉も考えも夢も。記憶にあるのは、暗い部屋の静けさ、燃える火のほのかな光、自分の心臓の鼓動、あの耳鳴り――そして、レベッカ――レベッカ――。それから――過ぎたのが何時間なのか、何年なのか、わからないが――彼女の頭上で顔を上げたとき、僕の視線の先にはやつの目が――あのいまいましい人形の目があった。

その目は細められ、嘲笑《ちょうしょう》しているように見えた。一方の眉は上がり、狡猾《こうかつ》そうな真っ赤な口は隅が歪んでいた。そいつに飛びかかり、にやついている下卑た顔を殴りつけ、偽物の人間の体を踏みつけてやりたかった。こんな玩具を取っておくなんて、気は確かなのか？　目的はなんなのだ？　どこでこいつを見つけたのだ？　しかし彼女は僕の問いに答えようとしなかった。

「行きましょう」そう言って、僕を部屋から引っ張り出し、がらんとしたスタジオのぎらぎら輝く強い明かりのなかにもどった。「帰ってちょうだい」彼女は息をひそめて言った。「もう遅いわ。時間を忘れてた」僕は彼女をもう一度、抱こうとした。何度も何度もキスしたかった。帰れだなんて、まさか本気じゃないだろうと思った。

「あしたね」彼女はいらだたしげに言った。「約束するわ。またあした。でもいまはだめ。疲れているし、混乱しているの――わからない？　今夜だけひとりにさせて。刺激が強すぎたのよ。何がなんだかわからないわ」

彼女はいらだって足を踏み鳴らした。顔色が悪かった。望みはないとわかった。僕は荷物を持って出ていき――歩きに歩き――ひと晩じゅう考えた。

ハムステッド・ヒースで、僕は夜明けを見守った。陽《ひ》の射さない灰色の朝。鉛色の空から激しく雨が降ってきた。

体は冷えていたが、頭のなかは燃えていた。またもや僕は確信していた。レベッカは僕に嘘をついていたのだ。彼女にキスされた瞬間にわかった。レベッカは僕に嘘をついていた。彼女は五人、十人、人数はどうでもいい、二十人も男を知っているだろう――そして僕はそのひとりではない。

そう、僕はそのひとりではない。

気がつくと、そこはカムデン・タウンの近くで、バスがガタゴトと通りを行き交っていた。雨はまだ降りつづいていて、人々が傘の下で身をすくめ、つぎつぎ通り過ぎていった。

僕はどこかでタクシーを拾い、うちに帰った。そして、服も脱がずにベッドに入り、眠った。そのまま何時間も眠りつづけた。目を覚ましたときは、ふたたび暗くなっていた。たぶん夕方六時ごろだったろう。機械的に顔を洗い、その後、もう一度、ブルームズベリーに向かったのを、僕は覚えている。

アパートメントに着き、僕はベルを鳴らした。

彼女は無言で僕をなかに入れ、スタジオの石油ストーブの前にすわった。僕は彼女の男になると言った。彼女はなんとも答えなかった。目の下側の縁は、泣いたあとのように赤くなっていた。それに、口のまわりにはうっすらと皺《しわ》があった。僕はキスしようとして身を乗り出したが、彼女は僕を押しのけた。

そして早口でしゃべりだした。

「昨夜のことは忘れてちょうだい。きょうになって自分のまちがいがわかったわ。わたし、気分がよくないの。眠れなかったから。今度のことでひどく気持ちが乱れているのよ。お願いだからそっとしておいて」

僕は彼女を奪おう、その鉄の抑制を打ち破ろうとした。それは、鉄壁をたたいているようなものだった。彼女はただよそよそしく静かに腕に抱かれていた。彼女の唇は冷たかった。僕は絶望し、彼女を残して立ち去った。それから、猜疑と苦悩の一週間がつづいた。あるときは、彼女は僕から離れ、無言ですわっていた。またあるときは、彼女のほうもまちがいなく僕を愛しているように思えた。彼女は僕が触れるのを許さなかった。そういう気分じゃないと言うのだ。こっちはふたたび彼女が求めてくるまで待たねばならない。宙ぶらりんの状態で、苦悶しつつ、待たねばならないわけだ。彼女からはジュリオの話は一度も出なかった。僕たちがあの部屋には入ることはもうなかった。僕は彼女に、人形はどうしたのかと訊ねた。このことの裏に何があるのか、知りたかったのだ。彼女はそのたびに質問をはぐらかし、話題を変えた。追及しても無駄だった。実に腹立たしい女、我慢ならない女だ。

それでも僕は離れることができなかった。彼女なしじゃ生きていけなかった。

ある夜、彼女は優しく愛情深く振る舞った。僕の足もとにすわって、自分の音楽や将来の計画について語った。彼女の態度は絶えず変わっていた。決して同じであることはなかった。

僕は絶望感を覚えた。こんな状態は馬鹿げている——しかしどうすればいいのだろう?

彼女は僕を狂わすものに――僕の妄執になっていた。

ついにあの最後の夜に至った。一番最後の夜に。それは、衝撃――空虚――地獄の淵――絶望――深い絶望へとつづく。

はっきりさせよう――あれはいつ、何時だったろう？　七時、いや、八時だろうか。思い出せない。僕はアパートメントを去ろうとしており、彼女はドアまで見送りに来た。

突然、彼女が僕に抱きついてキスした……不毛の砂漠には昔から男たちがいる。太陽に痛めつけられ、彼らは醜悪な化け物と化している――炙られ、黒くなり、ねじれ、裂かれたものに。彼らの目からは血が流れ、舌は嚙み砕かれている――それから彼らは水辺にたどり着くのだ。

僕は知っている。なぜなら僕自身も彼らの仲間だから。

この譬《たと》えを笑ってくれ。僕を狂人と呼んでくれ。だが、笑うのはこっちだ。

女は大勢いる――だがおまえらはレベッカにキスしてはいない。だから知りようがないのだ。

おまえらは眠っている愚者だ。想像してみたことさえ……

（注記。この大部分は理解不能に思えるうえ、つぎの四分の一ページは断続的な文章と中途半端な考えで構成されている。その後、ふたたび語りが始まる）

それは衝撃的だった。彼女は僕がキスするのを許した。何度も何度もだ。僕は両手で彼女の顔をはさみ、その目を見おろした。

「過去にはどんな男がいたんだ？」僕は訊ねた。「そいつらにも始終あんなふうにキスしたのか？　誰があんなキスをきみに教えた？　初めてのやつ、一番最初の男は誰だったんだ？　教えてくれ」

怒りの霞《かすみ》が目にかかり、僕の手は震えた。

「誓うわ。キスした男はあなたが初めてよ。あなたの前には誰もいない。本当に本当よ」

彼女はまっすぐに僕を見つめた。その声はきっぱりしていた。僕にはわかった。彼女の言葉に嘘はない。

「さあ、もう行って」彼女は言った。「あした、また来てね。お互いにたくさん話すことがあるはずだから。とてもたくさん」

彼女はほほえんだ。僕には、彼女の抑制の壁の向こうにあるものが見えた。氷の向こうの炎、隠された火が。

アパートメントを出て、どこかで食事をしたことを、僕は覚えている。頭は燃えていた。神々のなかを歩いているような気分だった。信じられない。レベッカに愛されているなんて。こんな幸せを味わえるなんて。僕は叫びたかった。屋根から飛びおりたかった。

僕はうちに帰り、行きつもどりつ部屋のなかを歩き回った。全神経が活気づいているようで、眠るどころではなかった。

そして突然、真夜中に、それ以上、我慢できなくなった。レベッカのところへ行かなくてはならない。なんとしても行かなくては。

彼女への愛を強く感じていたため、僕は彼女にもわかるはずだと思った。彼女は僕を待っているだろう。この気持ちを理解してくれるだろう。きっと理解するはずだ。

彼女のアパートメントまでどうやって行ったかは、わからない。一瞬で時が過ぎたように思え、気がつくと僕は通りに立って、あの窓を見あげていた。

僕は夜勤のポーターを説き伏せ、なかに入れてもらった。ポーターは寝ぼけ眼《まなこ》で僕を上の階に通した。彼女の部屋のドアの前で僕は耳をすませた。なかからは物音ひとつしなかった。そこはまるで墓場への入口だった。

ドアノブに手をかけ、ゆっくりと回した。驚いたことに、鍵はかかっていなかった――レベッカは僕が帰ったあと鍵をかけるのを忘れたにちがいない。

僕はなかに入った。すべてが暗闇にのまれていた。「レベッカ」僕は小声で呼んだ。「レベッカ」返事はなかった。

寝室のドアは開いており、なかには誰もいなかった。

キッチンに行き、浴室に行ったが、どちらも空っぽだった。

それから僕は悟った。何かが心臓をつかんだ。じっとりと冷たい恐怖が。

僕はもうひとつの部屋――彼の部屋――ジュリオの部屋のほうを見た。

僕にはわかった。レベッカはそこにいる、あの人形――ジュリオとともに。手さぐりでそちらへ進み、部屋をノックした。ドアには鍵がかかっていた。僕はドア板を蹴りつけ、爪でかきむしった。僕の体重に耐えきれず、ドアが開いた。レベッカの怒りの叫びが聞こえた。そして彼女がランプを点けた。

ああ、あの目！　彼女の目は一生、忘れられない。あの恐ろしい光――穢れた恍惚《こうこつ》の色、そして彼女の蒼白な――蒼白な顔。

僕はすべてを見た――部屋も、ソファも――僕はすべてを知った。ひどい吐き気が僕を襲った。恐ろしい絶望が。

そしてそのあいだもずっと、彼の下卑た汚らわしい顔が僕を見つめていた。その目は片時も僕から離れず、固定されたまま、生気なく、うつろに、凝視をつづけた。濡れた真っ赤な口には嘲笑が浮かんでおり――すべすべした黒髪は、筋状に頬に垂れ下がっていた。彼は機械――ねじで動くもので――命はなく、人間ではないが――恐ろしく、おぞましかった。

レベッカが僕をきっとにらんだ。その声は冷たく――よそよそしく――不気味だった。

「これだのに、わたしにあなたを愛せって言うの？　わからない？　とても無理――無理なのよ。あなたを好きになれるわけはない。どんな男だっておんなじ。出ていって。わたしにかまわないでよ。あなたなんか大嫌い。みんな大嫌いよ。あなたなんかいらない。ほしくないわ」

心臓のなかで何かが壊れた。僕はくるりと向きを変えた。そして、彼らを置いてその場を去った。彼らをふたりきりにして。僕は外に駆け出ていった——涙が頰を伝っていた——僕は声をあげて泣いた——星空に向かって拳《こぶし》を振った……

これで全部だ。このうえ言うべきこと、語るべきことは何もない。翌日、僕が訪ねていくと、彼女はいなくなっていた。彼らはどちらもいなくなっていた。彼女の行方は誰も知らなかった。会う人ごとに訊いてみたが——誰も教えられなかった。

何もかもが霞《かす》んでいる。何もかもが虚しい。僕がレベッカを見ることは二度とあるまい——誰もレベッカを見ることはあるまい。今後は常にレベッカとジュリオだろう。昼が来て、夜が来るが、何もない——彼らはいつまでも僕につきまとう——二度と眠りは訪れない——僕は呪われている。自分が何を言っているのか、何を書いているのか自分でもわからない。これからどうしよう？　ああ！　どうすればいいんだ？　もう生きていけない——とても耐えられない……

いざ、父なる神に

アッパー・チェシャム・ストリート、聖スウィジン教会の牧師、ジェイムズ・ホラウェイ師は鏡に映る自分の顔を眺めていた。その相貌は彼の気に入った。それも大いに。だから彼はかなり長いこと鏡を化粧台にもどさずにそうしていた。

彼が目にしたのは、実年齢より若く見える五十代半ばの男。その額は秀で、鉄灰色の髪はふさふさと豊かで、こめかみのあたりにはわずかにウェーブがかかっている。鼻はまっすぐで、口は小さく繊細だ。深く落ちくぼんだ目は、ときにユーモアをたたえ、ときに危険な色を帯び、ときに活気づくとみなに言われる。彼は背が高く、肩幅が広い。首は軽くかしげ、がっしりした顎は少し突き出している。

ある人々にとっては、これこそが――このもの問いたげな気取った頭の角度が、彼の魅力なのである。また、別の人々にとっては、彼の恐るべき引力の秘密は、変幻自在のその声の豊かな音色、強く器用な手、ゆったりした軽やかな歩きかたにあるのだ。

しかしこういったものはみな、彼の物腰の優美さ、ウィット、どんな内気な人でもくつろがせてしまうその才能に比べればものの数ではなかった。

女たちは牧師を崇拝した。彼は実に心が広く、実に寛容であり、彼女らのことを本人以上によく理解しているように見える。しかも、その態度はいつも親しげで感じがよい。男たちは彼が意外にも楽しいやつであることを認めた。彼は極上のワインを持っている。それに、宗教の話は絶対にしないし、すごく愉快な話のネタを常時たっぷり蓄えている。これらの特性がすべて合わさって、彼はロンドン一人気の高い聖職者となっていた。

彼はいずれ主教になるはずだった。聖スウィジン教会には、上流中の上流の人々が通っている。いまの流行りは、日曜の朝、ミサに行くこと、そして、できれば、教会に隣接する牧師の家、美しく設えられたジョージア様式の邸宅に昼食に招ばれることだった。

そこには必ず有名人の一群がいる。一流政治家、有名女優の幾人《いくたり》か、新進気鋭の若い画家、それにもちろん、有爵者もちらほら混じっているだろう。

〝ジム〟・ホラウェイのもてなしに非の打ちどころがないこと、その会話が説教に負けず劣らず才気に満ちていることは誰もが認めるところだった。彼は神については絶対に語らぬよう気をつけていた。その他、気まずい空気が流れるようなどんなこともだ。そしていつも進んで、前夜の新しい芝居や、新刊の本、最新のファッションの話をし、最近のスキャンダルまで話題にした。彼は自らの過剰なモダンさを誇示していた。また、大のポーカー好きで、ダンスにも熱中しているうえ、その自由奔放な振る舞いで若い世代を喜ばせていた。聖職者の言動にショックを受けるというのは、きわめて新鮮な感覚だった。教会での彼はもちろんちがっており、このことをみな、ありがたく思っていた。

彼の背の高さ、印象的な声とまなざし、雄弁なジェスチャー――これらの効果は絶大だった。人々は彼の高教会派的な一面をすぐさま許し、ごく普通の十一時の朝の祈りでなくミサの儀式を行うことも容認した。そのほうが見物のしがいもあることだし。

男たちは歌を聴くために、なおかつ、行くことになっているから、教会に行った。女たちは、花や灯明を求め、お香《こう》の匂いのもたらす心地よい高ぶりを求めて出かけた。それに何より、彼女らは牧師に半ば恋していたのだ。

勇を鼓して告解に行った場合、人々は牧師の優しさ、思慮深さ、そして何よりも、理解あるその態度に大いに感銘を受ける。より熱心な信徒らの一部は、彼が開く木曜の午後のお茶会に行く。

ここでようやく宗教が話題となるわけだが、牧師が堅苦しさをすっかり排除するため、それらの集いに気づまりな雰囲気は一切ない。彼は不安を抱く魂の偉大なる癒し手であり、ごく穏やかな光によって神の姿を描いてみせ、その限りない人間らしさを強調する。参加者は安堵とともに、神は赦しを与えるだけでなく罪人が好きなのだと悟る。それどころか、神は〝九十九人の正しい人〟より彼らのほうを好むようだった。もちろん牧師は、大いなる進化の過程において、彼らはみな、まだ種子にすぎないのだと示唆する。いつの日か、はるか先のことだが、彼らは完璧を知り、もっとも偉大な形の美を見るだろう。だがいまのところ——そう、いまのところは、人は生き、当然のごとく罪を犯し、罪の赦しを得、また罪を犯す。そして、各自の真価とこの世における立場に応じて生きるのだ。

なおかつ、われわれは、二千年前と今日とでは環境がまるでちがうということも、覚えておかねばならない。これらはすべて、非常に心安らぐ考えだった。また、牧師の静かな音楽的な声で語られると、それはきわめて神聖なものとなった。そして彼が、その同情に満ちた美しい目を集いの参加者ひとりひとりに向けるとき、彼らはこう思う——牧師は特に自分に語りかけているのだ、自分の心が読めるのだ。

後に、アトルバラ公爵夫人の午後の舞踏会《テ・ダンサン》や、舞台初日の一階席最前列で出くわすと、彼はあの魅惑的なほほえみを見せ、何か楽しい寸評を耳にささやきかけるのだが、人々はその目が「わかります。わたしは理解していますよ」と言っているのを感じる。

彼はもちろん未婚だが、たぶんいつか、と虚しくも激しく切望する者は常にいた。しかし、いまのところ彼は誰の手にも落ちていない。ただし世間は、聖職の神聖さも忘れ、彼の名を多くの美女、それも決まって貴族のレディに結びつけて噂してきた。

鏡を化粧台にもどし、無造作に、本人としては少年ぽいつもりのしぐさで、つややかな灰色の髪をかきあげながら、牧師はひとり笑みを漏らした。そう、自分はまだ若々しい、いまもとてもハンサムだ。

彼は階下におり、書斎に入った。その部屋は広く、非常に趣味よく設えられていた。デスクには、イングランド屈指の美人女優の大判の肖像写真が置いてある。そこには、〝ジムへ、愛をこめて、モナより〟と書かれ、二年前の夏の日付が入っていた。

炉棚を飾るのは、アトルバラ公爵閣下夫人、〝あなたの優しいノーラ〟だ。また、窓辺の小さなテーブルには、レディ・ユースタス・ケアリー・スレーターのみごとなスケッチがあり、威勢よく〝さすがあなた！　ジェインより〟とサインが入っていた。牧師は届いていた手紙をざっと見てから、ベルを鳴らして執事を呼んだ。

「わたしに何か伝言はないかね、ウェルズ？」彼は訊ねた。

「ございます。ご婦人がおふたり訪ねていらして、非常に困っている、あなた様と少しお話がしたいとおっしゃったのです。そのおふたかたには、牧師様は大変お忙しいので、副牧師にお会いになるよう申し上げておきました」

牧師はよしよしとうなずいた。そういう女たちのなかには厄介なのもいるのだ。

「それから、クランリー卿からお電話で、午前中に少し会っていただけないかというお話がありました。こちらには、牧師様はお手隙なので、すぐおいでになるよう申し上げました」

「いいぞ、ウェルズ。そんなところだな。ありがとう。新聞を持ってきてくれないか？」この男は賞賛に値する使用人だ。

お客が来るのを待つあいだ、彼は誕生、結婚、死亡欄に目を通した。なんと、キティ・デユランドは結婚するのか。なのに、ひとことも話してくれなかったとは。何か贈り物を送ってやらんとな。それに、お祝いの手紙もだ。「キティ、ほんとに悪い子だね、これはどういうことなんだ？　お尻をたたかれて当然だぞ。まだ十八だっていうのに！　きみの婚約者は幸運なやつだよ。彼にもそう言ってやるつもりだ。ふたりともお幸せに」

まあ、こんなもんでよかろう。あとは、〈グーズ〉のカクテル・セットだな。

「ああ、ウェルズ、なんだね？」

「クランリー卿です」執事はそう告げて、ドアを閉めた。通された若者は、年は二十二歳ばかり、金髪で、感じのよい気弱そうな顔をしていた。

「牧師様、ご親切にありがとうございます。本当にお時間を頂いてよろしいんでしょうか？」

「こちらに来ておかけなさい。ゆっくりしていいんだよ」ただちに気のおけない仲間の態度になり、牧師はタバコの箱を押し出した。それからデスクの前にすわって、脚を組み、話を聴く態勢をとった。若者のほうは、安楽椅子にドスンとすわった。

「実は、牧師様、まずいことになってしまったんです」彼は具合悪そうに切り出した。「誰に相談したものか皆目わからなかったんですが、ふとあなたのことを思い出しまして。もちろん普通なら聖職者に助言を求める度胸などなかったでしょうね。でもあなたは特別です。あなたはとても――生意気言ってすみません――あなたはとても、なんというか、すごく心が広いかたですから！」

このお決まりの賛辞に、牧師の胸は温かくなった。「わたしもかつては若かったわけだからね」彼は同情をこめてうなずいた。それから、室内のさまざまな写真に漠然と視線をさまよわせた。この若者に、こっちも未経験というわけじゃないとわからせてやらねば。それどころか――

「女のことなんです」クランリーはつづけた。「前の学期にオックスフォードで出会った娘。大学が休みに入る直前のことです。彼女は名もない人でね、どこかの老婦人のお相手役《コンパニオン》をしていたんですよ。初めて会ったのは、川辺をぶらついていたときです。彼女は友達と一緒で、こっちも仲間と一緒でした。それでまあ、四人で仲よくなったわけです。その後、僕は彼女とかなり頻繁に会うようになり、すっかり熱をあげてしまって。もちろんロンドンにいたら、あんな娘には見向きもしなかったでしょう。でも向こうだと、ちがうんですよ。彼女のほうも僕に夢中でした――自分で言うのもなんですけど。それから――ああ、なんて馬鹿だったんだろう。牧師様、ある夜、僕はつい我を忘れてしまったんです。なぜあんなことになったのか、わかりません。でも、そうなってしまって――僕たちはボートに乗っていました。とても美しい夜で――」

「わかるよ」牧師は意味深長な口調で言った。「わたしもオックスフォードにいたんだ。二十年以上前のことだが」

若者はほほえんだ。思っていたよりすんなり話が進んでいる。「わかっていただけますよね、牧師様、なんというか、自分を抑えられなかったんです。その後まもなく大学は休みに入り、僕はこっちにもどりました。それっきり彼女には会っていなかったんですが、先週、手紙が届いたんです。恐ろしい内容でしたよ。彼女、赤ん坊ができたと言ってきたんです」

牧師は静かにため息をついた。「それで?」彼は訊ねた。

「もちろん彼女に会いましたよ。この前の火曜の晩に。赤ん坊のことはまちがいなく本当でした。彼女は医者にも行っていますし。僕はもうどうかなりそうでした。彼女には、金をあげるし、どこか遠くに行けるように手を貸すと言いました。でも――ここが恐ろしいところなんですが――彼女は金をほしがってはいないんです。僕と結婚したがっているんですよ」

牧師は眉を上げた。「で、きみはなんと言ったんだね?」

「もちろん、それは無理だと言いましたよ。結婚なんてできるわけがないでしょう? 彼女は綺麗だし、優しい娘ですが、レディかどうかも定かじゃない。それに本気で愛してるわけじゃないんです。第一、家族がなんて言うでしょう? 父が亡くなったら、爵位を継ぐのは僕なんですよ。僕はそういうことを全部考えなきゃならないんです。ひどくえらそうに聞こえますけどね。メアリーと結婚するなんて正気の沙汰じゃない。おわかりですよね?」

「もちろん、わかるとも。わたしに言わせれば、結婚など論外だよ。彼女は金をことわったと言ったね?」牧師はきびきびした、油断のない、世事に通じた男の口調になっていた。

「そうなんです、牧師様、僕が金のことをほのめかすと、彼女は蒼白になりました。どうやら赤ん坊を生んでもいいと思っているらしく、子供のために生きると言うんです。彼女は、僕が彼女と結婚し、子供に名前をつけることを望んでいます。いまでも僕に執着していて、こっちがもうなんとも思っていないのがわからないようなんですよ。彼女がうちの家族に会いに行ったら、大変な騒ぎになるでしょう。ありがたいことに、このことはまだ誰にも話していないそうですが。ねえ、牧師さん、僕はどうしたらいいんでしょう？」

　牧師はすばやく考えをめぐらせた。もし窮地から救い出してやれば、当然ながらこの若者は大いに感謝するだろう。彼の家族が金持ちなのはわかっている。伯爵の健康状態は非常に悪いとの噂だ。クランリー・キャッスルは、イングランド有数の景勝の地であり、自分は今後、頻繁に招待されることになる。伯爵夫人も政治活動に熱心な人だし――そう、これはさほどむずかしいことじゃない。彼は立ちあがって、若者に歩み寄り、その肩に手をかけた。

「なあ、きみ」牧師は言った。「すべて任せてもらえれば、この問題はわたしのほうでなんとか処理できると思うよ。ご家族に知らせる必要はまったくない。きみの将来を考えねばならないからな。その娘も、わたしからうまく説明すれば、きっと状況を理解するだろう。彼女の面倒はわたしが見よう。このことはもうこれ以上、心配しないように。とにかくその娘の名前と住所だけ教えておくれ」

「メアリー・ウィリアムズです、牧師様。いまは、セント・ジョンズ・ウッドの下宿屋にいます。ダチェット名義の電話もあります。ダチェットというのはメアリーの姉さんで、下宿屋はその人がやっているんです。ああ！　あなたほどたよりになる人はいませんよ。いくら感謝しても感謝しきれません」

牧師はほほえんで、手を差し出した。「わたしには、きみの気持ちがようくわかるってだけのことさ」彼は優しく言った。

この男は若いころ相当な女たらしだったにちがいない。若者は思った。聖職者にしちゃ変わってるな。「僕はしばらくどこかよそに行っていようと思います。つまり、事態が収束するまで、ですね。でも僕がもどったら、すぐクランリーに来てくださらなきゃいけませんよ。一緒に鳥打ちに行きましょう」

若者が辞去すると、牧師は書斎にもどって、電話を取った。やるべきことはすぐにやる主義なのだ。

彼は電話帳で番号を調べた。

「ミセス・ダチェットのお宅でしょうか？　ミス・ウィリアムズとお話しさせていただけますか？　ええ。どうもありがとう……もしもし？　ミス・ウィリアムズ？　わたしはホラウェイという者です。ジェイムズ・ホラウェイ。チェシャム・ストリート、聖スウィジン教会の牧師です。実は、わたしはクランリー卿の大親友なのですよ。彼はたったいま、帰ったところで……ええ。ご面倒ですが、今夜六時にこちらにお越しいただけないでしょうか？　ぜひともお話がしたいのです。あなたの力になりたいのですよ。ええ、何もかもうかがいました。いえいえ、何も怖がることはありません。では、それでよろしいですね？　アッパー・チェシャム・ストリート二十二番地です。ありがとう。失礼します」

彼は受話器を置き、デスクのほうへぶらぶらと歩いていって、タイムズ紙を眺めた。

おや！　ジョージ・ウィナズリーがついに死んだのか。ローラに手紙を書いてやらねば。彼女はもちろん、もう盛りを過ぎかけているが、まだまだ美しい。彼女が急に信心深くなったのはおかしかったな。きっとあまりにあっけない最期だと思ったろう。一時期、彼女は聖スウィジン教会に入り浸りだった。いまでも覚えているが、一度など――だが、それも全部、終わったことだ。

彼は頭のなかでお決まりの文句をつぎつぎさらっていった。「言葉に尽くせぬ悲しみ」「深い喪失感」そして「神の慰め」。

ペンを取りながら、牧師は小さくあくびをした。

「親愛なる我が娘よ」彼は書きはじめた。

「ホラウェイ、きみはまさしく幸運のお守りだよ。喜んで認めるが、こうしてきみと話したおかげで、ずいぶん自信が湧いてきた。葉巻をどうかね？」

牧師は辞退した。「申し訳ない。時間がないもので。ご承知のとおり、わたしは多忙な身でね、そろそろスラム街の病院に顔を出す時間なんです。ともあれ、お役に立てて本当によかったですよ、大佐。あなたのお気持ちはようくわかりますから」

彼の声は深い同情に満ちていた。

〈カールトン〉での昼食は大成功だった。招待主は、エドワード・トレイシー大佐、ウェスト・ストアフォード区補欠選挙の保守党候補者だ。つぎの月曜が投票日なので、大佐は不安に駆られ、神経質になっていた。

ウェスト・ストアフォードは重要な選挙区であり、大佐は有力者だ。もし返り咲けば、彼は票の多くを、もっとも熱心な運動員、ホラウェイのおかげを以て得たことになる。

そして大佐は返り咲くに決まっている。牧師はそう確信していた。彼は大得意だった。

「絶対まちがいありませんよ」温かくそう言った。「ウェスト・ストアフォードの有権者の大多数は、知的な人たちですからね。リーダーたるべき人物が誰かはちゃんとわかるし、彼らが求めているのはまさにそういう人物なんです。保守だろうが、革新だろうが、社会主義者だろうが、関係ない。彼らにとって幸いなことに、あなたは保守派なわけですが。親愛なる大佐、あなたの演説を聞かせてもらいましたよ。わたしにはわかっています。あなたが議会に行けば、あのぐうたらどももしゃんとするでしょう。こりゃあおもしろくなるぞ！　大佐が閣僚になるまで待ってろよ！」彼は声を落として、意味ありげにウィンクした。

大佐はうれしさに顔を真っ赤に染めた。

この牧師は本当にいいやつだ。議員になった暁には、忘れずにそれなりの礼をしなくては。

彼は勘定をたのみ、ウェイターが白い紙の載った皿を持ってきた。牧師は慎しみ深く顔をそむけ、ちょうど出ていくところだったレビューの女優に慇懃に一礼した。「相変わらずお美しい」その目はそう言っているようだった。それから彼は立ちあがった。「親愛なる大佐、もう行かねばなりません。こんな時間とは、気づきませんでしたよ。お目にかかれて本当によかった。月曜の夜は、わたしが真っ先にお祝いを言わせてもらいますからね。いえいえ、お見送りは結構」

彼は小首をかしげ、顎を軽く突き出して、悠然と出口に向かった。

大勢の人が振り返って、通り過ぎていく彼を眺めた。

牧師は自分の巻き起こしたセンセーションを意識していた。彼は以前、ロイヤル・アカデミーのオープニングで、一流俳優とまちがえられたことがある。

クローク係に半クラウン渡すと、牧師は通りに出た。そこでは、彼のウーズレーが待機していた。「〈東ロンドン障碍者の家〉に行ってくれ。急いでくれよ」彼は運転手に言った。

車がロンドンの街を駆け抜けていく。牧師は座席にもたれ、緊張を解いた。この毎週の講話は相当な心の負担となっている。男たちはしばしば不機嫌で、話を聴きたがらない。しかし彼は、たいてい自分は感銘を与えていると自負していた。昨年の〈ペントンヴィル〉（ロンドンの男子刑務所）での出来事を、彼は覚えている。そこで、ある若者が彼に思慕の情を抱いたのだ。あれは本当におかしかった。なにしろ、あの坊主ときたら——だがここで、車が〈障碍者の家〉の前に停まり、回想は中断された。

彼は笑顔の看護婦に迎えられた。「来てくださらないんじゃないかと心配していましたのよ、ミスター・ホラウェイ」

「なかなか抜け出せなかったものでね、シスター。きょうは政治関係の非常に重要な昼食会を中座してきたのですよ。他のみなさんのご不興を買いながら、です」

招待されたのが自分ひとりだったことなど言う必要はない。この看護婦どもは、なんでもしてもらって当然のように思っているのだから。

「大きい病室に二十五人おりますので、ミスター・ホラウェイ。あなたがあの人たちに一時間割いてくださるのは、本当にありがたいことですわ。みんな、ひどくふさぎこんでおりますの。あなたなら元気づけてあげられますよね」

部屋に入っていきながら、牧師はそれはどうかなと思った。男たちの四分の一はベッドの上にあおむけに寝ており、残りの連中は車椅子にすわってクッションにもたれていた。

小柄な医師が急いで進み出てきた。

「牧師様、ご親切にどうも。この人たちはあなたのご訪問をとっても楽しみにしていたんですよ。あなたはおわかりにならないでしょう」医師は声を低くしてそう付け加えた。「ああいうお話がどれだけよい効果をもたらすか。それは言葉では言いつくせないほどわれわれの助けになっているんです。彼らはときとして非常に気むずかしくなりますから。そうでしょう、シスター？」

医師が看護婦を振り返ると、看護婦はうなずいた。牧師は彼女の手を取った。「あなたのご苦労はようくわかりますよ」彼はささやいた。

そのあと、医師と看護婦は男たちのもとに牧師ひとりを残して立ち去り、彼はユーモリストにして慰め手という自らの役割に飛びこんでいった。彼の快活な声と明るい人柄は、たちまち、この小集団――残る一生、あおむけに横たわり、天井を見つめて過ごす運命の男たちの関心を引きつけた。

「わたしが聖職者だからって、何も警戒することはありませんよ、男性諸君」彼はあの有名な伝染性のある笑いとともに言った。「わたしも若いころはいろいろとやっています。それに、このお日様のもとにいる多種多様な仲間たちと語り合い、ともに生きてきたわけですからね。そうですとも、わたしが感じることは、ここにいるみなさんとまったく変わらないんです。みなさんが看護婦やお医者に話さないようなことも、わたしなら全部わかるし、理解できるんですよ。

きょうここに来て、お話しするのが、わたしにとってどれほどうれしいことか、みなさんにはおわかりにならんでしょうな。こうしていると、フランスにいたころを思い出しますよ」（ああ、パリの面影！）ほどなく牧師は、世界各地から収集してきたさまざまな物語で、男たち全員を笑わせていた。

健全なユーモアってやつだな。彼は胸の内で思い、聴き手たちに対して温かな気持ちになった。四、五年前の使い古されたネタでも、ここでは新鮮なのだ。それから彼は最近の出来事へと話題を移した。競馬、ボクシング、クリケットについて語り、まじめな連中とは政治の話もした。

政治から、つぎのテーマに移るのは簡単だった。今日《こんにち》の教会の、国政における明らかな無力さへ。そしてそこから、宗教へ。彼は本当はその話をしに来たのだ。

男たちはもちろんこれを予期していた。相手は聖職者なのだから。そして他の事柄に関する彼の意見をすでに聞いているため、一同は残りの三十分、黙って彼の話を聴く気になっていた。

その午後、牧師は実力以上の雄弁さを発揮し、善人の人生により多くの機会があるという印象は決して与えず、罪人の人生のほうがはるかに輝きに乏しいという印象も決して与えなかった。

「今日《こんにち》、世界はすばらしいチャンスに満ちあふれています」彼は説得力のある豊かな声で言った。「われわれには、よりよき自分になるチャンス、精神を高めるチャンス、最高のものを与え、それと引き換えに最高のものを得るチャンスが、いくらでもあるのです。

いま万人に差し出されている大いなる便益を享受するにあたって、われわれはそのすべてを造りたもうた創造主のことを忘れがちではないでしょうか」男たちはばつが悪そうに顔を赤らめていた。彼らには牧師の話がよくわからないのだった。牧師はみながついてこられずにいるのを感じ、軌道修正した。

「われわれが忘れているのは」彼はまぶしい笑みをたたえて言った。「我らの主がわれわれと同じ人間としてこの地上におられたということです。主はわれわれが感じるあらゆる痛みと苦しみを感じ、われわれが経験する災いと悩みをすべて経験されたのです。われわれが自らの重荷を、一番の理解者、一番の救い手に託そうとしないのは、もはやこのことを覚えていないからです。キリストほど人間的なかたは他にひとりもおりません。三十年以上、キリストは他の人々とともに人として生きました。貧しい労働者、大工の息子として。その初期の人生についてわれわれは何を知っているでしょう？　ほとんど何も、です。しかしこれだけは確かです。その日々は、誰にでも降りかかるような歓びと悲しみの入り混じったものだったでしょう。そして、（彼はここでつぎの一語にふさわしく声をひそめた）福音書によって明かされた、主の人生のあの時期には、主の感情がひとりの人間のそれであったことを示す限りない証拠があるのです。

聖母マリアに対する敬愛、ラザロに対する親しみ、弟子たちに対する友情、貧しいマグダラのマリアに対する理解――これらはすべて、主の輝かしい人間性のしるしではありませんか？　主は動物や子供がお好きでした。主は罪人たちと話されました。これらはすべて、われわれ宮での怒り、パリサイ人に対する不信を思い出してください。これらはすべて、われわれにとって愛おしい人間らしさを表しています。そして最後に、十字架の上でのあの苦悶と死、主の最期の叫びは人間の叫びではなかったでしょうか?」ちょっと息が足りなくなり、牧師は間をとった。男たちは明らかに感銘を受けていた。彼はふたたび勝利を得たのだ。

そのとき、部屋の向こう端から声がした。その主は、ここまで会話にまったく加わらなかった気むずかしい老人だった。

「キリストは神の子じゃなかったかね」彼は言った。気づまりな沈黙が流れ、そのひととき牧師はちょっと気をのまれていた。

それから「そのとおり」と優しく言った。「そのとおりですよ」しかしもう手遅れだ。魔法は破られてしまった。彼は敗北を感じつつ病室をあとにした。

「ミス・ウィリアムズというかたがいらしていますが、牧師様」六時少し過ぎに、執事が書斎に入ってきて言った。

「ああ! うん、ウェルズ、お通ししてくれ。お越しいただくことになっていたんだが、きみに言うのを忘れていたよ」

牧師は欠かさざるべきウィスキーのソーダ割りを飲み終え、空のグラスをそれ専用に造られた小さな戸棚にしまった。

メアリー・ウィリアムズが入ってきた。

彼女は小柄な黒髪の娘だった。目下、最高の状態とは言えないようだが、かなりの美人であることはわかった。服装は飾り気なくこぎれいで、目の下には黒い隅ができていた。

「どうぞおかけください」牧師は慇懃に言った。

娘は無言でそれに従い、彼が話しだすのを待った。牧師は咳払いした。この先どんな展開になるのか興味深かった。

「ねえ、お嬢さん」彼は優しく切り出した。「どうかわたしを兄とみなしてください。あなたご自身よりこの世の中をはるかによく知っている人間、周囲の人々に各々の責任を教えるべく、日々最善を――ああ、ちっぽけなものではありますが――最善を尽くしている者として。そして、わたしを兄とみなすと同時に、あなたはわたしが聖職者であることも覚えておかねばなりません。その資格において、わたしはあなたの現世の幸福とともに魂の幸福をも護ることができるのです」

彼は一拍間を置いた。娘はなんとも答えず、怯えた目で彼を見つめていた。

「ですから」牧師はつづけた。「クランリー卿が今朝、わたしに話したことを、今度はあなたからご自身なりに話してもらえませんか。細かな部分も省かずに。あなたにしてみれば、ご面倒かもしれませんが」最後にそう付け加えた。

娘は顔を赤らめ、目を伏せた。「トミーと初めて会ったのは、大学の前の学期のことでした」彼女は小さな声で話しだした。「その日、わたしは友達と一緒でした。わたしたち、ボートに乗りに行ったんです。このことはトミーからもうすっかり聞いていますよね。わたしはそのころ、ミセス・グレイというかたのコンパニオンをしていました。その人はオックスフォードにお住まいで、大学が休みに入るとすぐに、ひとりで海外に行ってしまいましたけど。

その日、わたしと友達は、トミーともうひとりの男の人に声をかけられたんです。ひどい雨になって、四人とも木の下で雨宿りしていたので。それですぐ仲よくなって、冗談を言い合って笑ったりしました。みんなでお茶を飲んだのを覚えています。

そのあと、わたしたちはまた会う約束をしました。それからというもの、わたしは抜け出せるときはいつもトミーと出かけていました。そのうち彼は、愛してるって言いました。たぶん耳を貸しちゃいけなかったんでしょう。でもどうにも気持ちを抑えられなかったんです。初めて彼にキスされたとき、わたしにはわかりました。わたしはこの世の何よりも彼を愛しているんだって。わたしたちは休暇にたくさん楽しいことをするつもりで、いろいろと計画を立てていました。それでわたし――よくわかってなくて――彼がわたしと結婚したがっているものと思ったんです。

彼に対する気持ちは、毎日少しずつ強くなっていったみたいです。それから――あの川での夜――彼がキスしはじめたとき、つい夢中になってしまって。

きっと彼から聞きましたよね――わたしは恥ずかしくてたまらなかった――どうしてああ

なったのか、自分でもわからないんです」彼女は口ごもった。

牧師は口もとに手をやって笑いを隠した。説得力のない言い訳――どうしてああなったのかわからない？　どうやらそのようだ。さもなきゃ、この娘はいまここにすわっていまい。

「なるほど」彼はそうつぶやき、目を閉じてため息をついた。「それで？」

「数日後、大学が休みに入って、トミーはオックスフォードを離れました。ミセス・グレイは海外に行き、わたしは友達と国内に残りました。わたしは毎日のように彼に手紙を書きました。でも返事は一度も来なかったんです。彼がなぜ手紙をくれないのか、わたしにはわかりませんでした。彼が結婚してくれるものと固く信じていましたから。わたしはだんだん情けない、悲しい気持ちになってきました。友達からは、顔色が悪いと言われましたし。

それでもまだトミーからは連絡がありませんでした。ただ、ロンドンにいることはわかっていました。何かで彼がダンスパーティーに出たという話を読んだんです。そしてある日、わたしは失神しました。幸い、まわりには誰もいませんでした。でもわたし、急に怖くなってしまって。それでこっそりロンドンに来て、お医者に診てもらったんです。

その――そのお医者は、どういうことか教えてくれました。自分が不道徳なことをしたのはわかっています。でもなぜかわたしは平気でした。これでトミーと結婚できると思ったんです。わたしは彼に手紙を書き、セント・ジョンズ・ウッドの姉のところに身を寄せました。でもトミーに会うと、彼は結婚なんて絶対に無理だと言うんです。

いまだに理解できません。頭が受けつけようとしないんです。お願いです、ミスター・ホラウェイ、彼が今朝、あなたになんと言ったのか教えていただけませんか？　わたし、ものすごく彼を愛しているんです。彼なしじゃとてもやっていけません――いまはもう」

牧師は彼女がいまにも泣きくずれそうなのを見てとった。

「さあさあ、お嬢さん、何も心配いりませんよ。とにかくご自分を納得させることです。いまからすべて説明するから、静かに聞いていらっしゃい。わたしがあなたを助けてあげます。あなたがどんなにつらい思いをしたか、わたしは誰よりもよくわかっていますからね。しかし同時に、あなたは理解せねばなりません。神がこの世にわたしたちを送りこんだのは、歓びと悲しみの両方を経験させるためなのです。もしわたしたちの歓びが罪深いものであったなら、わたしたちは涙と苦悩によりその代償を払わねばならないのです。

撒いた種は刈らねばならぬ、ですよ。

あなたはいま、ボートでのあの夜の代償を払っているのです。いや、それ以前にしたことの代償もです。

そもそもあなたは、よく知りもしない若い男性とそんなふうに親しくしてはいけないとは思わなかったのですか？」

「わたし、考えてみなかったんです」娘は口ごもった。

「そうでしょうね。あなたはそのうかつさの代償を払わねばならないのです。お気づきでないかもしれないが、もしこのことが世間に知れたら、人はきっとこう言いますよ。あの娘はクランリー卿を追い回したのだ。富や爵位やその他諸々《もろもろ》を手に入れようとしたのだ」

「そうじゃない、それはちがいます！」娘はあえいだ。

「たぶんね。しかしさっきの話を聞けば、わたし以外の人は——たとえば、あの若者のご家族は——そう言うに決まっています。それどころか、あなたをふしだら女なんじゃないかと疑うかもしれない。娼婦に身を落とさずにすむように、人の好い衝動的な青年を実は彼の子ではない赤ん坊の父親として告発しているんじゃないか、とね」

「いいえ！　ちがいます！　どうしてそんなひどいことが言えるんです？」

「わたしはただ、巷の人がどう言うかお話ししているまでです。世間とは非常に厳しい見方をするもののようですからね。

仮に恋人の家族に公正さを求めた場合、ご自分がどんな立場に立たされるか。わたしはそこを理解してほしいのです。それともうひとつ、忘れてはならないことがあります。クランリー卿は遠からずハヴァシャム伯爵となるのです。上流社会の重要人物となり、多くの義務と責任を負うわけです。そのひとつは、ご自身にひけをとらぬ高貴な家柄の娘と結婚することでしょう。あなたは彼を愛していると言いましたね。ならば彼の将来を台なしにしたくはないでしょう？　おわかりになりませんか？　これ以上、害を及ぼす前に、すみやかに彼の人生から出ていくことこそ、あなたの愛の最高の証となるのですよ」

娘はいまや蒼白だった。牧師は彼女が気絶するのではないかと不安になった。

「ええ」娘はゆっくりと言った。「よくわかりました。彼のことはあきらめなきゃならないのね。でもわたしはどうすればいいんです?」彼女は放心状態で、何も考えられないようだった。

「何ひとつ不自由のないよう、わたしが取りはからいましょう」牧師は慈しみに満ちた低い声で言った。「ウィンブルドンに知人がふたりいるのです。優しくて情の深いご婦人たちですよ。そのかたたちがすべて終わるまであなたの面倒を見てくれるでしょう。お姉様には何も話すことはありません。ただお友達のうちにいると言っておけばいいのです。

体調がもどったら、たぶんあなたは外国に行ったほうがいいでしょうね。わたしの知り合いに、インド在住の宣教師の奥様がおられます。感じのよい思いやりのあるかたですよ。その人があなたをコンパニオンとして迎えてくれるでしょう」

「でも赤ちゃんは?」娘は訊ねた。その目には怯えたような奇妙な光が宿っていた。

「それももちろん、あきらめねばなりません。子供はサリー州にある美しい施設で育てられるでしょう。わたしはそこの理事のひとりなのです。なぜそうしなければならないかは、おわかりですよね?」

娘は椅子から立ちあがった。

「いろいろとありがとうございました」彼女は小さな声で言った。「そろそろお暇《いとま》したほうがよさそうです。何かお願いするときは、お手紙でお知らせしますので」

牧師は肩をすくめた。彼女は格別感謝しているように見えなかった。いったいこれ以上何が望みなのだろう？　彼は不思議に思った。

「さようなら、お嬢さん。では、数日中にご連絡を頂くということで」

ドアが閉まり、娘は消えた。厄介な面談ではあったが、彼女がクランリーを悩ますことはもうなさそうだった。

どのみちあの若者はすでにうまく抜け出している。きょうの午後、電話をよこし、伝言を残していたのだが、彼は夜行列車でスコットランドに行き、おそらく六週間ほど向こうにいることになるという。今度の件はスコットランドですぐに忘れてしまうだろう。牧師は時計に目をやった。なんと！　もうこんな時間だったとは。彼はアトルバラ公爵夫人のささやかな夕食付き舞踏会《ディナー・ダンス》に八時十五分に着いていなければならないのだ。

「ジェイムズ、あなたはご自分を恥じるべきですよ。こんなにわたしを笑わせるなんて！　もうあっちへ行っててちょうだい！」

公爵夫人は、本人としては茶目っ気たっぷりのつもりのしぐさで牧師を押しやった。

彼女は牧師を崇拝しているが、彼の言動にショックを受けたふりをするのが大好きなのだ。

牧師は夫人の手をとらえ、彼女を逃すまいとした。

「ノーラ」彼はとがめるように言った。「どうしてそんなにわたしに不親切なんです？ あなたはわざとわたしを隣の席にしたんでしょう。なのに、わたしが楽しませようとすると、文句を言うんですからね。たぶんわたしは向こうへ行って、あのとても可愛らしい若いご婦人の隣にすわったほうがいいのかもしれませんね。ほら、あのピンクのドレスを着た、こちらを見ているお嬢さんです」

ディナーの席で初めて会ったその娘は、彼の言葉を耳にして、頬を赤らめた。彼女は牧師をものすごく魅力的だと思った。

公爵夫人は鷹揚《おうよう》に笑った。「お行儀よくしないと、あのお嬢さんとはひとことだって話をさせてあげませんよ」

牧師が夫人に何か耳打ちすると、彼女は噴き出した。「だめだめ。ほんとにしようのない人。これなのに、教会であなたの話をまじめに聴けと言われてもねえ。明日のお説教は、どんな話をなさるの？」

「まだ決めていませんよ」牧師は無頓着に答えた。

説教の準備などしないというのが、彼の得意のポーズなのだ。公爵夫人は彼に首を振ってみせた。それからまもなく、彼女は起立の合図をした。

「バンドが到着しました」彼女はそう告げた。「殿方は上に来て、踊らねばなりません。十分間、猶予を与えます。それ以上はだめですからね」

男たちは笑って、ぎこちなく立ちあがった。美しい女たちの小集団を従えて、夫人が部屋をあとにすると、男たちはふたたびすわって、ゆったりくつろぎ、招待主についてあれこれ論評しだした。夫がその場にいない女たちは外見から中身までさんざん酷評され、夫がその場にいる女たちはほどよいお世辞と配慮に与《あずか》った。

誰かが社交界の花形の美女をめぐるスキャンダルに気の利いた寸評を加えた。一方、別の男は古い陶磁器についておもしろくもない話を始めた。しかし、この男がしゃべりだしたとたん、そろそろ上に行って踊ろうじゃないかということになり、退屈なやつの語りは中断された。

女たちの何人かは踊らずに、隅のほうにすわって、他の人々を眺めていた。牧師はすぐさま彼女らのほうに行き、ロンドン屈指の愉快な男という評判の維持にかかった。

彼はときにまじめに、ときにユーモラスに、ときに気安く振る舞った。放っておけば、女たちはひと晩じゅう、彼を引き留めておいたろう。しかしついに公爵夫人が彼を救い出しに来て、あなたも踊りなさいと命じた。

牧師は何人かの重要人物を相手に務めを果たし、その後、視線をさまよわせて、あのピンクのドレスの娘をさがした。彼はダンスがうまく、最新のステップの習得にも熱心だが、本人も知ってのとおり、本領を発揮するのはワルツを踊るときだった。その軽快なリズムとバイオリンの音色には、彼の心に訴える何かがある。フロアの中央で揺れているとき、彼にはその場にいる全員の目が自分たちに注がれているのがわかった。人々の感想が聞こえるようだった。「なんて美しいカップルなんだろう」何かその類《たぐい》のことが言われているにちがいない。

ドアの前では公爵夫人がふたりを見つめていた。すばらしいノーラ。いろいろな意味で無類の女だ。彼女は人生のなんたるかを（それを知る者がいるとすればだが）知っている。彼女と交わしたさまざまな会話を彼は覚えていた。それに会話以外のことも。ああ、そうとも！　ふたりの友情は特別なものだった。しかしこの子は羽根みたいに軽やかだな。サイドステップで角を回るとき、彼は娘が少しもたれかかってきたような気がした。すてきな娘！　彼はそっと彼女の手を握り締め、流れている曲を小声でハミングしはじめた。

十二時を回るとすぐ、牧師は辞去した。

彼は夜更かしをよしとしない。夜更かしすれば、脳は疲れ、気分は損なわれる。

ともあれ、今夜は楽しかった。

あの娘はとても可愛いうえ、おもしろい子でもあった。自分が強い印象を与えたものと彼は自負していた。

どのみち彼女は、聖スウィジン教会に来るのだ。

ベッドにすわりこみながら、彼は安堵とともに思い出した。翌朝八時の読唱ミサは、副牧師が執り行うことになっている。

祈りが唱えられ、その日の罪が告白され、彼は神の恩寵《おんちょう》を受けて眠りに落ちた。

翌朝、起床して書斎に下りていったとき、彼はまだ説教の準備をしていなかったことを思い出した。

そこで、何かヒントが得られないものかと日曜新聞にざっと目を通した。

気になった記事はふたつあった。

一方は、社会主義系新聞の記事の写しで、上流社会の女たちを攻撃するものだった。それは彼女らを、生まれてこのかた労働したことのない不経済な飾り物と決めつけ、その大方が怠惰で不道徳で自堕落な生活を送っていると弾劾していた。

もう一方は、もっと短く、こう書いてあった――

「昨夜、リージェンツ公園の運河から引き揚げられた若い女性の遺体は、セント・ジョンズ・ウッド、クリフトン・ロード三十二番地のミス・メアリー・ウィリアムズのものであることが、その不在を案じていた姉のミセス・ダチェットにより確認された。ミス・ウィリアムズは、徒歩で帰宅する途中、暗がりでつまずいて転落し、その後すぐに溺死したものと見られる。死因審問は火曜日に行われる」

牧師はしばらく無言で立ちつくしていた。感情の高ぶりでその顔は蒼白になり、目はきらめいていた。

「いやはや、なんともひどい話だ！」彼は慨嘆した。頭にあるのは、社会主義系新聞の記事のことだった。

日曜の朝、聖スウィジン教会はいつも十一時のミサの出席者で満杯になる。

ほとんどの人には自分専用の信徒席があり、それ以外の人々が席を確保するのはむずかしい。十一時二十分前には、長蛇の列ができはじめる。

聖歌隊の歌はもちろん有名で、音楽の愛好家はただそれを聴くためにやって来る。

教会に入るなり、人々は酔いを誘う心地よい雰囲気に包まれる。花々の濃厚な匂いと香のうねりが混ざり合い、空気を満たしているのだ。ほどなくオルガンの演奏が始まり、低音の官能的な震動が伝わってくる。低く静かなその音は次第に大きくなり、やがてうら悲しい旋律が教会一杯に鳴り響き、その後、垂木のあいだのかすかなささやきとなって消えていく。

聖歌隊の少年たちの清らかな声は、テナーの詠唱のさなか震えを帯び、果てしなく高くなる。

それから牧師が祭壇の前に立つ。彼方に見える印象的な祭服の人物が、赤い衣の少年たちの小集団に護られて。少年たちは牧師に向かってお辞儀をし、彼の顔の前で香を振る。

彼が本当に真の自分を見出すのは、聖職者としての能力においてだ。彼は自らを魂の牧者、人類の救い主だと感じる。

信徒席の大群衆は、彼が与える慰めを渇望し、彼の声に耳を傾けている。

ミサは彼が主役のドラマなのだ。祈りはどれも演説であり、彼はそこに目一杯の表現、深い味わい、最大級の重みを盛りこめるようになっていた。

聖歌隊とオルガンは役に立つが、それは彼自身の声を補完するものとしてだ。かくして告白の招きにあたり、「自らの罪をまことに心より悔い改める汝ら」と言うとき、彼の声は、自身は清廉潔白である、厳しく非情な判事の声となる。

そしてそのあと、信徒らと向き合うときの、彼の慈悲に満ちていること！　また、罪の赦しを宣言するときの、その憐れみの深いこと！　ひざまずいていた人々は、これでもう大丈夫だと晴れやかな気分で立ちあがる。

もちろんミサには、彼のお気に入りの部分がある。

「まことにふさわしき、正しき、我らの負うべき務め」も、彼の名調子が際立つ箇所だ。しかし彼は知っている。自分の決定打、最高の瞬間、ファンの小集団が熱心に待ち望んでいる台詞はこれだ——「ゆえに、天使ら、大天使らとともに、天の全会衆とともに、栄光ある御名をほめ、賛美し、とこしえに御身を讃え、唱えん。『聖なるかな、聖なるかな、聖なるかな』」聖歌隊の少年たちが唱和し、その声が高まって彼の声と重なり合う。

すばらしい。荘厳そのものだ。

しかしきょうの勝利は、説教壇でもたらされねばならない。彼は闘志にらんらんと目を光らせ、階段をのぼっていった。

彼の説教は、社会主義系新聞の記事で情け容赦なく攻撃されていたあの美しい女たちを間接的に擁護するものだった。

その文言はすばらしかった。「野の百合はいかにして育つかを思え。労せず、紡がざるなり」冒頭から聴衆は魅了された。

非難された者たちの多くは、いま、牧師の前にいた。牧師は、彼女らの頬に温かな歓びの色が差すのを見るというより感じていた。

彼女らはみな、牧師は自分に語りかけているのだと思った。そして、自分のもっとも近しい友人のリストに彼を加えようと心に決めた。

牧師にはそれがわかっていた。彼の勝利は完璧だった。

ことりとも音はせず、かの美声の朗々たる響きを妨げるものは何もない。空気そのものが息をひそめていた。

小柄な副牧師は頭を垂れてすわっていた。彼は医者にこう告げられている。あなたの奥さんはスイスに行かねばなりません。右肺はすでに重篤な状態で、転地療養しないかぎり、命の保証はできませんよ。しかしスイスということは、数百ポンドの出費を意味する。その金はどうやって工面すればいいのだろう？

彼はもう一週間、眠っていない。考えるのがつらくて、頭が割れそうだった。

そのうえ、彼は目下、仕事にのまれかけている。牧師が〈恵まれない婦人たちのためのバザー〉の準備を彼に丸投げしたからだ。ああ、誰か相談できる人がいたら……

彼は顔を上げた。くすくすと笑う声に、その視線が聖歌隊の少年たちへと吸い寄せられる。彼らは○×ゲームをやっていた。副牧師は怖い顔をしてみせたが、少年たちは無遠慮に彼の足もとをじろじろ見ることでこれに応えた。

副牧師は顔を赤らめた。彼の靴は底が抜けているのだ。そういったことには一切気づかず、牧師は説教をつづけていた。それは終盤に差しかかっており、彼は無類の雄弁さを炸裂させ、話を終えようとしていた。無数の顔がじっと彼を見あげている。彼の野心をかなえる、熱心なカモたちが。

メアリー・ウィリアムズは死んだ。牧師はすでに彼女を忘れていた……彼の親しい人々はいま目の前にいる。彼らは、この気高き弁護に報いるだろう。数々のお世辞、賛辞が頭のなかを駆けめぐる。目も眩む思いで、彼は自分からあふれ出る音の奔流を聞いていた。

自らの声の美しさに、牧師は我を忘れた。そしてついに、彼は言葉を切った。究極の勝利の響きでそれは終わった。世界は彼のものだ。最後のジェスチャーを見せ、彼は誇らしげに頭を振りあげた。

「いざ、父なる神に……」

And Now to God the Father

性格の不一致

ポケットの小銭を神経質にジャラジャラ鳴らし、彼は炉棚にもたれていた。きっとまたひと悶着あるだろう。彼の外出を彼女がいやがることといったら！　まるで常軌を逸している。彼女にはどうしても理解できないらしい。彼はときどき出かけなくてはならないのだ。特に用事はなくても、ただ解放感を味わうために。玄関のドアをバタンと閉め、ステッキを振り振りバス停に歩いていくのは、実に気持ちがいい。ひとりで過ごすあの感覚には、誰にも──彼女にさえ──説明できない何かがある。徹底した無責任、完全な自分本位のあの心地よさ。腕時計を見て「四時に帰る約束だったな」などと思い出す必要もなく、彼女が知りえないいつもとちがうこと、何かちょっとしたことをする爽快感。たとえば、いきなりタクシーに乗り、座席にもたれてタバコを吸ってみてもいい。そのとき振り向いても、隣に彼女はいない。夜には彼も家に帰り、彼女とその話をするだろう。ふたりは暖炉の前にすわって、一緒に笑うだろう。だが少なくとも、それは彼の午後になる。ふたりのではなく、彼だけの午後に。

だが彼女が気に入らないのは、まさにそこなのだ。彼女は何もかも分かち合いたがる。別々に何かするという発想自体がない。そのうえ、彼の考えを読みとる不気味な能力をそなえており、彼が自分と無関係のことを考えていると、たちどころに察知する。ただし彼女は読みとったものを頭のなかで膨らませる。すぐさま、自分は飽きられてしまった、もう好かれていない、と考えるのだ。もちろん、そうじゃない。ぜんぜんそんなことはない。当然ながら、彼は世界じゅうの誰よりも彼女を愛している。それどころか、彼女以外の人間など存在しないに等しいのだ。なぜ彼女はこのことに気づいて、感謝しないのだろう？　なぜ彼を——頭も体も心も——縛りつけたがるのだろう？　彼のごく小さな一部が、ほんの少しさまよっていくことすら許さないとは……。彼が決して遠くへは行かないことを、彼女は理解すべきなのだ。彼は（比喩的にだが）彼女の目の届かないところへは決して行かない。ただ、あの丘のてっぺんにのぼって、向こう側に何かあるか見てきたいだけだ。ところが彼女は、それさえも分かち合わねば気がすまない。

「わからない？」彼女は説明する。「何を見ても、何をやっても、それを自分だけの経験にしていたら歓びはないわ。わたしはすべてをあなたにあげたいの。ひとりで大好きな絵を見たり、本の一節を読んだりすると、わたしは、あなたが知らないかぎりこのことにはなんの意味もないって思う。あなたは完全にわたしの一部だから、ひとりで取り残されると、わたしは口もきけず、目も見えず、途方に暮れてしまうのよ。枝を切り落とされた一本の木、両手をもがれた人間みたいに。何もかもあなたと共有できないなら、生きているかいはないわ。美しいものも、醜いものも、苦しみもすべてよ。わたしたちのあいだには陰があってはならない。わたしたちの心にはどんな秘密の部分もあってはならないの」

なんて妙なんだ！　そう、彼にも彼女の言う意味はわかる。でも、そんなふうに感じることはできなかった。ふたりは別々の平面上にいる。この宇宙において、彼らはふたつの星であり、彼女はより遠く高く、一定不変に輝いているが、彼はちかちかと不安定に明滅し、常に少し先行しており——最後は、ほんの一瞬、空を流れるすじとなって、地上へと落ちていくのだ。

彼は唐突に彼女のほうを向いた。

「やっぱりきょうはロンドンで昼の食事をしてきたほうがよさそうだな。例の男が発つ前にもう一度会おうと約束したわけだし、気を悪くさせたくはないからね。もちろん、早く帰ってくるようにするよ」彼はやや度を越して誠実そうなほほえみを浮かべた。

手紙を書く手を止めて、彼女は顔を上げた。「前回、会ったときに、話は全部すんだんじゃなかったの？」

「うん——だいたいね。でももう一度、会っておくべきだと思うんだ。あと一度だけ。きょうならちょうどいい。そう思わない？　だって僕たちには何も予定がない。きみは忙しいんだから」彼はさりげなく、ごく自然に話していた。まるで彼女がいやがるはずはないと言わんばかりに。

しかし彼女は騙されなかった。一瞬たりともだ。なぜこの人は率直になれないんだろう? おまえといるだけじゃもう満足できない、外に出かけて気晴らししなきゃいられないと認めればいいのに。彼女を傷つけるのは、この口の重さだった。彼は真実を話すのを拒否している。手負いの獣さながらに、彼女は身を護るべく鉤爪《かぎづめ》を広げた。

「ほんの三週間前に知り合った相手なのに、その人といるのがそんなに楽しいの?」そう言う声は険悪でキンキンしていた。

彼はこの声をよく知っていた。「ダーリン、馬鹿言うなよ。わかってるだろう? 僕としては、そいつに会う会わないはどうでもいいんだ」

「だったらどうして行くの?」

これには反論のしようがない。彼はごまかすためにあくびをし、彼女の視線を避けた。

彼女は無言で待っていた。彼は腹を立てたふりをした。

「言っただろう? そいつの気を悪くさせたくないんだよ。こういうのはちょっと煩わしいな。僕が出かけるたびに、決まって同じ言い合いになるんだから。まったくもう、ほんの数時間のことなんだぞ! きみの言いなりになってたら、僕にはひとりも友達がいなくなるだろうよ。僕が犬に話しかけても、きみは嫉妬するんじゃないか」

嫉妬ですって! 彼女は冷笑した。彼はまた誤解している。彼女が彼の知り合いに嫉妬などするわけがないのに。嫉妬に値する人間がいるなら、また話はちがったろう。許せないのは、先方が誰でも——これっきり二度と会わないような相手でも——彼女を置いて会いに行ってしまう、この無神経さ、身勝手さなのだ！　彼女は責任転嫁する彼の弱さを軽蔑した。

「なら行きなさい」彼女は肩をすくめた。「よく知りもしない人を傷つけるのが、そんなにいやだと言うなら。教えてくれてよかったわ。覚えておくわね。きっとあなたは、この前の月曜に、こういうことは二度としないと約束したのを忘れてしまったんでしょう。これであなたって人がぜんぜんあてにならないのがよくわかった。信じたわたしが馬鹿だったのよね？　さあ、早く行ったら？」

その日は冷たかった。彼女は固い鎧《よろい》をまとってしまった。

彼はくるりと背を向け、窓の外を眺めた。

「これしきのことに結構な騒ぎだよな」そう言って、軽く笑った。「実に快適だねえ？　こんなふうに暮らしていくのはさ？　家庭内の空気が非常によくなるよ。言い合いなしに一日が過ぎていくことはめったにないんだからなあ？」このひとことひとことがナイフのように彼女を切り裂くことはわかっていた。いい気分だ。彼は彼女を傷つけたかった。可哀そうとも思わなかった。

彼女は紙の上で何か計算しているふりをし、静かにすわっていた。なぜわたしはこの人を愛しているんだろう？　冷静に、なんの感情もなく、彼女は思った。冷酷で身勝手な彼の性格。何もかももらいながら、少しも報いようとしないこの態度。ああ、もし彼がわかってくれたら！　ほんのわずかな配慮でいい、どうでもいいことをわたしのためにあきらめるという姿勢を見せてくれるだけで。わたしの心はそれだけでいっぺんに温かくなるのに。しかし彼は何もしなかった。彼女は自分がさらに彼から離れていくのを感じた。架空の列車のなかの孤独な姿。暗い世界の灰色の影。さよならと手を振る相手すらひとりもいない。

　彼は横目で彼女を眺めた。なぜ彼女はいつも僕の前で苦しみをひけらかすんだろう？　それも、あからさまにではない。こっちが非難できるような具体的なことは一切せず、無言で、殉教者の忍従によって、それをやる。涙が彼女の頰を伝い、吸い取り紙にポトリと落ちた。ああ、くそ！　もう我慢ならない。僕の一日をぶち壊すなんて、彼女はとにかく身勝手すぎる。

「いいかい」何事もなかったかのように、彼は言った。「すべてキャンセルするには、もう遅すぎるんだ。もっと早くなんとか言ってくれれば、僕だって当然、そうしていたさ。長くはならないって約束するよ。昼食がすんだら、すぐに帰ってくるからね」

　これはまちがいなく譲歩だ。彼は彼女を思いやって己を曲げようとしているのだ。彼女がこれをどう受け取るか、彼は反応を待った。

「忘れずにコートを着ていってね。強い東風が吹いているわ」彼女はそう言って、書き物をつづけた。

束の間、彼はためらった。どうしたものだろう？　いまのは、何も問題ないということだろうか？　いや、彼女のことはよくよくわかっている。きっと僕がもどるまで、ひどい苦しみに苛まれるにちがいない。彼女はありとあらゆる事故を想像するだろう。この言い合いを心のなかに封じ込め、実際よりも大事《おおごと》にしてしまうだろう。くだらない昼食なんか取りやめにして、彼女と一緒に家で過ごそうか？　いまとなってはもう行きたいとも思わない。本当は最初から行きたくなどなかったのだ。

新たな涙が吸い取り紙の上に落ちた。

「やっぱり行くのはよそうか？」彼は弱々しく言った。涙には気づかないふりをした。

彼女はいらだたしげに手を振った。この人はそれでわたしの気がすむと思っているんだろうか？　これは自分が助かりたいだけのことだ。いつだってわたしのご機嫌をとり、子供みたいにキスで仲直りしようとし、そのあとはすべて忘れて、また同じことを繰り返すんだから。この人は本当にわたしと一緒にいたいんだろうか？　彼女はもう一度、チャンスを与えた。

「自分がいいと思うようにしてちょうだい。うちにいたくないなら、無理しないで」彼女の声は冷静で、そっけなかった。

ちくしょう、と彼は思った。何かしら感情を見せてもいいだろうに。こっちは家にいようかと言ったのだ。なのに、これが彼女の応えとは。そもそも、なぜいつも僕が譲らなきゃならないのかがわからない。なんて厄介なんだろう。なぜ自分たちは仲よく暮らせないんだろう？　これは全部、彼女のせいだ。

「たぶん行ったほうがいいんだろうな。さもないと、無礼に見えるだろうからね」彼は無造作にそう言って、ぶらぶらと部屋から出ていき、ドアをわざとバタンと閉めた。コートは着ないで行くつもりだった。もし彼が肺炎になったら、それは彼女自身のせいだ。ベッドに横たわり、咳きこみ、息をしようとあえぐ自分の姿が目に浮かんだ。彼女は目に恐怖の色をたたえ、彼の上にかがみこんでいる。そして、彼の命を救うために闘うが、結局は敗北する。もう遅いのだ。彼には、自分の墓にスミレを植える彼女の姿が見えた。灰色のマントをまとった、ひとりぼっちの人影。なんて恐ろしい悲劇だろう。喉に塊がこみあげてきた。彼は自らの死を思い、胸を詰まらせていた。これをテーマに詩を書かなくては。

彼女はカーテンの陰から、通りを歩いていく彼を見ていた。彼はもうわたしのことなど忘れているだろうと思った。彼が何をしようがもうどうでもよかった。すべて終わったのだ。彼女はベルを鳴らして、わけもなくメイドを叱りはじめた。

その昼食は苦痛でしかなく、相手の男は退屈だった。男の話を聴いていることすら、彼にはできなかった。そのうえ、気分も悪かった。たぶん願いがかなうのかもしれない。きっとこれは肺炎の前兆なんだ。なんて馬鹿だったんだろう。来るべきじゃなかった。こんなこと、なんの意味もない。とうとうやってしまったかも。このせいで僕は自分の人生をめちゃめちゃにしたのかもしれない。そしてそのあいだもずっと、相手の男は、どうでもいいくだらんやつらのことを延々しゃべりつづけていた。あんな連中にはもう二度と会いたくない。今後はあらゆる人間を人生から切り捨てよう。大事なのは彼女だけだ。ふたりでこのいやな国を離れ、どこか外国に行って暮らそう。たぶんうちに帰ったら、彼女は永遠に去ったあとだろう。デスクにはメモが留めてあるだろう。そうなったらどうしよう？　彼女なしじゃ生きていけない。死ぬしかない。川に身を投げるしか。いや、彼女は僕を愛している。出ていったりするわけはない。しんと静まり返った空っぽの家が目に浮かんだ。彼女のドレスの掛かっていない衣装簞笥《だんす》や、何も載っていないデスクが。行ってしまった。住所さえ残さずに。いや、彼女はそんなことはしない。それはありえない。残酷すぎる。僕は死んでしまうだろう。いったいこの阿呆は何をべらべらしゃべっているんだ？

「わたしは率直に、手を挙げる気はないと言ったんだよ。第一に、それだけの資金がない。第二に、自分の評判のことも考えなきゃならないからね。それでよかったんだよなあ？」

「もちろん！　よかったんです——まちがいない」彼はひとことも聴いていなかった。こんなやつの評判なんかどうだっていい。

「そろそろ失礼しないと。出版社と約束があるもので」彼は嘘をついた。

どうにか抜け出すことができた。仮に無礼だったとして、それがなんだ？　どうせ人生はあの男に破壊されてしまったのだ。彼はタクシーに飛びこんで叫んだ。「全速力でたのむ！」だが、ちょっと待て。突如、彼女に何か買いたいという思いがこみあげてきた。極上の宝石——極上の毛皮——なんでもいい。彼女の足もとに雨あられと贈り物を降り注ぎたかった。いまはその全部を用意する時間はない。結局、花にするしかなさそうだ。この前、彼女に花を買ってから、もう何カ月も経っている。僕はなんていやなやつだろう。彼はアザレアを選んだ。波打つピンクの蕾《つぼみ》をつけた、ものすごく大きいのを。「きちんと水をやれば、ひと月以上もちますよ」花屋の女は言った。

「本当に？」心が躍った。彼は鉢をかかえて店を出た。彼女は喜ぶだろう。ひと月！　そう考えると、ずいぶん値打ちがある。蕾はいまは小さいが、毎日少しずつ開いていき、だんだんと大きくなり、このひと鉢が小さな茂みへと育つだろう。「僕の愛のシンボルだ」感傷的に彼は思った。

でも彼女が出ていったとしたら？　自殺したとしたら？　僕は正気ではいられない。身も世もなく泣きながら、彼女の亡骸《なきがら》の上にアザレアの花びらをまき散らすだろう。効果的なシーンだ。最終幕に使える。これを覚えておかなくては。いや、神にかけて、もう一行も書かないぞ。今後は全人生を彼女に、彼女ひとりに捧げるんだ。ああ！　苦しくてたまらない。このつらい気持ちを彼女にわかってもらえたら！　いまにも心臓が張り裂けそうだ。これまでこの世の誰もこんな思いはしたことがない。こんなに苦しまねばならないなんて、僕が何をしたっていうんだ？　彼は確信していた。玄関の前には救急車が来ているだろう。救急隊員がぐったりした彼女の体を担架で運んでいるだろう。タクシーから飛び出し、彼女の命のない白い手にキスを浴びせる自分の姿を、彼は思い浮かべた。「愛している——愛している」いや、通りに人気《ひとけ》はない。家にも変わった様子はなかった。彼はタクシー代を払い、玄関のドアを開けた。静かに、こそ泥のように。そして、忍び足で階段をのぼっていき、彼女の部屋の前で耳をすませた。彼女が動き回る音が聞こえた。ああ、よかった！　じゃあ何事もなかったんだ。うれしさのあまり、叫びたかった。まぬけな笑みを浮かべ、彼は勢いよくドアを開けた。

可哀そうに。彼女は一日じゅう手紙を書いていたんだろうか？　その顔は青白くこわばっていた。でも、どうしてこんなにも不幸せそうなんだろう？　僕がもどったのがうれしくないのか？

「ねえ」彼は馬鹿みたいに口ごもった。「きみにアザレアを買ってきたんだよ」

彼女はほほえまなかった。花にもほとんど目をくれなかった。「ありがとう」彼女は沈んだ声で言った。実にこの人らしい。なんて薄情で、鈍感なんだろう。この人はいつまでもわたしを理解できないいんだろうか？　わたしの心を引き裂いて出かけていき、仲直りのしるしに植物を持ち帰れば、それですむと思っているんだろうか？　胸の内でこう言っている彼の姿が目に浮かんだ。「そうそう！　花をひとつ買っていけばいい。それでキスでもすれば、今朝のことなんか彼女はすっかり忘れるさ」

それほど簡単なことだったらいいのに。彼の態度は彼女を傷つけ、測り知れぬ悲しみを与えた。この人には心がない、デリカシーがないのだ。

「この花、気に入らないの？」彼が訊ねた。まるで甘やかされた子供のように。

なぜこんなものを買ってしまったんだろう？　彼は思った。昼食の席での僕の苦悶、タクシーの車内でのあの恐ろしい焦燥感は、彼女にとってなんの意味もなかったわけだ。やることなすことうまくいかない。アザレアはその大きな鉢のなかで、馬鹿馬鹿しくわざとらしく見えた。店ではまったく印象がちがったのに。いまそれは彼をあざけっている。その色もピンクすぎてけばけばしい。どう見ても醜悪なタイプの花だ。しかも香りすらしないじゃないか。彼は床に鉢をたたきつけたかった。

「今後、これを習慣にするつもり？」彼女が訊ねた。「わたしを傷つけるたびに、記念品をくれるの？」

彼女は自分がいやだった。自分の言葉が不快でならなかった。本当は何かまったくちがったことが言いたいのだ。雰囲気は最悪だった。なぜ、ふたりともいつもの自分にもどれないんだろう？　この人がきっかけを作ってさえくれたら。しかし彼女の言葉は彼をいらだたせ、彼女のほうは彼が何を言おうが頑強に無視しつづけた。

「やれやれ」彼が叫んだ。「もうつぎはないからな。全部終わりにする。いいか、終わりだぞ。わかったな?」

彼は部屋をあとにし、家から出ていった。ドアがバタンとたたきつけられた。

「でもそんな気はなかったんだ」彼は思った。「ぜんぜんそんな気はなかったのに」

A Difference in Temperament

満たされぬ欲求

彼女と婚約して七年――もうこれ以上、待つのは無理だった。人間の忍耐力が限界まで試されたのだ。七年にわたり、彼は牧場の踏み越し段の横で彼女の手を握ってきた。そしてついに、それだけでは飽き足らなくなった。

人生にはそれ以上のことがあるはずじゃないか。

そう、確かに過去には、ただ遠くから彼女を見つめているだけで、数週間は熱狂と興奮が持続した時期もあった。単にテニスコートで彼女の体をかすめるだけで、ぽうっとしてしまった時期が。

そんな愚かしさも遠い過去のものとなった。彼はもう十八ではなく二十四歳だ。シニカルな心で、彼は思う。仮にブリキの兵隊をもらったら、ナポレオンはどうしたろうか。また、こうも思った。全盛期のスザンヌ・ランラン（フランスのテニス選手一八九九～一九三八）は、もしも羽根つきしろと言われたら、きっと抗議しただろう。

彼は本気であり、必死であり、愛で一杯だった。

夜の九時半に、彼女におやすみを言うのは、スペインの異端審問のすさまじい拷問の現代版にあたる。その瞬間、彼の脚は百八十度ねじれ、手は虚空をつかみ、舌は口蓋垂《こうがいすい》にひっかかっている。

低い苦悶のうめきがこみあげてきた。彼は壁をよじのぼりたくなった。結婚以外、解決策はなさそうだ……真っ赤な顔をし、拳《こぶし》を握り、肚《はら》を決め、彼は彼女の父親に宣言した。

「お父様」と口を切った。「もうこれ以上我慢できません。僕は結婚しなきゃならない」

父親は彼を上から下までじろじろと眺めた。

「まあ、そうだろうな」父親は言った。「だがそれは、こっちとはなんの関係もないことだ。個人的にわたしは、きみのようなタイプの若者の場合、婚約期間は長いに限ると思っている。どうせもう七年間、婚約していたんだ。あと七年、契約期間を延ばしたらどうだね?」

「お父様——僕たちはもう待てません。見つめ合うたびに、気持ちが——」

「きみたちの気持ちには、わたしはまったく興味がないんだ。きみは妻を養えるのかね?」

「いえ——ええ——なんとか。仕事を見つけますよ」

「何かできることはあるのか?」

「車の修理なら」

「なるほど。それで娘を幸せにできるのかな?」

「そうですね……」

「金なし、職なし、資格なし。扱えるのはスパナだけ。それでひとりの娘を幸せにしようというのかね？」

「お父様、僕は――」

「すばらしい。もう何も言うまい。娘は二十四だ。自分の好きなようにすればいい。結婚式の費用は払ってやろう。だがそれ以降はふたりとも、わたしからは一ペニーも引き出せんぞ。きみは働けるんだ。きっとうまくやっていけるだろう」

「お父様、あの――その――では……」

「ああ、もう行ってよろしい」

結婚式はそれなりによかった。教会の鐘の音《ね》、白いドレス、ベール、オレンジの花、そして、賛美歌〈エデンをわたるささやき〉。花婿は蹴つまずき、指輪を落としかけ、言うべき台詞を忘れ、チョコレートの塊を見つめるペキニーズみたいな目で花嫁を見つめた。シャンパン、スピーチ、涙、そして、紙吹雪が舞い、誰かが古靴を投げ、午後は終わった。新郎新婦は五ポンドとスーツケースふたつ以外何も持たず、借り物のオースチン７に乗って出発した。

ふたりの唯一の家具はテントだった。

「ダーリン」挙式の前、彼は言った。「僕にはきみを海辺のホテルに連れていく金がないんだ。週末だけでも無理なんだよ。僕たちは星空の下で眠らなきゃならない」

花嫁は彼よりも実際的だった。

「車を借りてロンドンに行きましょうよ」彼女は言った。「向こうで部屋と仕事を見つけるの。でもまずはハネムーンね。わたしがガールガイド（アメリカのガールスカウトに相当するもの）で使ったテントに泊まりましょう」

人間の頭にこんなロマンチックな考えが閃いたことは、いまだかつてなかったのではないだろうか？

彼はゴロゴロと妙な声を漏らし、両手を振り回した。

「きみと一緒なら豚小屋だって天国だよ。だけど、テントのなかのきみを想像すると……」

「きっと月が出てるわね」彼女はため息をついた。「そして木々がざわめき、小川がさらさら流れてる」

「僕がきみの朝食用に野獣を殺してあげるよ」声をうわずらせ、彼は叫んだ。「僕たちは轟《ごう》轟《ごう》と燃えさかる火の上でそいつを焼くんだ。きみはその毛皮を着て、ひどい寒さから身を護ればいい」

「でも六月だから」彼女はすばやく言った。「それに、泊まる場所はバーカムステッド（ロンドンの北西にある町）の野原だろうし」

「きみはなんてすばらしいんだろう、ダーリン！」

「そう？」

オースチン７はガタゴトと田舎道を走っていった。

夕方、ふたりはヒースが生い茂る一帯にたどり着いた。これこそ彼らの目的地だ。

「テントを立てる場所は道路に近すぎちゃいけない」彼は言った。「文明から遠く離れ、きみとふたりきりでいるって思いたいんだ。まわりにはからまりあうハリエニシダ以外、何もないってね」

「地面がでこぼこだけど、この向こうまでどうやって車で行くの？」

「車は道のそばに置いていこう。あの木々をめざして奥地に向かうんだ。テントは僕が担いでいくよ」

「あなたったら、有史以前の男みたい。情熱的で荒々しくて」

「そういう気分なんだよ、ダーリン」

いいキャンプ地が見つかったころには、すでに日は暮れていた。テントは苦闘のすえに立てられた。それは右側が妙な具合に傾いており、過ぎ去りし時代の遺物のように見えた。

「わたしたち、遊牧民みたいね」缶詰肉で口を一杯にしたまま、彼女はもごもごと言った。

その夜は寒かった。もっと暖かなコートを着てくればよかったと彼女は思った。

「最高だよね？」彼はそう言いながら、ジンジャービアの瓶のネックを割ろうとしていた。

栓抜きを持ってくるのを忘れたのだ。

夕食後、ふたりはバタバタはためくテントの外にすわって、一向に出てこない月を待った。大きな雲がつぎつぎと空を駆け抜けていった。

「ダーリン」彼はささやいた。「七年もこの時を待っていたとはなあ。ついに僕たちはふたりきり――完全にふたりきりになれたんだね。僕はこれ以上はとても待てなかったろうよ」

「わたしもよ。こんなロマンチックなことってないわよね？」

ふたりはさらに数分間、すわっていた。

「わたし、そろそろテントに入ろうかしら」

彼女は消えた。そして彼は外に立ってタバコを吸った。

脚はがくがくし、手はぶるぶる震えていた。「これは僕の人生でいちばん美しい瞬間だな」彼は思った。

突如、疾風が彼の髪をかき乱した。木立のなかでぱらぱらと音がした。頭上に浮かんだ大きな雲は、すばやく音もなく膨張していくようだった。

「ダーリン」彼女が小声で呼んだ。

彼はつま先立ってなかに入っていった。またしてもヒースの原の彼方から疾風が吹き寄せた。つづいて、篠突く雨が降りだした。

二分後、テントはつぶれた。

夜明けのほのかな光が徐々に空に差してきた。白いテントの残骸は、遠い昔に死んだ探検家のぼろぼろに裂けた衣類さながら、風のなかで無残にはためいていた。ひとりの若者が偉大なる者の不屈の精神で、その杭にハンマーを打ちつけている。

彼の服はびしょ濡れで、靴はどろどろだった。花嫁は木の股にうずくまり、虚ろな目でその様子を見つめていた。ついに彼は敗北を認め、多少なりとも雨をしのげるハリエニシダの茂みに退却すると、そこにひざまずいて、ジェイムズ・ジョイス作品の一章よろしく延々とひとりごとを言いはじめた。

そして雨は降りしきり、風は吹き荒れた。一度、小さなささやき声が木の股から聞こえてきた。

「ダーリン」声は言った。「やっぱりボーンマス（イングランド南部の海辺の保養地）に行ったほうがよかったみたい」

ふたつの人影がロンドンの道の端に並んで立っていた。

「車を駐めたのは、確かにここだよ」彼がそう言うのは、これで二十回目だった。「この石ころの一画を覚えているんだ」

「絶対にもっと向こうだったわよ」彼女は言った。「割れた切り株がひとつあったわ」

「うーん――どこだったにせよ、車はもうそこにはないわけだ。要は、盗まれたってことだよ」

彼の声はいらだちで鋭くなっていた。すべての男が新婚初夜をハリエニシダの茂みで過ごすわけじゃない。そして今度は、車が消えた。しかもそこには、スーツケースがふたつ入っている。ふたりには、いま着ている服以外、何も残されていないのだ。

「たぶんこれは」彼女は言ってみた。「わたしたちに与えられた試練なのよ」

彼は、くそ、とか、ちくしょう、とか言った。

彼女は漠然とあたりを見回した。

「誰かに助けてもらえるとは思えないわ」彼女は言った。「それに、誰も見当たらないし。いいえ、ダーリン、いまはとにかくにっこり笑って勇敢に振る舞うしかない。何はともあれ、わたしたちにはお互いがいるじゃない」

「ダーリン、許しておくれ」彼は言った。

ふたりは手をつないで、道を歩いていった。

希望は尽きることなく人の心に芽生える。

ふたりは何時間も歩いたが、方向をまちがえていた。気がつくと、そこはトリングだった。彼らは昼食をとり、また歩いた。つぎに着いた先は、ワットフォードだった。

ふたたび夜の九時になった。一日は意地悪くのろのろと、なおかつ、油断のならないすばやさで、過ぎていった。

森で迷ったふたりの子供さながらに、彼らはイーストン・ロードを行ったり来たりさまよった。雨に打たれ、身なりもぼろぼろで、汚れきったその姿は、ハンガー・ストライキの行進の残党のようだった。

突然、彼女の靴のボタンがはじけ飛んだ。うめき声を押し殺し、彼女はストラップを固定しようと疲れた背中をかがめた。

すると、結婚指輪が指からすり抜けて、側溝に転がり落ちた……

彼らは下宿屋の入口に立っていた。

「妻と僕とでひと晩、泊まりたいんですが」彼は言った。「きのうキャンプして、そのあいだに車を盗まれたんです。荷物も一緒に」

下宿屋のおかみは娘の左手に目をやった。

「妻は指輪もなくしたんです」彼は付け加えた。

おかみはふんと鼻を鳴らして、肩をすくめた。

「ずいぶんいろんなものをなくしたようだね」

「嘘じゃありませんよ」彼は冷ややかに言った。

「あんたの話はひとことだって信じてないけどね」おかみは答えた。「こんな夜中にあんたたちを追い返したりはしないよ」

ふたりはおとなしくおかみに従い、二階にのぼっていった。

「娘さんはこの部屋を使いなさい。男は廊下の突き当たりの部屋だよ。ここはきちんとした家だし、わたしはきちんとした女だからね」

おかみは両手を腰に当て、しかめっ面でふたりを見おろした。

「それにわたしは、とっても眠りが浅いんだよ」

それ以上、話は何もなさそうだった。

おかみは踵を返して立ち去り、ふたりは廊下に取り残された。

「やれやれ！　自分の妻のところに行くのに、泥棒みたいにこそこそしなきゃならないとはな」彼は憤然とささやいた。

「シーッ！　あの人に聞こえるわ」彼女はささやき返した。

「ダーリン」彼は言った。「部屋に行って、待っておくれ。僕は自分の部屋に行くふりをする。それからあとで、そっちに行くよ」

「床板がきしんだら？」

「とにかくやってみるさ。愛しているよ、ダーリン」

「わたしもよ」

自分の部屋で、彼は服を脱ぎはじめた。その下宿は快適とは言えないが、ハリエニシダの茂みよりはましだった。

なんてひどい一日だったんだろう！　でも彼女の態度はすばらしかった。他の娘なら実家に帰ってしまうところだ。

七年も彼女を待っていたかと思うと……

彼は窓を開けた。すると、部屋のドアがバタンと閉まった。

何かが床に落ちる音がした。振り向くと、ドアの取っ手がすっぽり抜けて外の廊下に消えており、役に立たない内側のドアノブが彼の足もとに落ちていた……

翌朝、彼はウルワース（雑貨店チェーン）で彼女に結婚指輪を買った。

ふたりは別の下宿屋に移った。おかみの耳が不自由で、部屋のドアにかんぬきと鍵がふたつ付いているところに。

世界は自分たちのものだ——彼らにはそんな気がした。唯一の問題は、ふたりが無一文だということだった。

彼は彼女をひとり残して、仕事をさがしに出かけた。そして彼の目がなくなったとたん、彼女はこっそり抜け出して職業紹介所に行った。一緒にいい暮らしがしたいなら、ふたりは共働きせねばならない。

どんなにすてきな生活になるだろう——静かな夕食、長い夜……

そしてゆくゆくは、床の上で遊ぶ子供たち。

六時半にふたりは再会した。彼は決意をみなぎらせ、目を熱っぽく輝かせていた。

「ダーリン、仕事が見つかったよ」彼は言った。

「やったわね！」

「選択の余地はなかったけど、何もないよりましだからね。とにかく明日の昼間は一緒にいられる。昼のあいだずっとだよ」

「まあそんな！」彼女は言った。「わたしも仕事が見つかったの。ゴールダーズ・グリーンに住むあるご婦人の日中のお相手役《コンパニオン》。勤務時間は九時から七時よ」

彼は死刑宣告を受けた男のようにまじまじと彼女を見つめた。

「まさか本当じゃないよね」

「あら！　何か問題ある？」

「こっちの勤務時間は、ちょうどその逆なんだ。七時から九時まで」

「どういうこと？」

「ダーリン、僕はアクトンの銀行の夜のポーターなんだよ」

ピカデリー

女は椅子に浅くすわって、脚をぶらぶらさせていた。身に着けている黒いサテンのドレスは、彼女にはきつすぎ、なおかつ、丈も短すぎた。女が椅子をうしろに傾けると、ドレスの裾は膝の上まで上がり、そこにストッキングの伝線の始まりが見えた。ざっと繕《つくろ》われたその部分には、ごちゃごちゃにもつれた糸の瘤《こぶ》があった。女の髪は不自然に色が明るく、ウェーブがかかりすぎていた。真っ赤な口紅は分厚く塗られ、にじんでいるうえ、藤色の白粉《おしろい》をはたいた顔の青白さにまったく調和していない。エナメル革の靴は歩くのには向かない華奢なやつで、しかも安物だ。そのつま先は短すぎるし、踵は高すぎる。襟と袖口に偽物の毛皮がついた黒いコートは、脱ぎ捨ててあった。頭のうしろのほうに載っていたベルベットの小さな帽子も、いまは足もとに置いてある。首には真紅のビーズのネックレスがかかっているが、それは唇の色と衝突している。女の顔は細く、肌は頬骨の上で突っ張っていた。目は——青い陶器を思わせる愚鈍な人形の目は——不機嫌そうにまっすぐ前を見つめていた。

ときおり彼女はタバコを吹かした。子供みたいに唇をすぼめ、できもしないのに煙の輪っかを作ろうとし、強がってみせながら。香水をふんだんに使ってはいたものの、その体臭はまったく隠せていない。それは、めったに体を洗わない者、衣類の洗濯をほとんどしない者、栄養が足りていない者に特有のにおいだった。彼女は上目遣いに僕を見ると、肩をすくめて、タバコを脇に放り捨て、作り笑いを浮かべた。派手な外見にまるでそぐわない、とっくに死んでいる者の笑いを。それからようやく話しはじめたが、その声は冷たく、硬質だった。彼女には、僕が人間ではなく、手帳を持った無感覚な人形みたいなものであることがわかったのだ。「つまり新聞記者ってことか。そうでしょ?」彼女は言った。「あたしとおんなじで、身過ぎ世過ぎに追われてるわけだ。だけど汚い仕事だよね? どっかの男が細君を捨てて新しい女に走りゃ、ボスがあんたを送り出し、そいつがどこで事に及んだのか、お相手は誰なのか嗅ぎ出させる。子供が路面電車に轢《ひ》かれりゃ、あんたは母親んとこに行き、血がどれくらい流れたか聞こうとする。不幸があった家庭じゃ、あんた、大人気でしょ。きっと、ある種の快感を得られるんだろうね、そうやって他人様の暮らしをかきまわすとさ? だけど、あんたみたいなのがあちこち踏み荒らさなくたって、この世の中、もう充分トラブルだらけだと思わない? 闇は闇、秘密は秘密のまんまにしといたほうがいいんじゃないの?

それっていったいなんのためなのさ? ミスター・スミスにスリルを味わってもらうため? 『こいつは――この浮気男は俺だったかもしれんぞ』って? ミセス・スミスを怖がらせるため? 『事故に遭ったのは、うちの子だったかもしれない』なんて? そうさ、あたしは利口じゃない。別に賢かないよ。だけど、たまにはものを考えることもあるんだよ。それで？　あたしに何を話せっていうの？　あたしには秘密なんてない。最近はなんにも。殺されたやつも、轢かれたやつも知らないし。いきなり捨てられたやつも、赤んぼが生まれそうなやつもだよ。ネタにするような友達はいないんだ。あたしはひとりでやってくのが好きだからね。だってさ——あたしには他人のおしゃべりが馬鹿らしく思えるんだよ。人が何を言ったって、そんなことしゃべろうがしゃべるまいがなんの変わりもないって気がしてね。え？　天気の話？——ああ！　そりゃあ別だよ。あたしにとっちゃ天気は重要だ。理由はわかるよね？　雨はいやなもんだ——降られるとやってけない。それに霧もいやだし、冬も嫌いだよ。あたしにとっちゃ災難だね。だけど、毛皮のコートにくるまって車に乗ってるレディ・〝高慢ちき〟にしてみりゃ、そんなのはなんてことない。彼女はだいじょぶだ。それに、カウンターでストッキングを売ってるミス・〝気取り屋〟。彼女もだいじょぶ。世界の半分は、雨が降ったってへっちゃらさ。

だけど、あたしは窓から外を眺めて、穴のあいたバケツみたいな空を見て、ひとりごとを言うんだ。『夜までにはやんでくれるかな？』とか『また靴がびしょ濡れになっちまうの？』とかね。そう、それと、日よけを売る連中もお仲間だね——あたしらは気をもむ。さあ、十人十色って言ったら？　世の中いろんな人間が必要なんだろ？　学校でそう教わったよ。なんであんたがあたしなんぞに質問したがるのか、あたしにはわからない。お宅の新聞で『偉人たちの告白』って特集でもやってるわけ？ 前にその手の記事を見たことがあるよ。〝嘘八百〟嬢の『わたしが女優になるまで』とか、〝ナンセンス〟大司教の『教会への第一歩』とかさ。まあ、とにかくあんたは、あたしみたいなつまんない人間の人生をのぞき見したいわけだ。『死体を扱うのは、子供のころから大好きでした』と葬儀屋は言った。そういうやつがいいの？ で、あたしに強烈な生々しいのを提供しろっていうんだね。

よく聴きなよ、この手帳が命の、インクまみれの手の小僧っ子。ひとつ話をしてあげる。ほんとの話かもしれないし、そうじゃないかもしれない。その話を好きにいじって、サンデー・〝汚物〟にでかでかと載せたらいいよ。メイジーの『この仕事に至る道』ってのを」

ある意味じゃ、何もかも迷信のせいなんだよ。あたしは昔からすごく迷信深かった。梯子の下を避けて歩いたり、塩をつまんで十字を切ったり、月にお辞儀したり、聖書で運勢を確認したりね。いまでもそうなんだよ。毎朝、あたしは聖書を開けて、その日がいい日かどうか見るんだ。おや、笑ってんの？ 言っとくけど、あたしは大まじめだよ。あたしの知ってるある女は、『神はあなたに疫病を送り』って句を見つけてね、二週間後にほんとに伝染病にかかったんだから。その女は笑わなかったよ。彼女にわかってたのは、それが神のよこしたもんじゃないってことだけだった……あたしらはそんなふうなのさ。あたしらはみんな。言い伝えを信じ、シンボルを信じ、お告げを信じてる。信じないのは、妖精だけだよ。

実はね――もし迷信深くなかったら、あたしはいまごろパーク・レーンでメイドをやってたはずなんだ。これはほんとだよ。きっとあたしは白い帽子をかぶって、エプロンをかけてた。どっかの太った老いぼれ伯爵夫人の残飯を始末してたろうね。木曜の夜は、街灯の下で彼氏と会って、一シリング三ペンスでいちゃつくために映画館に行ってたはずさ。だけど、見てよ、このあたしを――あたしは自由だ。誰にも借りはない。ちゃんと独立してる。自分ちだってあるしね。昔はあたしも、なんにも知らない子供だった。〈兵士の孤児の家〉を出るとすぐ奉公に出たんだよ。台所の下働き。それがあたしだった。そう、あたしには親戚なんていなかった。親の顔も知らないんだ。ある霧の夜に、あたしの母親と出会った男ってのは、きっと軍服を着てたんだろうね。でなきゃあたしが〈兵士の孤児の家〉に送られるわけないもの。あたしは幸せだった。物知らずだったおかげだよ。毎日、石鹼でごしごし体を洗って、フランネルの服をじかに着てね。馬鹿でなんにも知らなかった。下働きからもっと上のメイドになりゃ、五十までに蓄えができて、田舎で静かに暮らせるだろうって思ってたんだ。

それに、結婚したいとも思ってたよ。男とキスすれば、その相手がまっすぐ教会に連れてってくれるものと信じてた。そのうち、あたしはジムに出会った。ジムは教会には連れてってくれなかったし、あんまりキスもしなかったけど、メイドが知る必要のないことを山ほど教えてくれたよ。あたしはジムに対して、本に出てくる娘たちが表紙の男に抱くような気持ちを抱いてた。ほら、よく目の大きい、縮れっ毛の男が描いてあるじゃない？　ジムは縮れっ毛じゃなかったし、やぶにらみだったけど、そこは別に気にならなかった。あれに――ジムとあたしのあいだにあったものに名前があるのかどうかはわからない。映画じゃそれを〝愛〟って呼ぶ。新聞じゃ〝罪〟ってことになる。あたしはなんとも呼ばなかったけど、いい感じのもんだったよ。ジムがそばにいないと、胸が痛くなってさ。雨のなかでずっと待ってたりもしたね。仕事のほうはお留守になってたし。あたしは綺麗じゃなかったら、彼に捨てられちまうと思った。だから、体を洗うのなんかやめて、香水と白粉を買ったんだ。ジムはすてきだって言ってくれたよ。彼はよくこう言ってた。「なあ、メイジー、奉公なんておまえには合ってないよ。おまえはすごく利口だもんな」「まあ」あたしは答えた。「あたし、他のことなんかなんにもできないよ」そしたら彼は言うんだ。「もちろんできるさ。おまえにはやれることが山ほどある。奉公なんてつまらんよ。そんな仕事じゃ、どうにもならない」あたしが、いつかもっと上のメイドになれるかもって言うと、ジムは笑った。

「五十になってからの幸せを夢見て、人生無駄にする気かい？」彼は言った。「おまえはもっとものがわかってるかと思ってたよ」

あたしは、なんて意地悪なのって言った。だけど、やっぱり考えたよ。奉公をつづけたら、ジムに軽蔑されるんじゃないかって思ったりね。「いまの家を出ろって言うなら、あたしに仕事を見つけてくれなきゃ」そう言うと、ジムは妙な顔をして、なんにも言わなかった。だけど、つぎに会ったときは、ずいぶんちやほやしてくれたんで、あたしは、それでジムを失わずにすむなら、なんでも彼の望むとおりにしようって気になったんだ。「俺はおまえによくしてやってるよな?」ジムは言った。「おまえを遊びに連れてく金はどうやって稼いでると思う?」

「知らない。仕事してるんじゃないの?」

「そうさ、俺は仕事をしてるんだ、メイジー。でも、おまえが思ってるような仕事じゃない」

「どういうこと? 教えてよ」

そしたら彼は、ずるそうに笑って、ウィンクした。「これを見な」って、ポケットからネックレスを出してね、あたしの目の前でジャラジャラ振ってみせたんだ。

「それ、どこで見つけたの?」あたしは訊ねた。

「どっかの婆さんから頂いたんだ」あいつは言った。

それであたしはやっとわかった。ジムは泥棒だったのさ。あたしは怖くなった。泣いて、もうあんたとはかかわらないって言ったよ。あたしは真っ当な人間なんだからってね。「わかったよ」ジムは笑って、行っちまい、三週間、あたしに近づかなかった。

それで思い知らされたよ。彼なしじゃ生きてけないってわかったんだ。あたしは彼に手紙を書いた。そうしたきゃ戴冠式の宝玉でもなんでも盗めばいい、とにかくよりをもどしてくれってたのんだのさ。あたしは、自分の力で彼を更生させられるんじゃないかって思ったんだ。そのうち蓄えもできて、彼を食わせられるようになるだろうし、田舎に小さな家も買えるだろうってね。あたしはケンジントンのご婦人に辞表を出した。パーク・レーンのある家で下働きのメイドをさがしてるのを新聞広告で見たんだよ。

あたしはその広告をジムに見せた。「ここに勤めるよ」そう言うと、ジムは笑った。「そいつは無理だな」彼は言った。「おまえは俺のやりかたで金持ちになるんだ」

あたしはバッグに広告をしまった。

「きょう応募するつもりなの」あたしは言った。

「どうだかね」ジムは言った。

彼は一緒に行くと言い、あたしらは地下鉄の駅に行って、ダウン・ストリート駅（パーク・レーンに当時あった地下鉄の駅）までの切符を買った。あたしは不安でそわそわしてたよ。自分が正しい道を選んだのかどうか——あの仕事に応募するのが正解なのかどうか、わからなかったんだ。

「なあ」ジムが言った。「取引しようじゃないか。パーク・レーンに行くか、一緒に来て俺と暮らし、俺と仕事をするかだ。どっちもはだめだぜ。さあ、いま決めな」彼がそう言ったのは、電車に乗りこむときだった。あたしはぎゅっと目をつぶった。「道を示してくれるお告げさえあったら」と思ったよ。それから目を開けて、電車に運ばれていきながら、プラットホームを見たんだ。そしたらいきなり、電光掲示板のまぶしい文字が目に飛びこんできた。

「ダウン・ストリート通過」ってのが。

あたしはジムに言った。「わかった。あんたと一緒に行くよ」

そう、迷信と言ってもいい。あたしの場合、物事はいつもそんな具合に決まっていった。それも決まって地下で、だよ。不思議じゃない？　表でってことはない。上の世界で、じゃないんだ。いつだって下界、地面の下で、なんだから。あたしは半年くらいジムと一緒にいた。彼は女たちからバッグをこっそり盗めるようにあたしを仕込んだ。意外と簡単だったよ。しばらくすると、あたしは腕利きになってた。

あたしらは地下で仕事をした。あたしはあらゆる駅、あらゆるエレベーター——地下の連絡通路全体に詳しくなった。その仕事はスリリングで、危険が一杯でね、声をあげて笑いたくなることもあったけど、たいていは地獄だったね。ときには体が震えちまって、気絶するんじゃないかと思ったよ。そうすると、ジムが「しっかりしろ」って耳打ちするんだ。「ばれてもいいのかよ?」って。

ときどきあいつはあたしをひとりで送り出した。そんなときは怖かったよ。誰も彼もがこっちを見てる気がしてさ、あたしはひとりぼっちでそこにいて、まずいことになったってそばには誰もいないし、隠れるとこもないんだからね。

「おまえは度胸が足りないんだ」ジムはあたしに言った。「いまみたいにびくびくやってちゃ、金持ちになんかなれっこないだろ？　よっぽどツキに恵まれないかぎり、ハンドバッグじゃ満足な上がりは見込めない。腕に磨きをかけて、もっとうまいことやらんとな。近ごろ、女どもはみんな腕輪をしてる。そいつを狙ってみちゃあどうだ?」そんな具合に、あいつは始終せっついてた。

「腕輪は頂かないのか?」ジムは言う。四六時中、文句ばっかりさ。そのころには怠け癖がついて、仕事はあたしひとりにさせてたよ。

ある晩、彼は怒りだした。丸一日かけてバッグひとつしか収穫がなかったもんでね。「今夜、俺がついていくからな」あいつは言った。「腕輪を頂くんだ」あたしは泣きだした。「無理だよ」あたしは言った。「技に自信がないもの」

「言うとおりにしな。さもなきゃ、おまえとは縁を切る」あいつは言った。

あたしらは十一時ちょい過ぎに、セントラル線で仕事にかかった。芝居帰りの連中をあてこんだんだよ。ジムが、切符売り場に向かってる毛皮のコートの老婦人に目をつけたのは、オックスフォード・サーカス駅にいたときだ。その人はランカスター・ゲート駅までの切符を買った。ジムはあたしを肘でつついて、老婦人の手を指さした。

その人は小指に大きな指輪をはめてたんだよ。それも高そうなやつを。そんなわけで、あたしらもランカスター・ゲートまで切符を買った。あたしは全身ぶるぶる震えてたし、両手は汗でぬるぬるだった。「無理だよ」あたしはささやいた。「できっこない」そしたらジムにぎゅっと腕をつかまれてさ、もうちょっとで悲鳴をあげるとこだったよ。あたしらは車内じゃ老婦人の隣にすわらなかった。電車の別のとこにいたんだ。

あたしらがランカスター・ゲートで降りると、老婦人はプラットホームを歩いてくとこだった。あたりにはほとんど人がいなくてね、こりゃあむずかしいなと思ったよ。人混みでぶつかったことにはできないし。

でも老婦人はイヴニングドレスを着てたんだよ。うしろが長いやつ。で、裾を扱いかねてたんだ。だから、もしよろめかせたら、なんとかなるかもって思ってさ。あたしは老婦人の脇をかすめた。向こうはバッグを落っことし、あたしらは落ちたバッグに同時に手を伸ばした。バッグは口が開いちまって、白粉ケースやら財布やらいろんなものがこぼれ出てたよ。あたしは大騒ぎして、相手にまとわりついて、手助けするふりをしながら、老婦人を壁のほうに突き飛ばした。指輪はちゃんと頂いてね。それからあたしはその場を離れて、エレベーターのほうへ走っていった。ジムはすぐうしろにいた。「きっとまずいことになる」あたしは思った。「きっとまずいことになる……」目の前に刑務所が見えるような気がしたよ。だけど逃げ道はない。もし老婦人がエレベーターのなかで指輪がないのに気づいたら、一巻の終わりだ。引き返して、向かい側のプラットホームに行ったほうがいいんじゃないかと思った。そのエレベーターで地上に向かったら、自分が終わりなのはわかってたから。そのとき、それを証明するみたいに――迷信が正しい場合もあると言わんばかりに――注意書きが目に飛びこんできた。「扉の前を空けてお待ちください」

あたしはジムを振り返った。「引き返すよ」そう言ったけど、あいつは乱暴だった。あたしの腕を揺すぶって「さっさと乗れ、この馬鹿」って言うんだ。だけどあいつも怯えてたんだよ。白目をむいてたからね。ジムはあたしをエレベーターに押しこんだ。そのとき、あの老婦人が手を振りながら走ってくるのが見えた。「泥棒！」老婦人は叫んだ。「泥棒よ。その娘をつかまえて」

みんなが振り返ってあたしを見た。あたしはエレベーターの反対側に行こうとしたけど、そっちの扉は閉じてた。それから、人がまわりに押し寄せてきて、あたしにあれこれ訊きだしたんだ。

あんた、あたしに監獄の話をしろなんて言わないよね？　その話は他の誰かから搾り出しな。新聞に載りたがってる元囚人は山ほどいるからね。あたしにはなんにも言うことはないよ……ああ！　そうそう――あそこじゃみんな親切にしてくれたよ。そりゃあ結構なことだよね？

それと、週に一度、女の人が来て、いい子にしてたか、イエス様と一緒にいたほうが幸せなんじゃないかって訊いてたっけ。あたしは「いいえ」って答えたけど。どんなにひどい仕打ちを受けようがかまわない、あたしはジムについていく、他の誰にも従う気はないってね。それはほんとのことだったし。ジムはあたしに愛想をつかしたかもしれない。でもあたしは彼の女だったんだ。あたしの望みはただひとつ――出所して、また彼と暮らすことだけだった。ジムのほうも、同じ気持ちだって言ってたし。あいつは一度、面会に来たんだよ。あたしら女囚は格子で囲われた部屋みたいなとこに入ってく。そうすると、友達と話をさせてもらえるんだ。「なあ、メイジー」ジムは言った。「わかってるよな？　俺はこんなとこにおまえを入れたかなかったんだぜ」

「わかってる――あたしはなんにもしゃべってないよ」あたしは言った。

「俺のこと、怒ってないよな、メイジー？」ジムは言った。「ああなったのは成り行きだ。どうしようもなかったんだよ。俺はなんとか助かろうとしただけさ。俺たちが一緒に仕事をしてたってこと、ここのやつらにチクッたりしないよな？」

あたしは心配いらないって言ってやった。

「おまえは優しいねえ」ジムは言った。「好きだよ。おまえがいないと淋しくていけない」

ジムはそれ以上は何も言わずに、帰っちまった。それっきり二度と来なかったしね。だけど、なぜかあたしは彼が外で待ってる姿をずっと想像してたよ。あたしがいないんで、きっと途方に暮れてるだろうと思ってさ。あたしは何やかやと彼の世話を焼いてたし、いつもそばにいたわけだから。

男ってのは身近に女を置いときたいもんじゃない？　たとえ手荒に扱ったり、ののしったりするだけであってもさ？　男たちはそうすることで奇妙な慰めを得られるんだ。それに女を愛してりゃ、なんで自分は生まれてきたのかなんて考えないでいられるし。

とにかく、ジムにとっちゃそうだったんだろうと思う。だからあたしは監獄のなかで、出所後の彼との生活を夢見てた。しばらくは目立たないようにしなきゃとも思ったよ。こっちはムショ帰りだからさ。かなり厳しくマークされるって女囚のひとりに教わったんだ。警察の警戒がゆるむ前に、おんなじ仕事をまたやるのは得策じゃない。ジムを面倒に巻き込みたくなかったしね。

監獄にはひとり若い子がいて、その娘は外に出たら、更生するって言ってたよ。いつも来る女の人から渡された冊子の話を信じこんじまってさ。だけどこっちはもっと利口だった。「これはずっとあんたにつきまとうんだよ」あたしは言った。「泥みたいにくっついてるんだ。わかんないの？」

「ああ！　メイジー」その娘は言った。それに泣いてたよ。まだ子供だったからね。「あんたもあたしと来ればいいのに。一緒に救済施設に行きたいな」

「へえ？　そうして、召使い以下の扱いを受け、床をごしごし洗って、人に威張りちらされるわけ？」あたしは言った。「床を洗うのは、もうたくさん。ここで一生分はやったね。娑《しゃ》婆《ば》にもどったら、お姫様みたいな暮らしをするよ。あたしには待っててくれる男がいるんだ」

その娘はあたしより先に出所した。「あたし、カナダに行くの」なんて言ってたよ。「一からやり直すんだ」ってね。

でも不思議だね——彼女、ブリストルの牧師夫人に預けられたんだけど、一カ月後にはまた前の仕事を始めててさ、それで三年、務めることになったんだ。

　これですべてわかろうってもんじゃない？

　あたしは春に出所した。出てくるときには、義務、市民のありかた、人の道、神について、話があったよ。お金もいくらかもらったしね。あたしは外に出るとすぐ、レース付きのキャミニッカーズを買った。ジムに粋な女だって思われたかったんだ。あたしが出所した日は最高だったよ。青い空、太陽、わけもなくほほえんでる人たち。あたしは踊りたかったし、思いっきり笑いたかった。みんなに見られたかったし、隅っこに逃げてって泣きたい気もした。

　心のなかであたしはこう言いつづけた。「もうじき彼に会える。もうじき——もうじき」いわば自分を煽《あお》ってたんだよ。わかるかな？　彼はどこかそのへんにいる。あたしにはわかってた。ただ行って、見つけさえすればいい。そう遠くじゃないだろう。

　だからあたしは空を見あげて、子供みたいに言った。「さあ——消えちまいな——あんたに用はないよ」そうして、自分の居場所、地下に降りてったんだ。

　あたしは一日じゅう、ジムをさがした。だんだん疲れてきて、いらいらしだしたよ。自分が迷信的な考えにとらわれてるのがわかった。「じきにお告げがあって、これからどうなるかわかるだろう」そう、時刻は六時、地下鉄のラッシュアワーだった。ジムがまだ仕事をつづけてるなら、その時間帯は忙しいはずだ。あたしはボンド・ストリート駅で切符を買った。列で五分も待たされたよ。もう暑くてね、服を体に貼りつかせて帽子はうしろにずらしてた。

その場に転がって、死んじまいたかったよ……

それにあの混雑。人がつぎつぎぶつかってきて、首すじに息を吹きかけて、無理やりそばを通っていくんだ。あたしはエスカレーターに乗った。そうして手すりにもたれたよ。あたしらは下へ下へと運ばれてった。頭上の光から遠ざかり、地下の深いとこへと。それからあたしはジムに気づいた。彼は手すりの向こう側にいた。同じ昇降口だけど、上に向かってたんだよ。彼がだんだん近づいてくる。ついにおんなじ高さになった。あたしは彼に声をかけた。ふたりを隔てる仕切り越しに、「ジム――あたしだよ――ジム」ってね。彼はこっちを見なかった。それに、なんにも言わなかった。あたしの声が聞こえなかったはずはない。なのに、一切、反応しなかったんだ。彼は前よりめかしてて、雰囲気が変わってた。それに女を連れてたよ――腕にしがみつかせてさ。あたしは向きを変えた。無理やり引き返そうとしたけど、上からつぎつぎ人が来るんで、どうにもならなかった。あたしはもう一度、彼を呼んだ。「ジム――ジム」

なすすべがなかったよ。あたしはそのまま運ばれてった。エレベーターのお望みどおり――下へ――下へと。ジムはと言えば、あたしが最後に見た彼は、いちばんてっぺんの人影で、女にべったりくっついて――地上に出てくとこだったよ。

彼女はテーブルに手を伸ばして、マニキュアの瓶を取った。

「それがあたしへのお告げだったんだ」彼女は言った。「上に昇ってく彼と、下に降りてくあたし。あんたが知りたかったのは、それなんだよね？　新聞で名場面が書けるんじゃない？　ねえ、教えてよ、この手の仕事って、いい給料がもらえるの？」

相変わらず彼女は椅子に浅くかけ、その椅子をうしろに傾けて、脚をぶらぶらさせていた。

「まだ足りない？　どうでもいい細かいとこまで、残らず知りたいわけ？　たとえば、なんでもとどおり召使いにならなかったのか、とか？　そりゃあね、記者さん、召使いどもはあたしがほしいもんを持ってないからさ。じゃあ、なんで泥棒をつづけなかったのか？　そりゃあ怖かったからだよ。それに、楽な仕事ってのが絶対条件だったしね。それじゃなんだって他にもいろいろ職はあるのに、よりによってこの道を選んだのか？　知りたいのはそこかしらね？　それを見出しにしようっての？」彼女は笑い、肩をすくめた。それはもはや自分の物語を語ったメイジーではなく、いまこの瞬間のメイジー——醜い、年を重ねた、冷たくて不誠実な、感情のないメイジーだった。

彼女は言った。「エスカレーターの下に着くと、あたしは適当に電車に乗った。それから、どっかの駅で降りて、また別の電車に乗って、また別の駅で降りて——そのプラットホームで一生懸命、神に祈ったんだよ。どうかお告げをくださいって。そしたら、お告げがあったんだ」

爪が仕上がった。彼女は白粉をはたき、口紅を塗った。それから、コートをまとい、帽子をかぶった。バッグを小脇にかかえて立ちあがると、彼女は口を開けて笑った。

「どんなお告げだったと思う?」彼女は言った。「なんと、それは神様からまっすぐ送られてきて、あたしの頭上にでかでかと書かれてた。プラットホームの端に真っ赤な文字で『ピカデリー方面、赤いライト《レッドライト》に従って進め』って」（「レッドライト」には「売春婦」「売春宿」の意味がある。売春宿の入口に赤色灯を灯したことから）

Piccadilly

飼い猫

ついに大人になったなんて、とても信じられない。生まれてからずっと、彼女はこの瞬間を夢見てきた。そしていま、その時が来たのだ。子供時代のちっぽけな悩みは永遠に過去のものとなった。フランス語とはもうお別れだ。先生《マドモワゼル》に付き添われ、のろのろとめぐり歩いた憎きルーブル美術館とも。丸テーブルに着き、歴史の本の陰で英語の小説をこそこそ読んだ小サロン《プティ》とも。

寄宿学校《ペンション》での日々は早くもぼんやり霞《かす》んでしまい、現実のことじゃないようだった。マドモワゼルににらまれて、泣きながら眠りについたあの子供は、見知らぬ誰か、忘れられた幻と化した。かつてあんなにも重要だった、女の子同士のおしゃべり、日常のちょっとした熱烈な愛情表現も、いまとなっては馬鹿らしい些末なことにすぎず、ほとんど思い出すこともない。彼女は大人になった。前途には、いろいろとすてきなことが待ち受けている。これからはなんでも言いたいことが言えるし、どこへでも好きなところへ行けるのだ。朝の三時までダンスパーティーを楽しみ、たぶんシャンパンだって飲むだろう。帰りは若い男性がタクシーで送ってくれるかもしれない。その青年は彼女にキスしたがり（もちろんそれはことわるけれど）、翌朝、花を送ってくるだろう。ああ！　それに新しい友達も大勢できる。新しい経験に、新しい顔！　もちろんダンスや観劇ばかりじゃない。それはちゃんとわかっている。そのうち腰を落ち着け、真剣に音楽に取り組まねばならない。でもしばらくは、この温かくて心地よい興奮、すごく新鮮なわくわく感で、心を満たしていたかった。まるで五月の朝に舞う悩みのない蝶のように、彼女は踊り、歌うだろう。

「大人になった！　大人になった！」耳の奥で声がこだまし、ガタゴト走る列車の音がそのテーマを引き継いで、何度も大きく轟《とどろ》かせる。「大人になった！　大人になった！」

彼女は自分を待っている歓迎のことを思った。このうえなくすてきに装い、いつにも増して美しく、最高に魅力的なマミーが、無頓着に彼女を抱き締め、髪をくしゃくしゃかきまわす。「いい子ちゃん、あんたったらまるでころころした子犬みたいね。あっちへ行って、遊んでらっしゃい」でもマミーももうあんなことは言えない。この前の休暇のあと、彼女はとてもスリムになった。それに、髪をセットしたせいで顔の形もずいぶんちがって見える。ドレスだって新しいし、口紅もちょっとつけている。ついにマミーも娘を自慢に思うだろう。ああ、本当に楽しみだ。どこへ行くのもふたり一緒で、同じことをして、同じ人たちに会うなんて！　たぶんこれこそ、彼女が何よりも待ち望んでいたことなのだ。マミーと一緒にいること。ふたりは最高のペアになるにちがいない。愛するマミーはとっても気前がよくて、どうしようもない浪費家だから、誰か気をつけてあげる人が絶対に必要だ。ふたりは姉妹みたいになるだろう。

もちろん、ジョンおじさんもいる……物心がついたころから、ジョンおじさんはいつもいた。彼は本当の親戚ではないけれど、親戚も同然だ。初めておじさんと会ったのは、確かフリントンに行ったときだった。彼女はまだ小さな女の子で、マミーと浅瀬で海水浴をしていた。でもあれは全部、遠い昔のことだ。ジョンおじさんが家族の一員になってからもう何年も経つ。おじさんはいろんなことでマミーの役に立っている。マミーの代わりに手紙の返事を書くのも、請求書のことで業者に文句を言うのも、ジョンおじさん、旅行のチケットをとるのも、ホテルに予約を入れるのも、ジョンおじさんだ。一緒に住んでいるわけじゃないけれど、食事のときはたいていいるし、昼食や夕食にもしいないなら、それはマミーをレストランかお芝居に連れていったということだ。これまでマミーにやたらと新車を買わせてきたのもジョンおじさんだけれど、もちろん彼はとてもいい運転手でもある。

そう、ジョンおじさんはマミーの役に立っている。それに、なかなかすてきな人だ。ただ、かなりのお年で――四十をだいぶ過ぎているけれど。可哀そうなジョンおじさん！　ある夏、マミーとおじさんがカンヌに行く途中、パリに寄ったとき、寄宿学校《ペンション》の女の子のひとりがおじさんを指して言った言葉はなんだっけ……「あなたのお母さんのあの飼い猫」。なんてぴったりな譬《たと》えだろう！　飼い猫。たぶんジョンおじさんは猫みたいなものなのだ。可愛い害のない年とった雄のトラ猫。隅っこで静かに喉を鳴らし、決して爪など出さず、皿のミルクをおとなしくぴちゃぴちゃと舐めている。あのおじさんは、ふたりのためにコートを持ったり、観劇のお伴をしたり、ダンスの相手を務めたりするだろう。彼らはとても楽しく暮らせるはずだ。彼女とマミーとジョンおじさんとで。

考えているうちに、じっとしていられないほど、心が浮き立ってきた。夜の暗さ、寒さも苦にならない。窮屈《きゅうくつ》な寝台車両も苦にならない。列車はヴィクトリア駅に近づいていた。心臓はドキドキし、こめかみはピクピク脈打っている。ロンドンのなつかしいすてきな轟き。バスのゴトゴト走る音。クリスマスの装飾で華やぐ商店の黄色い光。もしこれが大人になるということなら、大人になった彼女は過去のいつよりも若くなっていた。経験の乏しさの生む希望によって若くなり、目に見えない楽園さながらに内側から明るく輝いていた。いまこそが最高の時、ヴィクトリア駅に列車が入っていくこの瞬間に、並ぶものはなく、超えるものもない。

頬を赤くし、勢いこんで、彼女はホームに降り立った。目は青くきらきら輝き、頭にはベレー帽が斜めに載っていた。「マミー、マミー、うれしいわ。帰ってこられて、すごくうれしい！」ところが何かが変わっていた。何かがおかしかった。マミーは彼女を凝視していた。最初は、ひどく驚き、うろたえて。それから、まるで腹を立て、同時に、恐れているかのように。

「ベイビー——いったいぜんたい……」マミーは言いかけたが、その声は尻すぼみに消えた。それからマミーは笑った。やや度を越して明るく、やや度を越して陽気に。「ずいぶんおめかししたのね」そして急に、冷たい無頓着な口調になって——「荷物が山ほどあるんでしょう？　手伝ってやって、ジョン。ここはひどく寒いわ。わたしは車で待っているから」

娘は失望の小さな胸の痛みとともに母親を見送った。それから、隣に控えている男を振り返った。彼は帽子を手に持ち、彼女の顔を見つめていた。

「ただいま、ジョンおじさん！」だけど、この人はなぜ、こんなふうにじろじろと見るんだろう？　いつもの眠たげな表情は消え、代わってそこには新しい表情——油断のない、小さく光る奇妙な目があった。


新生活は期待していたものとはまるでちがっていた。息を凝らして待ち受ける気分は消え失せ、恐ろしい味気なさ、退屈にも似た感覚が訪れた。彼女は孤独を感じ、心を閉ざした。これにはマミーが関係していた。マミーは体調がよくないらしく、彼女がもどってからというもの、ずっと冷ややかで、怒りっぽく、娘に対してつんけんしていた。

そして彼女のほうは、マミーを喜ばせようとあれこれ手を尽くした。外見により一層気を配り、よく似合う新しいドレスを着て、何年も前から〝デビュー〟していたかのようにマミーのお友達と談笑した。みんなとても優しくて、彼女をもてはやし、ダンスパーティーや週末の集まりやホームパーティーに招待してくれた。帰りの列車で期待していたようなお祭り騒ぎのすべてに。ところがいまでは何もかもがつまらなかった。マミーが喜んでいないからだ。

最初からマミーは彼女に冷たかった。一日目の朝、いつもどおりジョンおじさんも一緒に、イヴニングドレスを買いに行き、彼女が背中の大きくあいた美しい桃色のベルベットのドレスをほしがったときから。「困った子、ほんとにお馬鹿さんね。これはもっとずっと年上の人向きよ」おずおずと質問する彼女をあっさり退け、「いいえ、ルイーズ」と店員に、「もっとシンプルなのがいいわ。色は白ね」それから、いらだたしげにジョンおじさんに向き直り、「何をぽかんと眺めているの？ あなたはこの子がふしだら女みたいにめかしこむのを見たいんでしょ？」

マミーがそんな言いかたをするのは、それまで聞いたことがなかった。情けなくも、彼女はあわててささやいた。「ええ、あの白いのにして。とってもすてきだわ」心のなかでは大嫌いだと思いながら。ウエストの帯、太い肩ひも、ひどく女学生じみている。でもマミーの表情、ひどく冷たい、口の隅にいらだたしげな皺《しわ》の寄ったその顔を変えられるなら、彼女はなんだって着るだろう。

すると、マミーが目をそらした隙に、ジョンおじさんが耳打ちしてきた。「実に惜しいね！ あのベルベットのを着たら、とっても綺麗だろうになあ」おじさんは彼女にほほえみかけ、手の甲をそっとなでた。まるで盟友みたいに。いわば彼女の側につき、共犯者よろしくこっそりと。「何かほしいものがあったら、僕のところにおいで」その日、おじさんは彼女を隅に引っ張っていき、そう言った。うしろをちらちら振り返り、ドアの隙間に目をやりながら。「お母さんのことは気にしなくていい。直接、僕に言いに来なさい」そして一瞬、彼女は笑いだしたくなった。彼はまさにトラ猫そのものだったから。つややかな、よく太った猫。かすかに喉を鳴らし、背中を丸めている。「ありがとう、ジョンおじさん、本当に優しいのね」彼女はそう言って、衝動的に彼にキスした。すると、驚いたことに、おじさんは真っ赤になり、束の間ためらってから彼女にキスを返した。「僕たちはこれから仲よくなれるんじゃないかな、ベイビー?」彼女の手をぎゅっと握って、おじさんは言った。「でもわたしたち、ずっと仲よしだったじゃないの」そう答えながら、彼女は、まるで知らない人と話しているように、生まれて初めて彼の前ではにかみ、居心地悪さを覚えていた。

　歓びと新たなお楽しみにあふれているはずの日々は、かつての学校の休日と同じくのろのろと過ぎていった。すべてが変わったというのに、彼女は相変わらず寄宿学校《ペンション》の子供のようなものだった。マミーはふたりの受けるたくさんの招待を辞退した。「またそのうちね」マミーはそう言葉を濁し、ジョンおじさんと出かけてしまう。ひとり残された彼女は、学校時代の友達に電話をし、半クラウンで映画を見るしかなかった。

　クリスマスの日は、例年どおり、田舎のお祖母ちゃんのうちで過ごした。こってりしたお昼の食事に、雨のなかの午後の散歩。そして、翌日の贈り物の日《ボクシング・デー》は、サーカス見物と、いとこが夕食に来たのとで変化がついた。でも週の残りはただ退屈な日がだらだらつづくばかり、大晦日《おおみそか》まではなんの予定もなかった。まさかそれも台なしになるようなことはないだろうけれど。きっとマミーの気分もなおるだろうし、ジョンおじさんも以前のおじさんにもどるだろう。その日はサヴォイ・ホテルで大パーティーをやることになっている。彼女ひとりのために開かれるパーティー。そこでみんなは、彼女が大人になったこと、もう子供じゃないことを知るのだ。彼女は熱心に祈った——その会、自分の初のパーティーが成功するように。そして、マミーが、無頓着で愛情深い昔のマミーにもどって、妹みたいな娘を自慢に思ってくれるように。彼女は新しいドレスを着るつもりだった。たとえ、ちょっとふっくらしすぎで、ちょっと子供っぽすぎても。「どうか、神様、すべてうまく運ばせてください」ベッドに入る前、信仰の熱に浮かされ、ひざまずいて揺れながら、彼女はささやいた。それから窓辺に行き、カーテンを開けると、空には星がひとつ、明るく輝いていた。ちょうど彼女が大晦日に他の誰よりも美しく輝くように。

パーティーの前夜、マミーは早くベッドに入った。夕食もお盆で部屋まで運ばせた。なんだか疲れてしまって、とマミーは言った。へとへとなのよ。きっと明日にはよくなるでしょう。でももしだめだったら、すべて延期にするしかないわね。ベイビーはがっかりするだろうけれど。家族みんなが流感で倒れるよりましだもの。喉も痛いし。そう、たぶん流感かも。

この季節は、いくら用心しても用心しすぎることはないわ。娘はマミーにおやすみのキスをすると、打ちしおれ、ふらりと客間に入っていった。

彼女はピアノの前にすわり、マミーの迷惑にならないように、小さな音でポロポロ弾いた。流感になんかなるわけない。こんなふうに突然、パーティーの前夜にだなんて。ときどき彼女は、これは全部わざとなんじゃないかと思う。何か不可解な計り知れない理由から、マミーは娘の幸せを邪魔したいんじゃないかと。そのとき、ドアが開いて、ジョンおじさんが入ってきた。おじさんは顔を火照らせ、ずいぶん興奮しているようだった。彼は意味ありげに手招きした。

「さあ、出かけよう。鬼のいぬ間に……」

この人はカクテル・パーティーにでも行って、少し飲みすぎたんだろうか？　可哀そうなジョンおじさん。「どうしたの？」彼女は言った。「知ってるでしょう？　マミーは寝ているのよ。具合がよくなくて」

「もちろん知ってるさ」おじさんは言った。「だから僕はここにいるんだ。きみを食事に連れていこうと思ってね」

彼女は一瞬、驚いて目を瞠り、それから、笑顔になった。まあ、本当に優しい人。ひとりぼっちのわたしのことを思いやってくれるなんて。おじさんは、わたしのクリスマスが期待はずれだったのを察したんだろう。それで、わたしが可哀そうだから、イヴニングドレスを着て、身支度するように言っているわけだ。一緒に出かけるお相手ならいくらでもいるのに、わたしのおしゃべりにつきあうなんて、この人にしてみればひどく退屈なことにちがいない。「どこに行きましょうか?」急にうれしくなり、急に興奮を覚えて、彼女は訊ねた。それから「新しいドレスを着てもいい?」「お芝居にも行ける?」と。

彼女は二階に駆けあがると、危ないところで思い出し、マミーの部屋の前をつま先立って通り過ぎた。なかなかすてきじゃない——長い鏡に目をやって、彼女はそう考え、震える手でほんの少し多めに口紅をつけた。ジョンおじさんは、いつにも増してトラ猫っぽく、ホールで彼女を待っていた。小さな口髭を引っ張りながら、彼はまちがいなく満足げに喉を鳴らしていた。

「このお転婆さん!」おじさんは言った。「どうやらパリであれこれ教わってきたようだね?」そして夜じゅう、おじさんは同じことをほのめかし、きみはいろいろ知っているはずだと言い、告白をするようそそのかしていた。

「でも本当に、わたしたち、どこにも行かなかったのよ」そう言うのは、それが十回目だった。「ずっと授業や講義ばかりだったの」

「いやいや、それはないだろう……」彼女のグラスを満たしながら、おじさんは言い返した。「その目を見ればわかるさ。きみはすっかり変わったものな」

アリスのチェシャ猫みたいににやにやして、なんて馬鹿なおじさん! 例の〝飼い猫〟の話をしてやろうか？　でも、おじさんを傷つけるわけにはいかない。おじさんは本当に親切で、とってもいい人で、家にもどって以来、最高に幸せな夜をプレゼントしてくれたんだから。

シャンパンのせいで、彼女はくすくす笑ってばかりいたし、ひどくおしゃべりになっていた。でも、おじさんは気にしていないようだった。彼女が何を言っても、彼は声をあげて笑った。「知ってるさ。よくわかっているとも」おじさんはずっと言っていた。「きみみたいな綺麗な娘は、お楽しみがほしいもんだ。それでいいんだよ。近ごろの娘たちは、何をしたって許されるんだからね。知っているだろう、ベイビー？　僕がうまくやってあげるよ。ただ——」でも彼はその先を言わなかった。びくんとして思いとどまり、彼女から目をそらした。

レストランをあとにするとき、彼女にはそこにいる誰もが自分にほほえみかけているように思えた。みんな、彼女がマミーの娘であることを知っていた。彼らはジョンおじさんを呼び止め、紹介してほしいと言った。

「小さいころのあなたを覚えていますよ。ずいぶん綺麗になりましたねえ！」ひどくきまり悪くて困ったけれど、感じのいい、親切な人たちだ。

「楽しい？」ジョンおじさんにそう訊かれ、彼女は笑みを返した。頬は赤く染まり、心は浮き立っていた。

「ほんとにすてきな夜だわ。これでマミーさえいたら完璧なのに！」

おじさんはぽかんと口を開け、ちょっと首をかしげて、馬鹿みたいに彼女を見つめた。それから、彼女の言葉を冗談とみなし、大声でカッカッと笑いだした。

「若い娘にしちゃ、きわどいことを言うなあ。いやまったく！」

でも彼女は聴いていなかった。あたりを見回し、瞳を躍らせ、新鮮な眺めや音を吸収しており、心はすでに彼から何マイルも離れ、他の誰か、新しい誰か、若い誰かとふたりきりになっていた。それに、一階席の三列目でお芝居を見て、幕間にロビーでタバコを吸う、この楽しさ！　前回、観劇に行ったときは、席は狭苦しい升席で、マドモワゼルと三人の女生徒が一緒で、演目は「守銭奴」で、なんとみんなでチョコレートを食べたのだ！　なんておぞましい！　なんて子供っぽい！　でもきょうの芝居には音楽があり、ダンスがある。金髪の娘が星のちりばめられた背景を背につま先旋回《ピルエット》し、スリムな黒髪の若者が海に向かって歌い、最初から最後まで、躍動する熱狂的な旋律がバイオリンで小さく奏でられ、その調べは記憶に刻みこまれ、いつまでも残り、消えないのだった。

ああ！　わたしはこのお芝居に入りこみすぎている。彼女は胸の内でつぶやいた。これが――これほどの美とロマンスが、いつまでもつづくわけはない。第二幕のあのひどい諍いのあと、恋人たちが最後に結ばれて、彼女はどれほどうれしかったことか！　そしていま、哀切に、荘重に、「神よ、王を護りたまえ」が始まった。喉に嗚咽《おえつ》がこみあげ、彼女は祖国のためならいつでも死ねると思った。しかし一分後、それは終わり、忘れ去られた。ふたりは人波にもまれながら劇場を出、タクシーに乗りこみ、ネオンサインや閃光で光り輝くピカデリーの混雑した道を進んでいき、やがてガクンと車が停まると、紫色の制服を着たナイトクラブのドアマンがドアを開けた。

ジョンおじさんは何をぶつぶつ言っているんだろう？　パリのあとじゃ、こんなところはまるでつまらないだろうって？　なんてくどい人！　ちょっとうるさいくらい。きっと年のせいね、と彼女は思った。というのも、彼女のほうは早く踊りたくてうずうずしていたからだ。そのとき、頭のなかでずっと鳴っていた曲をバンドが演奏しはじめた。混んだテーブルから無数の顔が彼女を見あげて輝きだしたように思えた。むきだしの腕、銀色のドレス、黒い瞳、白いシャツの胸。ざわめきと話し声と笑い声。そしていま、ようやくふたりは踊っている。照明は少し暗くなっていた。彼女は右へ左へ顔を向け、通り過ぎていくカップルの顔を眺め回した。

すると、ひとりの若者がパートナーの肩越しに彼女にほほえみかけた。釣りこまれそうな、楽しげな笑顔。彼女も思わずほほえみ返した。まちがいなくふたりは同じことを考えていた。「なぜ自分たちは一緒に踊っていないんだろう？」ふたりはお互いから無理に視線を引きはがした。彼はそのままパートナーとともに通り過ぎていき、夢のなかへと消えた。耳もとでささやくジョンおじさんの声など、彼女には聞こえてもいなかった。「いいかい、うんと用心しなきゃいけないよ、ベイビー。もし僕たちのことであの人が疑いを抱いたら……」

もちろんいつかは終わりが来る。いまは三時なのだろうか、四時なのだろうか。時間の感覚は失われていた。彼女は永遠に踊りつづけられたろう。家の客間に立ち、彼女はおじさんにおやすみを言った。幸せで胸が一杯で、それ以上言葉が出てこなかった。おじさんは彼女の沈黙を不審がり、心配そうに顔をのぞきこんでいた。「どうしたんだい？　何か怒っているのかな？　がっかりしたのかい？」馬鹿なジョンおじさん！　この人はいつも謙虚で、なんとか気に入ってもらおうと心を砕いているように見える。ときには、女々しくさえ。「おじさんのおかげで、これまでの人生でいちばんすてきな夜が過ごせたわ」彼女は言った。

突然、頭上でドアが閉まり、踊り場で足音がした。ジョンおじさんはぎくりとし、蒼白になった。それから、振り向いて彼女の両肩をつかんだが、その表情はすっかり変わっていた。口もとを囲うなめらかな皺はもうない。あの柔和なほほえみも、丸い小さな目の光も。彼の顔には、何かこそこそしたもの、陰湿で狡猾なものが浮かびあがっていた。口は曲がり、目は半ば閉じられていた。彼は猫のようだった。忍び足でうろつく、狡猾な雄猫。黒っぽい湿った塀を背に、自らの影のなかにうずくまっている。

「音に気づかれたんだ」おじさんはささやいた。「下に降りてくるぞ。何があろうと、嗅ぎつけられちゃならないよ。僕たちのことを悟られちゃならない。聞いてるかい？　嘘をつきまくらないと――何か話を作らないとな。きみは黙っていなさい。全部、僕に任せるんだ」

彼女はとまどって、おじさんを見つめた。

「でもマミーが気にするわけないじゃない――」そう話しだしたけれど、おじさんはいらだたしげに彼女を制した。その目はドアに向けられていた。

「純情ぶるんじゃない」おじさんは言った。「ひどくまずい状況なのは、よくよくわかっているだろう。ああ、くそ！……」彼はこちらに背を向け、震える手でタバコを一本、不器用に取り出した。

部屋の外から母親の声が聞こえてきた。

「あなたなの、ジョン？　こんなところで何をしているの？　こっちは悲惨な夜だったのよ。ちっとも眠れなくて……」

部屋の入口で立ち止まり、彼女はふたりを見た。男はタバコを吹かし、目の隅から彼女を見つめている。そして娘は、子供っぽいピンクのイヴニング・バッグを手のなかでひねくりまわしていた。

マミーはナイトガウンの上から肩掛けをゆるく巻きつけ、一方の手で押さえていた。顔は、大急ぎでぞんざいにはたいた白粉《おしろい》の仮面だった。口の両側には皺が刻まれており、目は腫れぼったかった。この瞬間、美しさはみじんもなかった。彼女はただのよく眠れなかった中年女だった。娘はひと目でこれに気づいて、恥ずかしくなった。こんなにも青白くやつれた母を人に見られるのがいやだった。

「ああ、マミー、ごめんなさい！　起こしてしまったかしら？」彼女は言った。

一瞬、張りつめた恐ろしい沈黙があった。それからマミーが笑った。無理のある、ぞっとするような声だ。その顔はジョンおじさんの顔と同じく蒼白だった。

「やっぱり思っていたとおりだったのね」マミーは言った。「ただの思いすごしじゃなかったんだわ。こっそり目を見交わしていたのも、隅でひそひそ話していたのも。いつからそうなったわけ？　あなたがパリからもどってから？　それとも、前の夏に始まったことなの？　その年の子供にしちゃ、やることが早いわよねえ？　せめてわたしの家は使わず、どこかよそに行くだけの良識は持てなかったものかしら？」

ジョンおじさんが急いで口をはさんだ。つぎつぎ言葉があふれ出てくる。「いや、そうじゃない……本当になんでもないんだ……ベイビーに訊いてくれ……どこか連れてってほしいと言われて――この子が可哀そうでね……本当はきみといたかったさ……そんなことは思ってもみなかったよ……まるで馬鹿げている……」小さく短い、切れ切れの台詞。それはまるで説得力がなく、隣に立つ娘にさえ嘘の連発のように聞こえた。

しかし女は彼の話を聴こうともしなかった。娘をそのまま許すわけにはいかない。不実なのはベイビー、嘘をつき、自分に背いたのはベイビーなのだ。男など取るに足りない。ただの影にすぎない。

「よくもこんなことを！」彼女は言っていた。「パリからもどるなり、こんな安っぽい三流どころの商売女みたいなまねをするとはね！　あんたが帰ってきたとたん、わたしにはあんたの魂胆がわかったわ。その目を見て気づいたのよ。ああ、ちゃんと目立たないようにやってたわよ。見せつけるなんてことは、ぜんぜんなかったものね！　でもあんたはこの人を絶対に手に入れるって決めていたんでしょ？　他の男じゃ満足できない。彼じゃなきゃだめなのよね。前々から聞いていたわ。それがその年ごろの娘たちのすることだって。他人様の男を手に入れなきゃいられないんだってね。あんたは、わたしがこの人を誰かと分け合うとでも思ったのかしら……？」

娘はなんとも答えなかった。おぞましさと恥ずかしさで気分が悪くなり、ただ母親を見つめ返すばかりだった。いまわかった真実が心に焼きつけられた。マミーとジョンおじさん。十一年か十二年前、フリントンで。マミーとジョンおじさん。ロンドン、パリ、カンヌで。マミーとジョンおじさん。長年、彼はチケットを買い、車を運転し、業者に会い、支払いをし、毎日毎晩、常に家で食事をしてきた。マミーとジョンおじさん。

小さな口髭を生やした、あの如才ない太った小男――駅では母娘《ははこ》の荷物を持ち、お茶のときはバターつきパンを手渡し、電話に応対し、スケジュールを管理し、満足すると両手をこすりあわせ、ほほえみ、こびへつらう、腰の低いジョンおじさん。いますべてがわかった。マミーはいつもの美しさを失い、自分の娘をねたむ、嫉妬深い怯えた女となっている。そして彼のほうは、甘言を弄《ろう》し、嘘をつき、新たな同盟のために働いている。

では、これが大人になるということなのか。複雑で不道徳な、汚らしい関係の連続が。美しさはない、ロマンスもない。つぎは彼女自身がこんなふうに生きねばならないのだ。不実に、非情になり、母親と同じ仮面をつけて。彼女はいま、ひとり客間にいる。彼らは二階に行ってしまった。初めて俗っぽい姿を見せ、漁師の妻みたいに甲高くわめきたてるマミーと、哀願し、抗議し、マミーの肩を抱き寄せようとするジョンおじさんとで。

「ハッピー・ニューイヤー！　ハッピー・ニューイヤー！」

いくつもの手が彼女の手を引っ張り、いくつもの声が耳もとで叫び、バンドはにぎやかに陽気な曲を演奏している。すばらしい勝利。彼女のパーティー、お祝いの会は、大成功だった。どちらを向いても、ほほえみが返ってくるし、耳を傾ければ必ず、彼女への賛辞が聞こえる。

「あなたは日に日にお母さんに似てくるわね。おふたりにとって、すばらしいことじゃない？　まるで姉妹みたいよ！」

そろそろ十二時で、古い年はまもなく終わる。レストランのなかでは、青やオレンジや緑の紙テープが飛び交っていた。紙の帽子をかぶった老人たちが、隣のテーブルの見も知らぬ人たちに、派手な黄色の小さなボールを投げつけている。あたりに散らばった紙テープが、ひしめきあう騒々しいカップルたちの足にからまっている。床には一インチの隙間もない。

人々は押し合いへし合いし、暑がり、汗をかき、飛び跳ね、テーブルにもたれ、振り返って笑っていた。そのやかましさは耳を聾《ろう》さんばかりで、まるでバベルの喧騒《けんそう》だった。男たちはどなり、口笛を吹き、女たちは金切り声をあげた。彼らはさながら沈みかけた船のネズミの大群だった。

「ハッピー・ニューイヤー！　ハッピー・ニューイヤー！」

「すばらしくない？　いいパーティーだよね！」誰かが耳もとで叫んだ。

彼女は応えようとした。笑みを返そうとしたけれど、彼女にはどの笑顔も不自然に、どの言葉も不実に思えた。彼らは知っているのだ。この人たちはマミーとジョンおじさんのことを知っている。みんな、何年も前から知っていたのだ。この会釈、このほほえみ、この低いささやきはすべて、彼らが了解している証拠だ。そしていま、彼らはゲームのつぎの局面を待っている。嫉妬の表情の第一号、張り合いの徴候の第一号を。「なんて綺麗になったんだろう！」口もとを手で隠して笑いながら。「もちろん、あの男はふたりで分け合うわけだな」

彼らは手をつなぎ、輪になって立った。マミーと彼女とジョンおじさんとで。「古き友はいつしか忘れ去られてしまうのか――」（スコットランド民謡「オールド・ラング・ザイン（久しき昔）」を歌っている。日本では「蛍の光」として知られる曲）おじさんの声が他のみなよりも大きく朗々と響き渡る。彼はマミーにほほえみかけた。如才なく、穏やかに。あの完璧なトラ猫が。

「新年おめでとう、ダーリン」彼は言った。「新年おめでとう」そして輪が解かれると、娘のほうを向き、その耳もとにささやきかけた。「もう大丈夫だよ。僕がなだめておいたからね。あの人は僕たちの話を信じている。どうにかうまくやっていこうよ、ベイビー。でも——いいかい——しばらくは、ゆっくり進まなきゃいけない。すごくゆっくりとね……」

Tame Cat

メイジー

メイジーは動くのが怖くて、じっとあおむけに横たわっていた。近ごろ、心臓がひどくおかしな打ちかたをするのは、なぜなんだろう？　ぜんぜん静まらず、規則的でもなく、妙にドッキンドッキンいっていて、その合間には小さくトクトク脈打って、ちっとも落ち着いていないのは？　もし動いたら、それはビクンと跳ねあがり、体から飛び出てくるにちがいない。それに目のすぐ上では、巨大な黒い雲がうねっている。これは、先月、哀れなドリーに起こったこととおんなじだ。

流感にかかったあと、ドリーはいきなりこんな症状に襲われた。そして彼女はあっという間に死んでしまった。

メイジーは、安置されたドリーに会いに行ったのを覚えている。枕の上で白い顔と黒い髪が際立ち、彼女は美しく見えた。メイジーは小さな花束を持っていき、それを遺体のかたわらに置いた。もちろん大したことじゃない。でもなんだか、ただ黙ってドリーを逝かせるのは、薄情な気がしたから。いつ自分の番が来るかは、誰にもわからない。ドリーはよくそう言っていた。まさにこのまんまの言葉で。そして、可哀そうに、何がなんだかわからないうちに死んでしまったのだ。

夜なかに、ロウソクの灯みたいに。ほんとに不思議。

ドッキン――また来た。胸のなかをドンドンたたいている。まるでこの胸がドアで、誰かがなかに入ろうとしてるみたい。そう、それだ。ドンドンたたいて、なかに入ろうとしてるんだ。まあ、取り乱したってなんの得もない。心配したってしょうがない。なるようにしかならないんだし。起こることは止められないんだから。だけどいつか、夜、ひとりでいるとき、誰もいないときに、もしひどくなったら、どうしよう？ 助けを呼ぶことはできるんだろうか？ 下の階に声は届くんだろうか？ それとも、あたしは暗闇のなかでそのまま死んじまうんだろうか――ちょうどドリーみたいに？ 「でも心配しだしたら、おしまいだ」とメイジーは思った。「万事休す。だから考えるのはやめようよ」

彼女はベッドの上で身を起こし、ストッキングをはきはじめた。朝っぱらからこんなふうにかったるいんじゃどうしようもない。彼女はひびの入った壁の鏡に目を向けた。おやまあ！ ひどい顔！ まるで茹《ゆ》でた羊肉みたいじゃないの。こんな顔で仕事に出たら、掃除夫だって振り返りゃしないだろう。気をつけないと、毎日毎日ただ突っ立ってて、空っぽの財布と一緒にうちに帰ることになる。それでなくても、近ごろひどく疲れてて、自分が何をしてるんだかほとんどわかってないんだから。

昨夜、どこの誰を拾ったのか——仮に訊かれても、メイジーは答えられない。思い出せるのは、その男が声の小さいやつだったことと、ちょび髭を生やしていたことだけだ。そう言えば、値段のことでちょっといざこざもあったが、メイジーは負けなかった。彼女に限ってそれはない。

なんて毎日だろうね！　彼女は頬紅をつけ、顔全体を大量の白粉《おしろい》で分厚く覆った。うん、だいぶましになった。このほうが顔らしいよ、絶対に。彼女は念入りに目のまわりに墨を入れ、真っ赤な口紅を唇にべっとり塗った。

ああ、ちくしょう！　また一インチ、服の幅を詰めなくちゃ！

スカートはウエストがゆるゆるになっている。とりあえず、安全ピンで留めておくしかない。でも彼女が日に日に痩せていることは疑いようがなかった。この前の夜なんか、誰かに骸骨《がいこつ》女とののしられたっけ。あの汚らしい豚野郎め。

彼女の金髪はべとつき、だらんと垂れ下がっていた。少しお金を取っておいて、パーマをかけなきゃならない。

身支度を終えると、彼女はカーテンを開き、窓を開けた。

あら、あったかい。ほんとにあったかい。もう春なんだ。下の道では子供がひとり、上着も着ないで遊んでいた。こんなふうに急に季節が変わるなんて、不思議だ。きのうのいまごろは寒さが肌を刺すようで、鬱陶《うっとう》しいいやな風が背筋をぞくぞくさせ、灰色の空から小さな雨粒が降ってきて、絹のストッキングにぱらぱらかかっていた。

でもきょうはあったかくて、なんとなく心が浮き立つ——向かいの部屋には陽光が注ぎこみ、大きな四角い絨毯《じゅうたん》を明るく照らし出していた。

メイジーは窓から身を乗り出して、空気の匂いを嗅いだ。こうして上のほうにいると、埃や煙のことは忘れてしまう。これから始まる長い一日のことも、さらに長い夜のことも。ここにあるのは、家々の屋根、そして、ちぎれ雲に覆われた青い空だけだ。

スズメが一羽、窓枠にぴょんと飛び乗ったが、彼女に気づくと、びっくりして危なく転びそうになった。そいつは甲高い叫び声をあげ、翼をばたつかせた。

笑わずにはいられなかった。どうにもこうにも。

「生意気なおもらいさん。あたしからはなんにも取れないよ」彼女はパンくずでも落ちていないかと床を見回した。


メイジーはあちこちの店をのぞきながら、シャフツベリー・アベニューを歩いていた。うひゃあ！　なんてすてきなの。そのドレスは真っ赤で、まんなかから下はずっと金色のビーズで飾られていて、左側は裾が長くて床まで届いていた。本格的な夜会服。まちがいなく最新流行。左肩には大きく開いた大輪の花までついていて、べらぼうに綺麗だ。なかに入って、いくらするか訊いたってしょうがない。それがこの手の店の最悪なところ。ウィンドウに値札を出していないのだ。こっちはえらそうにふんぞり返って入っていき、午後に出直すって体《てい》で退散しなきゃならない。厄介なのは、しょっちゅう買わずに出てきていると、じきに顔が知れちまうことだ。「先日もいらしてましたよねえ」連中は嫌味たっぷりに言う。黒いサテンの服を着た売り子たち。自分のほうが上ってな顔をして。あばずれども。

おや、あのツーピース、メリヤスのを見てよ。茶色のスカーフつき。三ギニー半。もし気に入ったなら、お買い得だ……あれを着て、髪を巻いたら、きっと大物をつかまえられる。観劇帰りの夜会服の紳士とかを。お茶の子さいさい。ひょっとすると固定客を確保できるかも。ああ！　そうなったら！　こんなふうに晴れの日も雨の日も毎日毎日出かけないで、楽々仕事ができたら！

「こんちは、ねえさん、調子はどうよ？」振り返ると、すぐ横に、みすぼらしい身なりの青白い娘がいた。がりがりに痩せているので、その腰骨は服から飛び出しているみたいだ。それに、頬のこけた小さな顔——目の部分の大きくて虚ろなくぼみ。

「あらまあ」メイジーはつかえつかえ言った。「あらまあ、まさかノーラじゃないよね」

「そうだよ！」ぼうっとした声、別世界から届くような声で、娘は言った。「ほんとにあたし。まちがいなく。結構ぼろぼろに見えるんだろうね？」

「いったい何があったのさ、ノーラ？」

「あたしたちみんなに起こること。遅かれ早かれね。あーあ！　相手が誰かわかったら、そいつの首を絞めてやるのにな。ほら、ハッカ飴どう？　息がさわやかになるよ」

娘は皺《しわ》くちゃの紙袋を差し出した。メイジーは飴玉《あめだま》を二個、頬張った。

「あんた、相当参ってるみたいだよ、ほんとに。ひどい話だよねえ、まったく。それでどう処理したの？」

「ああ、モリーに教わった男んとこに行ったの。モリーを知ってるよね？　彼女もこの前の冬、おんなじ目に遭ったんだ。何日かしたら、すっかり元気になったって、モリーは言ってたけど——でも人によってちがうんだね。ねえ、メイジー、あたし、ひどく具合が悪いんだよ。ずっと脚が震えてるみたいだし、息もまともにできないんだ。このまんまだめになっちゃうんだとしたら？　あたし、ひとりで考えてんの。このまんまだめになっちゃうんだとしたら？　そしたらどうしよう？」彼女はメイジーの肩をなでまわした。

「ちょっと。黙んな。騒ぎ立てるんじゃないよ」メイジーは言った。「まったくもう、信じらんない。できたら一週間、じっと休んでな。そうすりゃ、きっともとどおりになるよ。大したことじゃない。毎日、娼婦たちに起きてることだろ。もっと注意しなきゃね」

「注意？　注意なんて関係ないだろうに。あたしはいつだって充分注意してんだからね。ねえ、メイジー、あたし一週間も休めないよ。だって金はどうすんのさ？　どうやって生きてくのさ？」

「知らないよ、そんなこと」メイジーはゆっくりとあとじさりしだした。

「なんとか助けてもらえないかな、ねえ？　今度のことで、あたし、貯めてた金を全部使っちゃったんだよ」

「もう！　やいやい言うのはやめとくれ、ノーラ。まあ、いくらかは貸せるだろうけど、いまは急いでるからさ。泣くなってば。いまにみんながこっちを見だすよ。ほら――これ取っときな。あしたの朝、うちにおいでよ。あたしんち、知ってるよね」メイジーはバッグをかきまわして、ノーラにいくらかやった。それから向きを変え、ピカデリー・サーカスの地下へと駆けおりていった。

「泣き言を言うやつは大嫌いだ」彼女はひとりつぶやいた。頭からノーラのことを締め出そうとがんばったが、結局それは無理だった。

彼女は地下道から外に出て、通りを歩きだした。方向はどっちでもいい。それはどうでもいいことだ。

「あの女、あたしを怖がらせてどうしようってんだろう？」メイジーは思った。「注意してりゃ大丈夫さ――そうとも、大丈夫」

通り過ぎていく人々を、彼女は不機嫌ににらみつけた。安物の小さな毛皮を半ば無意識に首もとに引き寄せる。なんだか前より寒くなったようだ。おやおや！　いったいぜんたい、こりゃあなんの騒ぎなの？　なんだってこんなに大勢人が集まってるんだろう？　メイジーは太った女の背中に肘を食いこませた。「あんた、道をひとり占めしようっての？」

ああ——結婚式だ。聖マーティン教会で結婚式か。こりゃ驚いた。おもしろいね！

彼女は階段の前にできた人垣の最前列まで強引に進んでいった。

幅の広いドアは開かれていたものの、男が人を通すまいと張り番をしていた。メイジーはオルガンの音がしないかと耳を凝らした。うん、聞こえる。静かな柔らかい音——まるで聞かれるのを恐れているようだ。人々が歌っている。いま音楽は大きくなりだしていて、それとともに歌声も高まった。メイジーはこの賛美歌を知っていた。子供のころ学校で歌ったことがある。うひゃあ！　昔を思い出しちまうね。あの男はなんでもっと大きくドアを開けないんだろう？　彼女はなかに入って、うしろのほうの席にすわりたかった。

もし入れてもらえたら、聖歌集をさっと取って、他の誰より大声で歌うのに。メイジーは教会内の様子を思い浮かべた。なかは暗くて涼しく、信徒席は来賓に埋めつくされている。黒い服の男たちに、夢みたいな装いの、思い切り垢抜《あかぬ》けた女たち。

少し身を乗り出すと、ドアの隙間から、長い通路が見えた。どこかにロウソクがあるらしい。それに、花もどっさり。その匂いが空気を満たしている。まるで香水みたいに。濃厚な香りの香水、小瓶一本で一ポンドもするやつ。アーメン……静かな低い声。美しいよねえ。涙が出そう——なんかこう——妙な気分になるよ。

ここでしばらく静寂があった。誰かがへんてこな高い声でしゃべっている。牧師にちがいない。きっと祝福を与えてるんだ。ああ！　なんでその場にいさせてもらえないんだろう。

隅っこに静かに立ってるだけでいい。誰にも気づかれないように。ただ聞いて、見てるだけで。

「ちょっと──押さないでよ──気をつけてくんない？」彼女は、背中を小突いてくる男に猛然と向き直った。「マナーが悪い人間もいるもんだね」

おや、聴いて──なんだろう？　オルガンの演奏。結婚行進曲の始まりだ。ああ！　なんて景気のいいリズム。それに、大きな鐘が鳴りだし、空に音を響かせている。そして、あの幅の広いドアが大きく開かれた。「来るぞ──来るぞ」群衆は口々に叫んだ。

「よかったねえ。お日様がふたりのために照ってるよ」メイジーは興奮して隣の人に言った。新郎新婦が階段の上に出てきた。ふたりは、はにかみ、ほほえみ、まぶしい光に目を眩まされ、ほんのしばらくためらっていた。それから足早に階段を下りてきて、待っていた車に乗りこんだ。

ほんの一瞬のことだった。白い姿、かきあげられたベールと笑っている顔。白いカーネーションをボタンホールに挿した若者。銀色のドレスの付き添い娘たち。彼女らが持つ黄色い花束。人々が歓声をあげ、押し合いへし合いする。大量の紙吹雪が花嫁に降り注がれる。メイジーは目を輝かせ、顔を真っ赤にして、舗道の縁に飛び出した。「万歳！　万歳！」彼女は手を振って叫んだ。

水面には色彩の斑《まだら》があった。ちぎれた真紅や金色が、ウェストミンスター橋の下で、躍動し、からみあっている。太陽は沈みつつあり、オレンジ色の空が国会議事堂の窓に金色の模様を映し出していた。

すべてに靄《もや》がかかっているようだった。その一部は、工場の背の高い煙突から渦を巻いて出てくる青白い煙であり、一部は、川そのもの、速い流れの下の泥の浅瀬から立ちのぼる白い息だ。メイジーは堤防の壁に寄りかかって、川面を見つめていた。帽子を脱ぐと、風が髪をうしろへとなびかせた。

窮屈《きゆうくつ》な黒い靴のなかで足が痛んでいる。彼女は疲れていた。もうへとへとだ。一日じゅう動きづめで、しかもなんにもしなかったなんて！　ただあっちこっちうろうろしてただけ――ほら、よくあるじゃない？　朝は一日静かに過ごすつもりだったのに、結婚式の見物とか、軽いお昼とか、ちょっとした買い物とか、あれやこれやで、気がつくともう夕方になってるわけ。

ああ！　でも水辺にいるのは気持ちいい。なんか心が安らぐね。ごらんよ、あの橋のたもとの鳥の群れ、太った灰色のちっちゃな連中。とにかく、あの鳥たちは飢えることはない。あいつらはなんて鳥だろう？　鳩？　鳥の種類なんて、彼女には皆目わからない。

おや！　あそこにボートも浮かんでる。川のまんなかに長い平底船が。

絵みたいだ、ほんとに。彼女はその船に乗りたかった。舵みたいなへんてこなもののそばにすわって、どこへでもいいから漂っていきたかった。倉庫や埠頭《ふとう》を通り過ぎ、悪臭のする汚いドックを通り過ぎ、広い海へと。彼女はハッと息をのんだ。海。そうだよ、まさに。このくねくねつづく長い茶色の川の果てには、海が待っている。そこには泥もない。汚物もない。もう見飽きてるおなじみの煙も。あるのは、どこまでもつづくたくさんの青い水——それと、顔にかかる白い波飛沫《なみしぶき》だけだ。行き先なんかどうでもいい。ただ船縁《ふなべり》に頭をもたせて、馬鹿みたいにただ待ってること——立ちんぼすることも。もうえっちらおっちら街を歩くことはない。静かに、規則的に、心臓を鼓動させ、ただ休み、そして、眠る——いつまでもいつまでも眠るんだ。

「ねえ、落っこちやしないだろうな」メイジーは驚いて飛びあがりそうになった。

「ああもう、びっくりするじゃないのよ」彼女は腹を立ててそう嚙みつき、話しかけてきた若い男をにらみつけた。ところが、相手がとても優しい温かな笑顔を見せたので、彼女のほうもつい釣りこまれて笑みを返した。

「ほら、あのへんてこな平底船を見てたんだよ。でもって、ひとりで考えてたの。あれに乗って、揺られていきたいなって。すごく幸せな気分で——もう心配事も何もなくってさ。きっとあたし、イカレてるんだね」

「僕もそんな気分になったことがあるよ」男は言った。「奇妙だよな。そいつは急にこみあげてくる。いますぐ逃げたい、脱出したいっていうあの衝動はさ。僕は真夜中過ぎにドックに行くことがある。ときどき、外が真っ暗で、湧き立つ暗い水と停泊中の船の明かり以外、なんにも見えない晩にね。そうすると、暗闇から長々とサイレンの奇妙な叫びが聞こえてくる。それから、赤い光が動くのが見えてね、回転するスクリューの鼓動みたいな音が聞こえてくるんだよ——そして、通り過ぎていく大型船のぼうっとした輪郭《りんかく》が——川のまんなかを——外海に向かっていくんだ」

何かがメイジーの喉の奥でぎゅっと固くなった。

「つづけて」彼女はささやいた。

「そうなんだよ」彼は言った。「船は川のまんなかを通っていく。そうすると、ドックの鎖がカランカランと鳴る音や、男たちのしゃがれたどなり声が聞こえるような気がする。船は運河を下っていく。まずグリニッジ、つぎにバーキングを通り過ぎ、平らな緑の沼地を通り過ぎ、グレイヴズエンドを通り過ぎて——海に出ていくんだ。きみはドックの縁に立っている。小さなぼやけた影となり——取り残されて」

「それがあたしたちなんだね」メイジーはゆっくりと言った。「小さなぼやけた影の群れ——誰も知らないし、誰も気にかけない。おかしな世の中じゃない？」

「うん、奇妙な世の中だ」

ふたりはしばらく無言だった。メイジーは水面の金色の斑模様を見つめた。

「ああ！　金持ちだったらなあ」彼女は言った。「もしそうだったら、あたしが何するかわかる? 駅で一等席の切符を買ってね、列車に乗りこむんだ。前にポスターで見たところに行く列車だよ」

「なんてところ?」

「わかんない――名前を見れば、これだって思い出すだろうけど。そこには砂浜があるの。金色の砂浜。それに、大きく広がる海。あと、茶色の帆のちっちゃな船も――一時間一シリングで借りられるやつ――それに、耳にリボンをつけたロバがいてさ――砂浜を行ったり来たり駆け回ってるんだよ。そこに行ったら、あたしが何するかわかる? ねえ、わかる? あたし、子供みたいに靴とストッキングを脱いでね、スカートをたくしあげてね、気がすむまでずっと水んなかに立ってる――それで、足で水をバシャバシャ跳ねっ返すんだ」

男は笑った。

「小さな願いだな」彼は言った。「きみの言う場所は、たぶんサウスエンドじゃないか(サウスエンド・オン・シー。テムズ川の河口の保養地)」

「そう、それだよ」メイジーは興奮のあまりぶっ倒れそうだった。「金持ちになったら、あたしはそこに行く。でもって、ちっちゃな農場を作るんだ。崖の上に。牛や鶏を飼って。すごくささやかなのを」

メイジーは川を眺めた。もう工場の煙突は見えない。そこには、真っ白い小さなコテージと、こぎれいな庭、丈夫な花々の咲く手入れの行き届いた庭が見えた。二本の木のあいだにはハンモックが掛かっているだろう。ああ！　この図を思い浮かべると、またひどく疲れちまうのはなぜだろう。なぜまたもや頭が痛くなり、あの眠らない厄介なやつ、心臓が胸のなかでドッキンドッキンいいだすんだろう？

機械的に彼女はパフを取り出して、白い雲で顔を覆った。口には、口紅を塗りたくった。

「馬鹿みたいだね――考えてみるとさ」彼女は言った。

もう光はない。川は茶色くうねり、橋の下を流れていく。平底船は消えていた。空は灰色で、雲が厚く垂れこめている。そして男の頭にはもう、真夜中にドックを出て外海へ向かう船のことはなかった。

いまの彼は、ポケットの小銭をジャラジャラ鳴らす誰か、ゆっくりと作り笑いを浮かべる誰かだった。通りすがりの男――街を行く男。

彼はメイジーの肩に触れた。

「ねえ、どうだろう？　僕のうちはすぐそこなんだ……」

いまは夜。彼らはソーホーのレストランの片隅にすわっている。店内には紫煙《しえん》と、脂っこい料理のにおいがたちこめていた。向かい側のテーブルの女は酔っ払っている。その赤い髪はだらりと目に垂れかかっており、女は甲高い声でずっと笑いつづけていた。男たちは肘で脇腹を小突き合い、目配せを交わしながら、女に酒を注いでいる。

「ほうら、別嬪《べつぴん》さん――もうちょっとだけ、もう一滴、ほんのひと垂らし」

メイジーは窓辺の席にいた。彼女の連れは、黄色い顔の太ったユダヤ人だ。

彼の皿には、スパゲッティと刻んだタマネギが山盛りになっている。ユダヤ人は食事を楽しんでいた――口の端からよだれが垂れてきて、顎鬚で止まった。彼は皿から顔を上げ、大きな金歯をむきだしてメイジーにほほえみかけた。

「お食べよ、かわい子ちゃん、お食べ」ユダヤ人は口を開けて笑い、分厚い濡れた唇を、うまいぞと言わんばかりに、ビチャビチャ鳴らした。それから身をかがめ、テーブルの下でメイジーの脚に触った。彼は荒い息をしながら、じっと彼女の顔を見つめた。

レストランにはピアノとバイオリンが入っていた。バイオリンはきしり、音を震わせ、ピアノはガンガン打ち鳴らされた。音楽は人々の声より大きくなり、会話をのみこみ、お客らの耳にたたきこまれた。みんな互いに叫び合わねばならなかった。

メイジーはカレーを少し無理やり喉に流しこんだ。かったるいなんて考えたってしょうがない。心臓の鼓動なんて気にしたってしょうがない。

「なんか飲み物たのまない?」バイオリンのむせびに負けまいと彼女は声を張りあげた。

背後で、ぶつぶつと低い声がした。メイジーは振り返って、窓の外に目を向けた。

そこには年とった女が立っていた。不潔な汚い老婆。目はぼんやり霞《かす》み、唇は締まりがなく唾液に濡れている。皺だらけの額には灰色の毛髪がひと房、垂れ下がっていた。老婆は手を差し出して、哀れっぽい声で言った。「一ペニー恵んどくれよ、おねえさん。情けをかけとくれ。お願いだよ。誰にも世話してもらえない、哀れな年寄りに情けを」

「ああもう！　あっちへ行きな！」メイジーは言った
「たくさんとは言わないよ、おねえさん、一ペニーだけ。それで少し食べ物が買える。いまじゃあたしにゃ誰もなんにもくれないんだ」おぞましいその声は延々と訴えつづけた。

「以前はあたしもあんたみたいに若かったんだよ、おねえさん、若くて綺麗でさ、殿方は夕飯をふるまってくれたし、たんまり金を払ったもんだ。それもそう昔のことじゃないんだよ、おねえさん。これがどんなもんか、じきにあんたもわかるだろうよ。老いさらばえて醜くなったらさ。そんときゃ、あんたがここに立って施しを求めるんだ。いまのあたしとおんなじになるんだよ。まあ待ってな、おねえさん」

「あっちへ行きな」メイジーは言った。「さあ、早く」

老婆はのろのろと歩み去った。ショールにくるまり、悪態をつき、ひとりぶつぶつつぶやきながら。太ったユダヤ人が重たい尻を上げて、メイジーのグラスにワインを注いだ。

「お飲みよ、かわい子ちゃん」彼は促した。でもメイジーは聞いていなかった。

彼女はシャフツベリー・アベニューのノーラを思い出していた。あのやつれた白い顔、それに、あの言葉――「遅かれ早かれ」。

彼女は人で一杯の混んだ道のことを思った。右へ左へ突き飛ばされ、押しのけられたことを。それから、あの結婚式を思い出した。花の匂い。待っていた車に乗りこむ笑顔の娘。

彼女には、夕暮れの川面に映る金色の斑模様が見えた。広い海へと漂っていく平底船も――男の声が耳にささやきかけている。男の手が肩に触れている。

彼女には老婆の哀れっぽい声が聞こえた。「これがどんなもんか、じきにあんたもわかるだろうよ」そう言うと、女はのろのろ歩み去り、夜を明かすため劇場の壁の前に身を寄せて、膝に顔を埋めた。雨粒が二滴、舗道に落ちてきた。

メイジーはグラスをつかんで、ワインをあおった。

震えが体を駆け抜けた。音楽が甲高く鳴り響き、明かりがぎらぎら輝き、ユダヤ人が笑う。

「ちょっと」メイジーは叫んだ。「なんか陽気な曲をやったらどう? ウェイター! なんか景気がいいのをやれって言ってよ。なんか陽気なのをさ……」

Mazie

痛みはいつか消える

服を着るとき、彼女は窓をさっと大きく開け放った。その朝は寒かったが、身を切るような冷気が顔に触れるのを――それが肌を刺し、さざ波のように全身を駆けめぐるのを感じたかった。頬や腕をぴしゃぴしゃとたたくと、血の気が差してきて、皮膚がじんじんした。服を着ながら、彼女は歌も歌った。入浴のときも、彼女は歌った。お湯が流れ落ち、湯気が立ちのぼるなか、その声は豊かに、力強く響いたものだ。そしてその後、開いた窓の前で、彼女は前屈し、体を揺らし、指でつま先に触れてから、両腕を頭上にぐっと持ちあげた。

きょうは新しい肌着を着てよいことにした。贅沢を意識しつつ、彼女は小さくたたまれたプリーツ入りのこぎれいな衣類、洗濯したてのものを、化粧台の下の引き出しから取り出した。

グリーンのドレスはクリーニングからもどったばかりだった。前の冬にも着た服だけれど、それは新品同様に見え、丈もちょうどよかった。彼女はその襟から目障りなタグを切りとった。それから、クリーニング屋のにおいを消し去るため、ドレス全体に香水を噴きかけた。

全身が新しくなった気がした。頭のてっぺんからつま先まですっかり。それに、服のなかの体はぽかぽかしていて気持ちいい。髪は昨日、美容院で洗ってセットしてある。分け目はつけず、耳のうしろに流すスタイル──彼女の憧れの女優と同じだ。

じっと見つめる彼の顔が目に見えるようだった。彼は片頰だけのあのおかしなほほえみを浮かべ、一方の眉を上げている。そしてやがて、半ば目を閉じ、両手を差し伸べるのだ──「ダーリン、すてきだよ──ほんとにすてきだ」それを思うと、幸せすぎて、胸が妙に痛くなった……彼女はしばらく窓の前に立って、笑みをたたえ、大きく息をしていた。それから、大声で歌いながら、階段を駆けおりていった。彼女の歌声は、客間にいる籠のなかのカナリアに引き継がれた。彼女は鳥に向かって口笛を吹き、笑った。朝の砂糖をやると、鳥は止まり木の上で左右にぴょんぴょん飛び跳ねた。その小さな目はきらめいており、水浴びのあとの小さな頭はぼさぼさで滑稽だった。「いい子ちゃん」彼女は言った。「いい子ちゃん」そう繰り返して、鳥に陽射しが届くようにカーテンを開けた。

それから、指を一本、唇に当て、笑顔で室内を見回した。クッションのありもしない皺《しわ》を均し、炉棚の上に掛かった絵をまっすぐに直し、ピアノの上から小さなゴミをはじき飛ばす。デスクの写真のなかからは、彼の目がずっと彼女を追っていた。彼女は彼が実際そこにいるかのようにその視線を意識して歩き回り、髪をなでつけ、鏡をのぞき、鼻唄を歌った。「もちろん、部屋は忘れずに花で一杯にしなきゃね」そう思うと、とたんに自分の買う花が目に浮かんだ。スイセン、あるいは、丈夫な藤色のチューリップ。それらを飾る場所もわかっていた。

ダイニングルームで電話が鳴った。カーテンの仕切りがあるだけで、実は同じ部屋なのだが、彼女はそのスペースをダイニングルームと呼んでいる。「もしもし――ええ、わたしよ。いいえ、残念だけど、無理だと思うわ。ええ。ええ、きょう帰ってくるの。七時ごろの予定よ。ああ！ でもあなたにはわからないのよ。やることが山ほどあるの。やっぱり丸一日見ておかないと。いいえ、馬鹿みたいじゃないわ、エドナ。まあ、待ってなさいな。あなたも結婚したらわかるから。ええ、そうね、映画は来週にしましょう――また連絡するから。さようなら」

受話器を置いて、肩をすくめる。ほんとにもう――しょうのない人たち。彼が七時に帰ってくるのに、わたしが出かけられると思うなんて。ここ二週間、彼女はこの火曜日には一切、予定を入れないようにしてきた。彼がもどるのは夜だけれど、それでも同じことだ。きょうは彼の日なのだ。

彼女はホールという名の馬鹿げたスペースを通り抜け、キッチンに入っていった。家の女主人らしく指示を与えるつもりで、威厳を見せようと努めつつ。けれどもそのほほえみは、彼女を裏切っていた。口の隅のえくぼもだ。

キッチンテーブルの前に脚をぶらぶらさせてすわると、ミセス・カフが石板を手に彼女の前に立った。「考えていたんだけど、ミセス・カフ」彼女は切り出した。「うちの人は前からマトンの鞍下肉《くらしたにく》が大好きだったわね。そうじゃない？」

「はい――あのかたはマトンがお好きです、奥様」

「それだと贅沢すぎるかしら？　鞍下肉はとても高いの？」

「そうですね、今週はわたしたち、ずいぶん倹約してきましたし。ねえ？」

「ええ――わたしもそのことを考えていたの、ミセス・カフ。お昼はゆで卵と果物の缶詰ですませればいいわ。それでたくさんよ。でも今夜、もしあなたが鞍下肉でも大丈夫だと思うなら――それと、どうかしら――あの付け合わせ――そう！　マッシュポテト。あれを彼の好みどおりに作って――あとは、芽キャベツ、それとジェリーね」

「はい、奥様、よい献立だと思いますわ」

「それと――ミセス・カフ――うちの人が好きな、ジャム入りのローリー・プディングを用意できないかしら？　ほら――なかのジャムを見ると、みんなとてもびっくりするでしょう？」

「ご要望どおりにしますわ、奥様」

「きっとあの人、すごくお腹をすかせてるわよ、ねえ？　ベルリンはひどいところにちがいないわ。相談することはこれくらいだと思うけど、どう？　あの人が行ってから、まだ三カ月だなんて信じられないわね。もう三年も経ったような気がしない？」

「本当に！　毎日が単調でしたわ、奥様。旦那様がお帰りになったら、この家はまるっきりちがう場所になりますよ」

「あの人はいつも快活ですものね、ミセス・カフ？　他の人みたいにふさぎこむことがぜんぜんなくて」

「すみません、奥様、忘れないうちに――〈ローヌック〉がもう少し必要なんですが」

「あの人の不機嫌な顔なんて一度も見たことがないんじゃないかしら。いまなんと言ったの、ミセス・カフ？〈ローヌック〉？　それは洗面台を洗うのに使うもの？」

「いいえ、奥様――床のお掃除に使うものですわ」

「忘れずに買うようにするわ。それじゃ、そういうことで。わたしのお昼はゆで卵、今夜は鞍下肉ね」彼女は、彼の着替えの部屋をチェックしに二階に行った。

　いつかわたしは見つける――
　月の光を背にしたあなたを

　彼女は歌った。それから衣装簞笥《だんす》を開けた。もし必要なら、彼の置いていったスーツにブラシをかけなくてはならないから。そのどれかを彼は明日、着たがるかもしれない。ベルリンにはふさわしくないくたびれた古い革のコートは、相変わらず釘にかかっていた。彼女はその袖に手を触れ、彼の整髪剤のにおいがする運転用の縁なし帽に鼻を押しつけた。

彼女の写真は斜めになり、四隅が丸まった状態で、壁に画鋲で留めてあった。彼女は傷つき、写真には気づかないふりをした。彼はそれをフレームに入れようとも、ベルリンに持っていこうともしなかったわけだ。「男は女とは考えかたがちがうんでしょうね」彼女は胸の内でつぶやいた。それから突然、目を閉じて、じっとその場に立ちつくした。なぜならそれは、急速に、波のように襲ってきて、彼女の全身を覆い尽くしたからだ。甘美で奇妙な、海と太陽の波、あと十時間もすれば、彼は隣にいるのだという実感。彼らはふたたび一緒になる——そして互いに愛し合う。これはすべて現実なのだ。

彼女はふたつの部屋を花で一杯にし、そのスペースが大きく立派に見えるようダイニングルームを仕切るカーテンを開け放った。カナリアは相変わらず籠のなかで歌っていた。「もっと大きく、いい子ちゃん、もっと大きく」彼女は声をかけた。家は鳥の歌声——その小さな胸から放出される喜ばしげな高音の叫びで満たされているようだった。そしてそれはえも言われぬかたちで、絨毯《じゅうたん》を照らす黄金色の塵の光線、最後まで消えない夕日の生み出す模様と混ざり合うのだった。

彼女は火をつつき、火格子の灰を落としながら、今夜もわたしはこうするのだと考えた。彼女はいまと同じことをし、この瞬間を思い出すだろう。そのときにはカーテンは閉じられ、明かりは灯され、鳥は籠のなかで沈黙している。そして彼は、暖炉のそばの肘掛け椅子で脚を投げ出してくつろぎ、気だるげに彼女を見つめているだろう。「あくせくするのはおやめよ――こっちにおいで」彼女は彼のほうを向き、その膝に手を置いて、ほほえむ。そしてこう思うのだ――「きょうの午後、わたしはひとりだった。そしていまは、そのことを振り返り、思い出している」きっとその考えは、不道徳な秘密のように快いだろう。子供みたいにわくわくして、彼女は膝をかかえこみ、じっと火を見つめた。今朝買ってきて、花瓶と一緒に彼の化粧台に置いた、高価なバスソルトの大瓶のことが頭に浮かんだ。

電話が鳴ると、彼女は残念そうにため息をついた。火のそばを離れ、場所を変え、この奇妙で孤独な夢想の歓びから、どうでもいい誰か、場ちがいで現実味のない人間との会話へと連れ去られるのは気が進まなかった。

「もしもし」そう言うと、受話器の向こうから、泣いている人、涙を抑えられずにいる人の小さなむせび、哀れっぽいあえぎが聞こえてきた。

「あなたなの？　メイだけど……どうしても電話せずにはいられなくて。わたし――わたし、ひどくみじめな気分なの」そして声は詰まり、つかえ、途切れた。

「まあ」彼女は言った。「いったいどうしたの？　話してよ。さあ早く。何かわたしにできることはある？　あなた、具合が悪いの？」

彼女はしばらく待った。するとまた声が聞こえてきた。くぐもったおかしな声が。

「フレッドのことなの。何もかも終わった――わたしたち、終わったの。彼は離婚したがっている。もうわたしを愛していないのよ」ここで、喉を震わせ、鋭く息を吸う音がした。そして、おぞましい、みっともない、抑えようのないすすり泣きの声が。

「まあ、可哀そうに！」ひどく驚き、衝撃を受けて、彼女は言った。「なんて恐ろしいことなの。とても信じられないわ――フレッドが――そんなことありえない」

「どうか――お願い――うちに来てちょうだい」声が哀願する。「頭がおかしくなりそうなの――もう何がなんだかわからない」

「ええ――もちろん。すぐに行くわ」


身支度しながら、彼女は、いま読んでいる本や暖炉から離れたくないという利己的な思いを頭から払いのけた。お茶の時間にトーストを焼くという考えも、彼を待つすばらしさの一部である、その他諸々《もろもろ》のこともすべて払いのけ、打ちのめされ、取り乱し、身も世もなく泣いている、幸せを失ったメイのことに気持ちを集中させた。

彼女はタクシーに乗った。なんと言ってもメイは一番の親友なのだし、一シリング六ペンスは大した金額じゃない。そう考えて、彼女はふと思い出した。〈ローヌック〉のことを忘れていた。まあ、いいわ、それはどうでも……ミセス・カフはマトンの鞍下肉に満足しているようだった……彼はいまごろ海峡を渡っているところかしら？　彼女は考えた。もし船酔いしていたら、さぞつらいだろう。可哀そうなエンジェル、あの人はほんとに優しくて……でも、いまはメイのことを考えなきゃいけない。人生は実に恐ろしい……さあ、着いた、よかったわ、一シリングですんだ。いずれにしろ、帰りはバスにしないと……

メイはソファにうつぶせになり、クッションに顔を埋めていた。

彼女はそのかたわらにひざまずき、メイの肩を軽くたたきながら、無意味なつまらない慰めの言葉をささやきかけた。

「メイ、大好きなメイ――そんなふうに泣いちゃだめ。それじゃ気持ちが弱るばかり、心が沈むばかりだから――どうか泣かないで、気を鎮めてちょうだい、ダーリン」

メイは頭を起こして、腫れあがり、醜く変わり、しみの浮いた顔を見せた。涙でぐしゃぐしゃの衝撃的な顔、人目に触れてはならないものを。

「自分じゃどうにもならないの」メイはささやいた。「この気持ちは、あなたにはわからないわ。まるでナイフで切り裂かれているみたい。それに、あの話をしたときの、彼の顔が忘れられないの。そりゃあ冷たくて、まるで別人だった……あれは彼じゃない、誰か他の人よ」

「だけどぜんぜん信じられないわ、メイ!　フレッドが突然あなたに愛してないって言うなんて、そんな馬鹿なことがある?　彼はきっと酔っ払っていたのよ――そんなこと本当のはずがないわ」

「でも本当なの」メイはハンカチを細かく引き裂いては、その端を噛んでいた。

「それに、突然でもないし。これがすべてよ。しばらく前から兆候はあったの。あなたには言わなかったけど――誰にもひとことも漏らさなかったのよ。わたしはずっと、気のせいであるように願い、祈りつづけてきた。でもそのあいだも心の底では、うまくいってないのはわかっていたわ」

「まあ！　可哀そうなメイ。なのにわたしは何も知らなかった……」

「わからない？　人には話せないこともあるのよ。あまりにもプライベートなことだから。それに、話すのが怖かったの。黙っていれば、現実にはならないんじゃないかと思っていたのよ」

「ええ――ええ――わかるわ」

「ところがきょう、疑いの余地が完全になくなったとき、きっと胸のなかにかかえていた苦しみと恐怖がもうこれ以上、おとなしくしていられなくなったのね。わたしは打ち明けるしかなかった」

「ああ！　メイ――可哀そうに、可哀そうに！」彼女はそう言って、なすすべもなく室内を見回した。立ちあがって家具のどれかを動かせば、何かの役に立つかのように。

「なんてケダモノ――なんて人でなしなの！」彼女は言った。

「いいえ、そうじゃない！」メイはそう言って、目の前の虚空を見つめた。泣いたせいで、声に疲れが出ていた。「フレッドは並みの男にすぎない。連中はみんな同じなの。本人にはどうしようもないことだわ。わたしは彼を責めはしない。ただ自分自身に腹が立つだけよ。苦にするなんてほんとに馬鹿だもの」

「いつからわかっていたの?」

「彼がアメリカから帰ってから」

「でも、メイ、あれは八カ月も前じゃない。まさか、あれからずっと黙って悩んでいたわけじゃないでしょう? そんなことありえないわ!」

「ああ――わたしにとっては八カ月じゃなく永遠だったわ! あなたにはあの地獄がどんなものか、まるでわからないんじゃないかしら。決して確信は持てない、疑心暗鬼になりながら、何事もないふりをする。それから自分を貶めて夫のご機嫌をとり、相手の態度には気づかないふりをし、いつか彼が帰ってくるんじゃないかという希望のもと、自ら奴隷になりさがる。苦しみと屈辱の八カ月……」

「ああ、わたしが力になれていたら!」彼女は話しだし、同時にこう考えていた。「でもこういうことは現実に起こるものじゃない――ありえないわ。これはドラマのなかでしか起きないことよ」

「他人の力は役に立たない」メイは言った。「ひとりで乗り切るしかないの。一瞬一瞬がわたしに刻印を打ち、心を痛めつけ、焼印を押しているようだった――最初から最後まで、一瞬一瞬が」

「でもね、メイ、アメリカ行きがどう関係してるっていうの？」

「離れているってことが、男にとっては大きいのよ。わからない？　離れているうちに、フレッドは一緒にいたいという気持ちを忘れたの。そして、いったんそれを忘れたら、なんでも忘れられる状態になったわけ。それに加えて、いままでとちがう生活、目新しいもの、初めて会う人たち」

「でも……」

「彼が帰ったとたん、わたしには何があったかわかった。そのちがいを説明するのはむずかしいけど。目立ったことや驚くようなことじゃない。奇妙な微妙な変化。ちょっとした言動、それに声。彼の話し声は前より大きくなっていた。まるで何かごまかそうとしている人みたいに。わかるかしら？　彼がもどったその日に、わたしは気づいた――考えまいとしたけど、つらかったわ――そして、そのつらさはきょうまでつづき――ついにいま、自分が隠そうとしてきた事実をわたしは知ったの」

「彼には他に誰かいるの？」彼女は声をひそめて言った。

「ええ……」ふたたび声が乱れ、涙が目に湧きあがる。「ええ……女がいるのよ、もちろん――その裏には。でもそれだけじゃない――彼がもういらないと思っているのは、わたしたちの生活なの。この家――わたし――何もかも。彼は完全に縁を切りたがっている。関係も家庭もほしくないのよ――アメリカにもどるつもりだと言うの……」

「でもフレッドがそんな態度をとるなんて——長いことあなたたちを見てきたけど、どちらにもそんな様子はぜんぜんなかったのに——ああ、メイ！　可哀そうに！」

その言葉は憐れみに満ちていた。そして、彼女はメイを慰めようと抱き寄せた。しかし彼女は自分の心に真の同情がないことに気づいていた。メイの涙はいらだちと軽蔑を呼び覚ましさえした。その気持ちを払いのけるのはむずかしかった。彼女は時計に目を据え、胸の内でこうつぶやいた。「わたしが共感できないのは、たぶん、自分にはこういうことは起こらないとわかっているからだわ」

「この先どうやって生きていくかは、まだ考えていないの」メイは言った。「わかっているのは、いままで以上に苦しむことはありえないってことだけよ。この悲惨な八カ月——それに、きょう以上に苦しむことはありえない」

「泣かないで、ダーリン」そう言いながら、彼女は考えていた。「あらまあ！　この人ったら、また一から始めるつもりなの？　もううんざりだわ。それに、時間もだいぶ遅いし」

「ねえ、どうかしら」彼女は優しく言った。「ブランデーのソーダ割りを大きなグラスに一杯飲んだら？　それと、可哀そうに、あなたは頭が割れるように痛いんじゃない？　二階に上がって、湯たんぽを入れて、ベッドに入ったら？——そしてアスピリンをふた粒、飲んで——何もかも忘れるようにしてみたら……」

メイは目に涙を溜めたまま、彼女にほほえみかけた。

「そうね、そうしようかしら」メイは言った。「いいえ——いいの……わたしのことは心配しないで。それに、あなたはもう帰らなきゃ……ご主人が今夜帰ってくるんでしょう？　いま思い出したわ」

「ええ」彼女はどうでもよさそうに言った。自分の歓びをひけらかさないように。そして、埋め合わせに、メイの手をつかんで言った。「ダーリン——わたしがどんなに心を痛めているか、わかってもらえたらと思うわ。このことを一部でも背負えたらいいのに。人生って本当に残酷でいやなものね。神様はこんなこと許すべきじゃないのよ——この恐ろしい悲惨な世界——なぜわたしたちは生まれてきたのかしら……」そして彼女の目にも涙が湧きあがり、ふたりはソファの上で一緒に揺れた。同時に彼女は、場ちがいな歓びに胸をときめかせ、彼の顔を思い浮かべて考えていた。「ああ、なんて幸せなの！」

ついに彼女は別れを告げた。時計の針は六時半を指していた。「もちろん、あしたまた来るから」もし彼の列車が早く着いていたら？　そう考えて、彼女は思った——どうすれば可哀そうなメイの前で笑わずにいられるだろう？　「ダーリン、本当にひとりで大丈夫？」そう言うと、答えも待たず、もはや抑えきれなくなった興奮に震えながら、コートをまとい、帽子をかぶり、バッグをさがした。

「おやすみ、ダーリン」彼女は優しくメイにキスし、その頰にそっと手を当てた。醜くなったしみだらけのメイの顔は、狂った衝動を呼び覚まし、彼女は笑いだしたくなった（自分でも「なんて意地の悪い」と思った）。それから彼女は、適当な別れの言葉、慰めの言葉を必死でさがした。そして、三十分後には彼と一緒にいて、彼のなかに溶けこみ、何もかも忘れ、誰のことも気にかけず、酔っ払い、おかしくなっているだろうから――戸口に立ったとき、彼女は顔を輝かせ、幸せそうに言った。「大丈夫。痛みはいつか消えるものよ」

石炭を火箸《ひばし》でつつき、火を熾すのは、それで四度目だった。火花が絨毯に飛び散ったが、そのことには気づかなかった。彼女はさっと椅子から立ちあがり、生けた花に手を触れた。それから、ピアノの前にすわってある曲の一小節を弾きはじめたが、タクシーの音がしたような気がして、すぐに手を止め、窓辺に飛んでいってカーテンを開けた。

いちばん最初、彼に見せるのはどんな姿がいいだろう？　暖炉のそばにしゃがんでいるところか、椅子でくつろいでいるところか、それとも、レコードをかけているところだろうか。ダイニングルームで時計が八時を打った。「まあ！　でも、きっとあの時計は進んでいるのよ」彼女はむきになってそう考え、キッチンに向かって呼びかけた。「ミセス・カフ、正確にはいま何時かしら？」

「八時過ぎですわ、奥様、夕食が台なしになりそうです」

「保温しておけない？」

「保温はできますが、奥様、骨付き肉は焼けすぎてしまいましたし、野菜もだめになっています。残念ですわ。これじゃ旦那様はあまりおいしく召しあがれないでしょう」

「わけがわからないわ。どうしてこんなに遅いのかしらね、ミセス・カフ。駅に電話してみたけれど、列車は定刻どおり六時四十五分に着いているのよ。何があったのかしら？」

彼女は爪を噛みながら、ダイニングルームからキッチンへと移動した。いまにももどしそうな気がした。もしも列車を遅らせるなら、彼はまちがいなく連絡をよこしたはずだ。「うちに着くころには、あの人はお腹がぺこぺこのはずよ。だからきっと、なんだって食べてくれるわ――たとえ炭になっていたって」彼女は言った。自分自身は食欲などまるでなかった。もしも夕食に手をつけたら、喉を詰まらせたにちがいない。

「あの人はいつもぼんやりしてるものね」彼女は思った。「たぶん時間に気づいてないんだわ。それが気まぐれ者の何より困ったところよ。それにしても……」

彼女はレコードをかけたが、雑音がガリガリと耳障りだった。モーリス・シュヴァリエの声も妙に甲高く滑稽に聞こえた。

彼女は歩いていって鏡の前に立った。たぶん彼は突然そうっと入ってきて、背後に立つのだろう。そして両手を肩にかけ、顔に顔を寄せてくるのだろう。

彼女は目を閉じた。ああ、ダーリン！　いまの音はタクシーじゃない？　いいえ――何も聞こえない。

「これじゃ想像していたのとぜんぜんちがう」彼女は思った。そして椅子に身を投げ出して、読書しようとした。とても無理——書いてあることはどうせくだらない。存在しない人間の人生になんか、誰が興味を持てるだろう？　彼女はふたたびピアノのほうへ行き、ポロポロと弾きはじめた。

いつかわたしは見つける——
月の光を背にしたあなたを

彼女は歌ったが、指は重たく、声は弱々しいか細いささやきみたいなもので、抑揚もなければ正確な音も出せなかった。カナリアが籠のなかで耳をそばだてた。そしてそいつも歌いだし、ほどなくそのさえずりは部屋一杯に広がって、甲高く、すさまじく、耳を聾《ろう》せんばかりに響き渡り、あまりのやかましさに彼女はいらだって鳥の籠にカバーを放った。「静かにしてくれない？　いやなチビ！」彼女は言った。状況は朝とは一変していた。ふたたび火をつつきながら、彼女は午後のあの瞬間を思い出した。自分がひとりほほえみ、こう考えたことを。「わたしはこのひとときを思い出すだろう」

ところが、椅子は相変わらず空っぽで、部屋は生気がなく殺風景なままだった。彼女は、口をへの字に曲げた小さな女の子、髪の毛の先っぽを噛み、肩を丸めていやいやし、ハンカチを顔に当ててべそをかく子供だった。「こんなのひどいわ」

しばらくすると、彼女は顔を直すため、また二階に上がらねばならなかった。朝の九時半には、いつでも彼を迎えられるよう、身支度をすっかりすませていたから。顔はもう一度、作り直す必要があった。鼻には白粉《おしろい》をはたかねばならないし、唇も軽く塗り直さねばならない（あの口紅はすぐとれてしまうから）。それに髪もうしろへとかしつけ、新しいスタイルに整えなければ。

最後にもう一度、鏡を見て、彼女は思った。わたしはずいぶん安っぽいまねをしている――男を待つそこらの小娘とおんなじだ――お互いの前を気取って歩く鳥みたいにあさましい。そして、鏡からこちらを見つめている顔、その綺麗な笑顔は、彼女にしてみればまるで真実味がなく、不自然で不誠実に思えた。真の彼女は、見た目などもうかまっていられない怯えきった女の子で、その心臓はドキドキしており、望みはただ、街に飛び出し、帰ってきてと彼にすがることだけなのだ……

ここで彼女はじっと立ちつくした。今度こそまちがいない。あれは家の前にタクシーが止まる音、それに、あれはドアの鍵を回す音だ。いま、ホールで声がしたのでは？　そしてあれは？　スーツケースをドスンと下ろす音、ミセス・カフがキッチンから出てくる音がし、彼の声が聞こえた。一瞬、彼女は動かなかった。何かがせりあがってきて喉を詰まらせ、何かがじわじわ下りていき脚を麻痺させたようだった――大急ぎでどこかに隠れ、鍵をかけて閉じこもりたかった。それからふたたび興奮の波が打ち寄せ、彼女は寝室から駆け出していくと、階段の上に立ってホールの彼を見おろした。

彼はスーツケースに向かってかがみこみ、鍵をいじっていた。「この荷物をすぐ上に運んでくれませんか、ミセス・カフ」彼が言っている。それから、頭上の階段の足音に気づき、彼は体を起こした。「やあ、ダーリン」

なんて奇妙な――彼は確かに前より太っていた。それとも、コートのせいだろうか？ それに、髭を剃るとき顔を切ったにちがいない。顎にはみっともない小さな絆創膏《ばんそうこう》が貼ってあった。

彼女はほほえもうとしながら、なぜか妙に固くなって、ゆっくり階段を下りていった。「とても心配していたのよ」彼女は言った。「いったい何があったの？ すごくお腹が減ってるでしょうね」

「ああ！ 乗り継ぎに失敗したんだよ」彼は言った。「それくらいわかるだろうと思ったんだ。大丈夫ですよ、ミセス・カフ、夕食は車内ですませてきましたからね」

車内ですませた？ でも、それじゃ計画していたのとちがう。

彼はあわただしく彼女にキスし、小さな女の子にするように軽くポンポンと肩をたたいた。それから、笑って言った。「おや――いったいその髪はどうしたんだい？」

彼女も笑った。気にしていないふりをして。「洗髪してもらったの。なんでもないのよ、ちょっとくしゃくしゃになってるだけ」ふたりは客間に入っていった。

「こっちへ来て、暖まって」彼女は言った。

しかし彼はすわらなかった。ポケットの小銭をジャラジャラ鳴らしながら、落ち着きなく歩き回った。

「もちろん帰ってくれれば、このいやな霧があるわけだ」彼は言った。「やれやれ――なんて国だろうな」

「霧が出ているの？」彼女は言った。「気づかなかったわ」そのあと、しばらく間があった。彼女は彼を見つめた――そう、確かに太ったし、どことなく前とちがう――そして彼女は馬鹿みたいに言った。「ベルリンはどうだった？」

「ああ！　あれはすばらしい町だよ」彼は言った。「ロンドンなんか比べものにならない。空気、暮らし、住んでいる人、何もかもだ。彼らは人生の楽しみかたを知っている」そして彼はそれを思い出してほほえみ、前後にぐらぐらと体を揺らしていた。なんて恐ろしいことだろう、と彼女は思った。彼はわたしには決して見えないものを心のなかで見ている、わたしには知りえない自分だけの体験を思い出しているのだ。

「すてきね」彼女は言った。そして、ベルリンを、その住人や生活を、自分が嫌っているのに気づいた。その話は聞きたくない――でも、もし彼が何も話さず、すべて秘密にするとしたら、そのほうが悲惨ではないだろうか？　「おっと！」唐突にそう言って、彼はぴしゃりと額をたたいた。馬鹿げた芝居がかったしぐさ――自然なものではなく、計算されている。

「しまった――電話をしないといけない。すっかり忘れていたよ。ベルリンからこっちに人が来ているんだ」

「電話？」意気消沈して彼女は言った。「でも、ダーリン、いま帰ったばかりじゃないの」

「だけど約束したんだよ。大事なことなんだ」彼はそう言って、彼女にキスした。「ほらほら――いい子にしなさい」と言わんばかりに。そして早くもカーテンを押しのけ、受話器を取って、番号を告げている。すらすらと出てくるのね、と彼女は思った。電話帳も調べなかった。

彼女は暖炉のそばに行ってうずくまった。わけもなく寒さと疲れを感じていた。体のなかが空っぽな気がした――たぶん夕食を食べていないせいだろう。

電話は彼の友人につながっていた。彼はドイツ語を話している――彼女には何を言っているのかわからなかった。いまいましい醜悪な言葉の流れ。そして彼はずっと笑っている――その友達がそこまでおもしろいはずはないだろうに。何を笑っているんだろう？　彼女は、いつまでも終わらないいんじゃないかと思った。するとそのとき、彼がカーテンの向こうからもどってきた。顔を火照らせ、にこにこしながら。

「さてと」彼は言ったが、その声はかなり大きかった。「留守中のことをすっかり話してくれよ」きっと、今度は彼女の番だとようやく思ったのだろう。彼女は自分が殻にこもり、臆病になり、鈍麻するのを感じた。そのとき思い出した。メイと夫。いいえ――あの話はできない。なんだか――なんだかいまは適切な時じゃない気がする。まだ早すぎるし、それに……。

「ああ！　何も思いつかないわ」彼女は言った。「何も話すことがないみたい」彼は笑った。そしてその笑いはあくびに変わった。「あの鳥はどうしてる？」彼は訊ねた。無頓着に籠を見やって――本当は興味もないのに。

「元気よ」彼女は言った。

なおもあくびをし、大口を開けながら、彼は椅子にすわって手足を投げ出した。その姿を見て、彼女は悟った。ただの気のせいじゃない。ただの妄想じゃない。太っただけでなく、他の点でも彼は前とちがっている――どこか異なり、どこかおかしく――完全に変わっていた。

彼は宙に目を据えて静かに口笛を吹いた。それから、ゆっくりと言った。「ああ――時間ってのはおかしなもんだな。きのうのいまごろはベルリンにいたんだと思うとね」

彼女はなんとかご機嫌を取り結ぼうと神経質な笑みを浮かべた。しかし何かが小さな鋭いナイフのように彼女を突き刺し、ぐいぐいと心をえぐった――そして頭に何度も何度も繰り返しあの言葉が流れこんできた。「大丈夫。痛みはいつか消える――痛みはいつか消える」

天使ら、大天使らとともに

アッパー・チェシャム・ストリート、聖スウィジン教会の牧師、ジェイムズ・ホラウェイ師は、たいそう腹を立てていた。

六週間にわたり、彼は自らの教区を副牧師にあずけざるをえなかった。そしていまもどってみると、その男が彼の不在を利用して、労働者階級の反乱を扇動していたことがわかったのだ。たったこれだけの期間のうちに、礼拝の基調は改まり、教会の雰囲気は一変していた。メイフェア（ロンドンの都心部）の住人たち、聖スウィジン教会の会衆を構成する貴族や名士や金持ちは、愛する牧師様の不在中、いつもどおりミサに出席し、彼の代わりに、魅力も教養もない、発音からして難のある、未熟な若い男に出会った。しかもそれだけではなかった。前人の跡を継ぐのは到底無理だと自覚している者、単なるお情けでそこにいさせてもらう者、みなが目をそらし、ため息とともに許容する人間として、謙虚に、控えめに式を執り行えばいいものを、この副牧師はどこまでも図々しく、自分は重要人物で、他人様を攻撃し、非難する資格があるものと思いこんでいた。彼は説教壇に立った。小柄で、顔立ちも平凡なやつが、お粗末な代役として。声で何千人もの聴き手の心を揺さぶり、そのまなざしでどんな内気な女でも告解室に引き寄せてきた、かの牧師の代わりに。

そして、会衆がより関心の深い各自の考えに耽りだす暇《いとま》もなく、この未知の副牧師はキラリと光る軽蔑の眼で一同を見おろし、冷ややかに、なおかつ、静かに、自分が彼らをどう思うかを語りだしたのだった。

ヘビの毒には痛みがあり、その苦痛は耐えがたいと言われるが、小柄な副牧師の言葉は毒蛇の牙以上に有害で、聴いている者たちの魂に深く染みこんだ。

彼が説教をした三十分は、聖スウィジン教会の屋根の下で過去に流れた時間のうちもっとも気まずく居心地の悪いものだった。

もし文章に検閲が必要だというのなら、パトリック・ドンビー師の説教こそ青ペンによりすっかり削除されるべきだったのではあるまいか。彼が話を終えたとき、信徒席に頬を真っ赤にしていない者はひとりもいなかった。また、どの信者も説教中に少なくとも十回は咳払いをしていた。

誰も隣席の人の顔をまともに見られなかった。落ち着きなく床をトントン打たなかったブーツはひとつもなく、手袋はどれもその主《ぬし》がもみ絞る熱い手によりまっぷたつに裂かれていた。

牧師は六週間、留守することになっており、これはまだ最初の一回にすぎなかった。常連の忠実な信者団は、その日曜の朝、動転したガチョウの群れさながらに聖スウィジン教会から逃げていった。言うまでもないが、彼らは翌週、教会に行かなかった。そしてその全員が彼らの愛する牧師様に抗議の手紙を書いた。

ジェイムズ・ホラウェイ師は、デヴォンの美しい邸宅のベランダで自分宛の郵便物を受け取った。彼は流感にかかり、そこで静養していたのだ。

最初、ホラウェイ師は事態を重く見なかった。手紙の何通かは滞在先の女主人、見目麗しく忠実なる友、アトルバラ公爵夫人に読んで聞かせさえした。

「ほらね、ノーラ」美しい小さなあきらめのしぐさとともに、彼は言った。「わたしはただの一週間も留守できないんですよ。みんなが帰ってこいと騒ぎ立てる。どうしたものでしょうね」

公爵夫人は牧師のすわる椅子に向かって身をかがめ、ハンカチで優しく彼をあおいだ。「あなたときたら、ちっともご自分のことを考えないんだから、ジム」彼女は言った。「きっとあなたはすぐにもどりたいんでしょう。それで死んでしまうとしても、無能な副牧師にあれこれさせていると思うよりはましなのよね。でも、そんなことわたしが許しませんから——何があろうと、あなたにはわたしの囚人としてここにいていただきます。まだこんなに弱っているんですもの。誰かがお世話しなければ」

牧師は彼女の大好きなしぐさで首を振った。「あなたはわたしを甘やかしていますよ」彼は優しく言った。

「体のこととなると、あなたはまるで子供ですものね」彼女はつづけた。「もどるなんて自殺行為だわ。ところで、そのパトリック・ドンビーというのは何者ですの？」

牧師は蔑《さげす》みをこめて肩をすくめた。

「よく知らないが、ケンブリッジ大出の男ですよ。強力な推薦があったんです。これまでホワイトチャペル（ロンドンの一地区）で務めていたんじゃないかな。社会主義的なくだらん考えにかぶれているようです。わたしとしては彼を使わざるをえなかったんです。他には誰もいなかったのでね。スミスを覚えていますか？　あの男はいま、奥さんと一緒にサナトリウムにいます。結核なんですよ。可哀そうに」

公爵夫人が朝の桃を手渡すと、彼はのどかにほほえんだ。

「とにかく、聖スウィジン教会のことは放っておいて、すっかりよくなるまでここにいると約束してくださるわね？」公爵夫人は懇願した。

牧師は夫人の手を取って握り締めた。

「『おお、女よ、我らが平安のとき……』（ウォルター・スコットの詩の引用。苦難のとき女性は救いの天使である、という内容）」彼は静かに口ずさんだ。

数週間が過ぎた。デヴォンの牧師のもとには、気がかりな噂が流れこみつづけた。どうやら副牧師は、忠実な信者団の離反にくじけるどころか、彼らの欠席によけい勢いづいて、自らの信奉者である最下層の連中で教会を一杯にしたようだった。それは、イーストエンドの最悪の地区の住民だった。食うに事欠き、着るに事欠く、汚らしいその者たちが、ついこのあいだまで社交界の美女たちに占められていた信徒席一面にずらずらと並んだわけだ。

聖スウィジン教会の栄光は消え失せた。かつて、香《こう》のたちこめるその空気が狩猟好きのたくましい貴族らに感動の涙を流させ、ロウソクの輝きのなか、オルガンの哀切な調べと少年聖歌隊の清らかな歌声が誰より陽気なレビュー女優までひざまずかせた、メイフェアのあの有名教会は、いまや、ホワイトチャペルの貧民窟に住む連中、ひざまずくことの意味さえ知らない、むさくるしい一群の手に渡っていた。

多少気は咎めたし、義務を遂行すべきなのは明らかだったものの、自分がもどれば万事かたがつくにちがいない、どのみち噂は大げさなのだという確信から、牧師はこの問題を棚上げにするところだった。しかしそんなとき、一流紙にある記事が載った。

「牧師が不在の現在」記事はこう述べていた。「アッパー・チェシャム・ストリートの聖スウィジン教会では驚くべき現象が起こっている。代理の副牧師、パトリック・ドンビー師は、一連のすばらしい説教によって、膨大な数の聴衆を集めることに成功しており、この前の日曜には、教会の前の行列がチェシャム・プレースにまで及んだのだ。

会衆の多くは、ロンドンのもっとも貧しい地区から歩いてきて、礼拝に出席した。

牧師の熱烈なファンであった従来の信者や支持者は出席しなかったが、教会内は立錐《りっすい》の余地もないほどで、信徒席はもちろん、通路までもがぎっしり人で埋めつくされていたため、彼らの不在はほとんど目につかなかった。率直にものを言うこの若い聖職者にはすばらしい将来が約束されているだろう。彼の熱心な聴衆は、ひとつの階級には留まらない。そこには、あらゆる身分、あらゆる境遇の人々が含まれているのである」

記事を読むうちに、聖スウィジン教会の牧師の目は細くなった。その体は熱く火照っていた。新聞を脇に置くと、彼は指でトントンと膝をたたいた。

この思いあがった若い副牧師はちょっとやりすぎたわけだ。彼は人気取りのためにいらぬことをしている。これはなんとしてもやめさせねばならない。

司教地方代理、ジェイムズ・ホラウェイ師は、椅子から立ちあがった。まずは無造作に新聞を屑籠《くずかご》に放りこみ、それからこの家の女主人をさがしに行った。

「ノーラ」彼は言った。「ずいぶん長いことあなたの言いなりになってきましたが、そろそろお暇しなくてはなりません。この男はいつもの仕事にもどらねばならない。牧者は羊の群れのもとにもどらねばならないのです」

豊かな灰色の髪をかきあげつつ、牧師は笑顔で夫人を見おろした。「列車の時刻を教えてください」彼は言った。「わたしとしては、遅くとも明日の晩には……」

牧師は半ば目を閉じ、両手の指先を合わせて、椅子の背にもたれていた。副牧師は彼と向き合う格好で、暖炉の敷物の上に立っている。

「きみの振る舞いについてわたしからひとこと苦言を呈する前に」牧師はなめらかな口調でそう切り出した。「まず、六週間前、ロンドンをあとにしたとき、わたしが病人だったことを思い出してほしい。わたしはロンドン屈指の名医のひとりに、一切仕事をせずに休息をとるよう命じられた。最終的にアトルバラ公爵夫人のご招待を受けたのは、その医師の強い説得があったればこそだ。わたしは出かけた。そう、自分の責任をすべてきみに委ねてだよ。きみは突然わたしのもとに来た。こちらとしては、きみの助力を受け入れる以外、選択肢はなかったんだ。わたしがきみを信頼したことは言うまでもあるまい。ところがこの信頼は何をもたらしただろう？　わたしは安らぎを得られなかった。健康と体力をとりもどす余裕もなかった。教区民たちにもどってくれとやいやいせがまれつづけた。そしてこのとおり、いまわたしはここにいる。まだ回復期に入るか入らないかだというのに、ふたたび責務を背負わざるをえなくなったわけだよ。それもきみが無能なばかりか有害でさえあることを示したがためにだ」彼が息つぎのために間をとると、副牧師はこの機を逃さずしゃべりだした。

「ご心配をおかけして申し訳ありません」彼は言った。「どのような内容にせよ、わたしの発言が、牧師様が何より必要とされていた休息と安らぎの妨げとなったことは、大変残念に思います。ですが、ぜひご教示願いたいのです。わたしは何をしたことで牧師様の信頼を裏切ってしまったのでしょうか？　無能とおっしゃいましたね？　なぜなのか教えていただけませんか？」

　牧師は咳払いをした。

「いいとも」彼は答えた。「確かなすじから聞いたんだがね、きみの最初の説教、きみの無礼な話しぶり、きみの用いた表現のせいで、従来の信者たちは誰ひとりつぎの日曜には現れなかったというじゃないか。みんなショックを受けていたよ。それどころじゃない――恐れをなしていたんだ。わたしのもとに苦情の手紙が山ほど届いたことは、言うまでもあるまい」

「ですが」副牧師は静かに言った。「あれ以来、毎日曜日、聖スウィジン教会は一杯になっています」

　牧師はちょっとおもしろがっているようだった。

「親愛なる兄弟よ、きみは少しばかり注目されたことで、いい気になっているんじゃないかね？　もちろん、俗受けする〝芸〟として、きみの努力は讃えられてしかるべきだ。教会が空っぽとなれば、きみとしては一杯になるようにがんばるしかなかったろう。盲人と足萎えのあの譬《たと》え話と同じだな。『野原や垣根のところへ行き……』というわけだ。話を聞いたとき、わたしはひとり笑ったものだよ。『この若者はほんの子供ですからね』わたしは公爵夫人にそう言った。『自分のしていることにどんな害があるかなどわかりっこありません。きっとサヴォナローラ（十五世紀のイタリアの宗教改革者）にでもなったつもりなんでしょう』しかしわたしは、自分の教会と信者たちのことを深く気にかけている。デヴォンで休んでいることはとてもできなかったんだ。なにしろ、聖スウィジン教会がボードヴィルのステージに、うちの副牧師が世間の笑い者になりかけていたわけだからね」

若い副牧師は蒼白になり、てのひらにぐっと爪を食いこませた。

「牧師様は少し誤解していらっしゃるようです」彼は言った。「俗受けする〝芸〟というのがどういう意味なのか、わたしにはわかりません。わたしは聖スウィジン教会に来る直前まで、イーストエンドのいちばん貧しい教区におりました。そこでは、人々が飢えと寒さで命を落とし、顔色の悪い発育不良の少年少女があれこれ考えまいとして酒を飲んでいたものです。わたしは彼らに嫌われないよう努めました。少しずつ、彼らはわたしに心を開き、わたしが彼らを恐れていないことを知ったのです。彼らはキリストについていろいろと質問をし、わたしは真実を教えました。初めて聖スウィジン教会の説教壇に立ったとき、わたしにはこの教会がハリウッドの作りものの教会そっくりに見えました。会衆役の人々はすばらしいエキストラでした。女たちはとても美しく、男たちはよく太っています。わたしは自分のいたスラム街の教会を思い出しました。そこは暗くて、冴えないところです。訪れる者はみな、汚れ放題です。彼らは、厩《うまや》で生まれた人を神とする宗教にふさわしい人たちです。聖スウィジン教会の牧師様の信者たちは別世界の人々でした。彼らはこってりした食事の前の一時間の娯楽を求めて教会に来ていたのです。わたしは、キリストが現代によみがえり、彼らのクラブすべてから排斥される姿を、大きな歓びを以て描いてみせ……」

牧師はデスクに拳《こぶし》をたたきつけた。

「これは冒瀆以外の何ものでもない」彼は言った。

「ああ、なんとでもお好きなようにおっしゃってください」副牧師は答えた。「あなたの教区民も、わたしが彼らに関する真実を告げたとき、そう感じたのでしょうね。さきほどあなたが言われたとおり、彼らはそれっきりやって来ませんでした。彼らの朝は二度とごめんと思うくらい不快なものとなったわけです。つぎの日曜日、わたしは空っぽの教会でミサを行うつもりでいました。ところが、教会はスラム街の人々で一杯になったのです。彼らは褒め言葉も娯楽も求めていませんでした。教会に来たのは、神について知りたかったからなのです。でもいまわかりましたよ。わたしはひどいまちがいを犯したのですね。聖職者として出世する気が少しでもあるのなら、あんな話をするのは愚かなことでした。わたしを無能とおっしゃった牧師様は、完全に正しかったのです。他に何かわたしにおっしゃりたいことはありますか？」

牧師は立ちあがって、高く大きくその場にそびえ、ドアを指さした。

「わたしが怒りだす前に、出ていったほうがいい」彼は静かに言った。「ただ、これだけはわかってほしい。きみのその考えはきわめて危険だ。いつか後悔することになるぞ。それにわたしには大きな力がある。もう行ってよし。以上だ」

副牧師は向きを変え、ひとことも言わずに出ていった。

ひとりになると、牧師は壁の戸棚に歩み寄った。彼はウィスキーのソーダ割りを一杯作り、タバコに火を点けた。

それから腰を下ろし、頬杖をついて、考えごとを始めた。

夜十一時十五分。アッパー・チェシャム・ストリート、聖スウィジン教会の牧師は、芝居の初日を見終えたところで、フリヴォリティ劇場からタクシーで帰ろうとしていた。その作品、軽い喜劇は、いまひとつの出来だった。終演後も、彼はナンシーに会いに行こうとはしなかった。無神経なまねはしたくない。

タクシーがロワー・マロップ・ストリートに入ったとき、彼は十九番地が副牧師パトリック・ドンビーの住所であることを思い出した。ちょっと興味をそそられ、その家の窓を見あげると、薄いカーテンで一部ぼやけて見える正面の部屋に明かりが灯っているのがわかった。きっとあの男は夜遅くまで社会主義思想の小冊子でも読んでいるのだろうと思った。タクシーがそこを通り過ぎるとき、彼はもう一度、窓を見あげた。今回はカーテンに人影が映っていた。女の影だ。一瞬、牧師は動かなかった。それからガラスをコツコツたたいて、運転手に合図した。

三分後、牧師は口もとに奇妙な勝利の笑みを浮かべ、十九番地のベルを鳴らしていた。

ドアを開けたのは、副牧師その人だった。牧師の姿を見て、彼はややうろたえたようだった。

「教会で何かあったのでしょうか」副牧師は訊ねた。

ジェイムズ・ホラウェイ師は、副牧師の脇をかすめてなかの廊下に入った。

「いや」牧師は言った。「実は、いま劇場からの帰りなんだよ。それで、ここを通りかかったときふと思ったんだ。今朝は少々きみにきつく当たりすぎたかもしれない。わたしは他人に敵意を持つような人間じゃない。きみの部屋でちょっと話ができないかな?」

副牧師は一瞬、ためらった。

「いま人が来ているんですが」彼は静かに言った。

「おや! 残念だな。帰ってもらうわけにはいかんのかね?」

「それはちょっと」

相手に阻《はば》む隙を与えず、牧師はドアの隙間からなかをのぞきこんだ。部屋の隅に女が立っているのが見えた。どうやら泣いていたらしい。化粧がところどころ涙で剝げ落ちている。彼女は安っぽく着飾っていた。どういう職業の女かは一目瞭然だった。

牧師は眉を上げ、ドアをそっと閉めた。

「ずいぶん遅い時間のお客さんだね」彼はささやいた。そして、副牧師が何も答えずにいると、その肩に手をかけた。「これがどういうことなのか、わたしに説明すべきじゃないかね、ドンビー」

若い副牧師は彼の顔を見つめた。

「わたしは彼女に、今夜はここに泊まっていいと言いました」副牧師はしっかりした口調で言った。「彼女は怯えています。行くあてがないんですよ。掏摸《すり》なんですが、あまり腕はよくありません。ピカデリーでどこかの老人から時計を盗もうとして、もう少しでつかまるところだったんです。彼女はなんとか助かろうとして、わたしの腕をつかみました。怖がって、全身ぶるぶる震えていましたよ。わたしには彼女を突き出すことはできなかった。だから連れのふりをして——一緒に帰ってきたわけです。彼女はもう二度と盗みはしないと思います。もしわたしが引き渡していたら、彼女は刑務所送りになったでしょう。そしてじきに犯罪の常習者になっていたに決まっています。だから、そう——彼女をよそへやる気はありませんよ」

牧師は静かにヒューッと口笛を吹いた。

「親愛なる兄弟よ」彼は言った。「すべてを言わなくてもいいぞ。わたしもかつては若かった。気の迷いがどんなものかは知っているさ。われわれは人間なんだ。そうだろう？　だがこれ以上、彼女をここに置いておくわけにはいかんな。誰かが見ていたかもしれん」

副牧師は真っ赤になった。

「あなたはわざと誤解しているんだ」彼は言った。「わかっているでしょう？　わたしは自分のために彼女を連れてきたわけじゃない。彼女は、怯えて正気を失った小さな猫のようなものです。あなたにはごく普通の人情というものがわからないんですか？」

牧師の顔がこわばり、その目が細くなった。

「きみがどうしても嘘をつきとおす気なら、わたしは自らの良心と神に対する義務に従い、この件をきちんと取り扱わざるをえないよ。きみは重大な罪を犯したんだ、ドンビー。何かまだ言うことはあるかね？」

副牧師は肩をすくめた。

「これでうまいことわたしを悪者にできますよね。あなたにはわかっているんだ。あの娘を掏摸だと明かすことはわたしの良心が許さない。それゆえわたしは有罪になる。野心やら何やらとはさよならだ。あなたが言いたいのは、そういうことですよね？　かなり醜悪な話だな。若い副牧師と堕落した女か。いいえ、わたしにはもうこれ以上、言うことはありません」

牧師は向きを変え、下宿屋の表口のドアを開けた。

「わたしは自分が正しいと信じることをするよ」彼はゆっくりと言った。「きみは停職だ、ドンビー。あとは主教様のご判断次第だな」

十分後、牧師は自宅の図書室にいた。

彼は椅子にゆったりすわって、目を閉じ、口もとにかすかな笑みを漂わせていた。

突然、彼のすぐ横で電話が鳴った。

「もしもし」牧師は言った。「うん、ナンシー、わたしだよ……ああ！　馬鹿を言うのはおよし。きみはすばらしかった。実にすばらしかったよ……わたしが楽屋に行かなかったのは人混みがいやだったからなんだ……そう、あの芝居は若干引き締めが必要だね……しょげてるって？　なんて馬鹿らしい！……悲しい？……しょうのない子だね。何かわたしにできることはあるかな？……え？　いまからかい？　ちょっと時間が遅すぎはしないかね？」彼は時計に目をやった。針は十二時五分前を指していた。「ナンシー、このやんちゃ娘め、わかってるだろう？　きみはなんでもほしいものを手に入れられるんだ……ほら、もう泣くのはおやめ……うん、すぐに行くよ……」

聖スウィジン教会はふたたび本来の姿にもどっていた。六週にわたり神聖な雰囲気を穢《けが》してきた貧民窟の一群は消えた。口汚い男女、汚れ放題の飢えた子供たちは消え、神の家に恥辱をもたらした平凡な顔立ちの副牧師も消えた。なめらかな百合の花がふたたび穢れのない空気を吸い、オルガンの低音がそのメッセージを垂木へと響かせていた。

信徒席は熱烈な支持者、忠実な信者たちで一杯だった。

聖歌隊の少年たちは清らかな声で歌い、音楽に合わせ体を揺らした。ロウソクは輝き、香は宙を漂った。

牧師が説教壇から身を乗り出したとき、その姿は拍手を待っているようだった。牧者は羊の群れにもどった。彼は両手を広げ、その立派な頭をそらし、信者らの大好きな静かな口調で一同に語りかけた。

「オオカミが一匹、あなたがたのなかにいました」彼は言った。「子羊たちのなかにオオカミがいたのです」

聴衆の目に涙が浮かんだ。彼らは、冷たい声の副牧師とその辛辣《しんらつ》な言葉を思い出した。また、貧民窟から来た、悪臭を放つ、副牧師の信奉者たちを思い出した。

「わたしの家は祈りの家と呼ばれてきました」牧師は声を張りあげた。「しかしオオカミはそれを盗人の巣窟にしてしまいました」

彼の用いる言葉のなんと的確なことか。彼の表す心情のなんと美しいことか。そのあと、主祭壇の前で祈りを唱えたとき、牧師には、自身の声そのものが空気を浄化したかに思えた。彼の愛する会衆はふたたび彼とともにいた。最前列には公爵夫人、そのすぐうしろには伯爵とふたりの女優の姿があった。

貧民窟の住人たちはその嘆かわしい存在の痕跡ひとつ残していない。

聖スウィジン教会とその参拝者たちは、〝永遠〟のシンボルとしていまもそこに在《あ》る。

「ゆえに、天使ら、大天使らとともに、天の全会衆とともに、栄光ある御名をほめ、賛美し……」

ウィークエンド

金曜の夕方、車で郊外に向かうとき、ふたりはほとんど口をきかなかった。言葉など交わせばこの完璧な調和が損なわれる――彼らはどちらもそう感じていた。運転席の彼はハンドル操作と前方のまっすぐな道に集中し、一方の手で車を走らせ、もう一方の手は彼女の肩に回していた。彼女のほうは両手を膝に置いて彼にもたれかかり、ときおりため息をついては、言葉にならない不明瞭な賞賛の声を漏らしていた。

どうやら彼はそういった声の意味が理解できるようで、独自のやりかた、ときおりほほえんで彼女の膝に膝を軽く触れ合わせるというかたちで、それに応えていた。

ふたりの頭は空っぽになり、鈍麻していた。そこに一貫した思考はまるでなかった。彼女はときどき横目で彼を見やった。やがて浮かんだ考えは、この人のうなじの毛の生えかたが大好きだわ、というものだ。一マイルごとに赤みを増す、額の一部のおかしな日焼けには気づいていなかった。彼のほうは、ベレー帽の下のきれいにねじりあげた黒っぽい巻き毛に目を留めたが、彼女の鼻の白粉《おしろい》のむらは見逃していた。ふたりは恋をしているのだ。

「ねえ」彼は一度、彼女に言った。「僕たちのすばらしいところは、とっても気が合うっていう点だよね。初めて出会ったときから、僕はそう感じた。無理する必要はない。虚勢を張る必要はないんだ。きみと一緒だと、僕は完全に自然体でいられる。これまでに知り合った他の女性たちのことを思うと――」ここで彼は不意に口をつぐみ、笑って肩をすくめた。まあ、過去に女がいたという考えに彼女が傷つくことはあるまい。

「ええ」彼女は言っていた。「わたしもまったく同じ気持ちよ。やっと本当の自分でいられる――表面を取り繕う必要はもうない。リラックスし、安らぐことができる」こう言うとき、彼女は悲しげな、少し疲れたような声色を使った。その響きによって、これまでの人生があまりにも刺激的で、めまぐるしかったこと、自分が超多忙な日々を送ってきた人間であることを、匂わせたかったのだ。

「安らぎか」彼はゆっくりと言った。「そう、インドにいたときはどれほど安らぎがほしかったかしれない。きみには考えも及ばないだろうな、ダーリン、あそこでの生活がどんな影響を及ぼすか」彼はマドラスで実に快適な六年を過ごしたのだが、何もわざわざそのすべてを語る必要はない。彼女はインドに対しとてもロマンチックなイメージを抱いている。ひょっとすると、白い半ズボンで馬に乗り、槍をふるってイノシシ狩りをしている彼を思い描いているかもしれない。たぶん、ヨガをやっているところもだ。

「目に浮かぶようだわ」彼女は言った。「強烈な陽射しのもとで働き、馬を駆るあなた。そのあいだ、わたしのほうは目的もなくロンドンをさまよい、浮ついた無為な生活を送っていた。パーティーからパーティーへと飛び回っていたのよ」彼女は笑った。本人の希望としては、苦々しく。ナイトクラブに次ぐナイトクラブ、黒人のバンド、上流社会の倦怠——なんでもいい、自分がなじんでいるケンジントンでのややお堅い夜とはちがう、なんらかのイメージを呼び覚ましているつもりで。

「すばらしいよね」彼は言った。「こんなふうに理解しあえるなんて。僕たちは同じものを愛している。考えかたも似通っている。一致しない点はひとつもない。つまりね、これはとてつもなく——う一ん——なんて言えばいいのかな」彼は口ごもった。言葉ではその思いを表すことはできなかった。

「ダーリン!」彼女は言った。

到着したときは、月が海を照らしており、潮は満ちていた。波は宿の下の浜に穏やかに打ち寄せていた。「昔からよくこんな場所を夢見ていたのよ」彼女は両手を広げて漠然と言った。夢見たことなどないが、別にかまわない。「雲ひとつない空のもと、熱く白い砂浜に横たわる自分を想像していた。すぐ隣には、わたしが愛せる人、理解してくれる人がいる。安らぎを与えてくれる人が」

「大好きだよ」彼はささやいた。彼女ときたら口を開けば安らぎだな、と思いつつ。彼は、信頼できる舵手を雇って、彼女のためにモーターボートを借りられないものかと考えていた。

「あしたボートを借りない?」彼は言った。「そして、このすべてを背後に残し、水平線へと向かうんだ」その声はドラマチックだった。彼は空を振り仰いだ。彼女はすばやく彼に合わせてムードを変えた。

「あなたとわたしとで星空をめざし、航海するのね」彼女は言った。ふたりはとてもロマンチックな、向こう見ずな気分になっていた。ほとんどバイキングみたいな。

土曜日の昼には、彼らはお互いを可愛らしい名前で呼び合い、独自の言語を話すようになっていた。ふたりとも何か言うときは、いちいち口を尖らせ、舌足らずにしゃべらずにはいられなかった。彼らは、愚かな自己満足から、珍妙な痴呆《ちほう》状態へと移行していた。

「小ネズミ《マウシー》ちゃん、水浴びに行きたい」彼女は言った。ちなみに、彼女は背が高く、髪も目も黒っぽいうえ、もう三十路《みそじ》を過ぎている。「フーシーも水浴びに行きたい」彼は言った。

そしてふたりは海のなかで、水を跳ねかけあい、輪になって歌い踊った。

「フーシーはとっても大きくて強いのね」ふたりであおむけに寝て日光浴しているとき、彼女は言った。「マウシーがフーシーを大好きなのは、だからよ」彼女は彼の腕を指先でなでた。彼はかすかに身を震わせた。水浴びは苦手だった。

「昼飯はなんだろうな?」彼はかじかんだ青白い手をぴしゃぴしゃたたいた。「きみはどうか知らないけど、こっちは腹ぺこだよ」

彼女は傷ついた。いきなり突き放された気がした。「見てくるわね」彼女は言った。けれども彼は後悔していた。ふたりのあいだの翳《かげ》りに気づいたのだ。「その前にフーシーがマウシーにキスするよ」彼は言った。

彼女はほほえみ、雲は太陽を通り過ぎた。「わたしたちは愛し合ってる。そうよね？」

「そうさ、ダーリン」

彼女は濡れたショールをうしろに引きずり、宿に向かってよろよろと砂浜を歩いていった。そのとき初めて、彼はストッキングなしの彼女の脚のふくらはぎが太いことに気づいた。

ふたりはランチのあと、五時まで休んだ。空は相変わらず晴れ渡っており、海は静かだった。「フーシーはマウシーをボートに乗せてくれるの？」彼女は訊ねた。

彼は不安な気持ちで約束を思い出した。なんて煩わしい。彼女は僕を外に引きずり出そうってのか？「フーシーはマウシーの望みならなんだってかなえるよ」

ふたりは小さな波止場に歩いていき、そこに並ぶボートをチェックした。

「あの赤い可愛いのにしましょうよ、ダーリン、わたしのベレー帽にぴったりの色だわ」彼女は提案した。

「マウシーは赤いお舟がいいんだね」上の空でそう言いながら、彼は自分にちゃんとエンジンがかけられるかどうかを考えていた。

「簡単ですよ、お客さん」ボート屋が説明した。「絶対まちがえっこない。子供だって運転できます。これが点火装置。これがスロットル――レバーを調節して――半分開く。で、三回勢いをつけて、エンジン全開です」

「え?」彼は言った。「なんだって? ついていけないよ。もう一度、言ってくれ」彼女に聞こえはしなかったかと、背後を見やった。彼女はクッションのまんなかに落ち着くところだった。彼のほうは見ていなかった。ボート屋は一発でエンジンをかけ、一瞬後、ふたりはもう海上にいた。ボート屋が桟橋から励ますように手を振っている。彼は舵柄をぎゅっとつかみ、不安げに左右に目をくれた。

「お利口なフーシー。とっても上手にお舟を走らせてる」彼女は言った。

彼はごくりと唾をのみ、顎を突き出した。彼らは外海へ向かっていた。ありがたいことに、波は穏やかだった。少し気が楽になってきた。そよ風が髪をかき乱す。波飛沫《なみしぶき》が顔に降りかかる。

「ダーリン、あなた、すごくすてきよ!」彼女が叫んだ。

彼はほほえんだ。可愛い小ネズミちゃん。彼はボートを波風から護られた入り江の方角に向けた。

「いま何時?」彼女は眠たげに訊ねた。彼はぎくりと目を覚ました。どれくらいそこに停泊していたろうか? 彼には思い出せなかった。太陽は入り江から消えていた。海は灰色で冷たそうだ。ふたりは身を震わせ、彼女はコートに手を伸ばした。「マウシー、おうちに帰りたい」彼女は言った。

彼はボート屋に教わったエンジンのかけかたを思い出そうとした。なんとかいうものをどれくらい開くんだっけ？　どのレバーを引くんだ？　彼はその都度、関節をすりむきながら、何度もエンジンをかけようとしたが、うまくいかなかった。「くそっ、ちくしょう！」彼は毒づき、皮の剝けた指を吸った。

「フーシーったらいけない子！」彼女は叱った。

「じゃあ、このポンコツを自分で操作してみろよ」彼は言った。

しばらくの後、疲れ果てて――「ボートのことで知ったかぶりをする気はないよ。このくそエンジンは、ぽんこつだな。ちっとも動きゃしない。やれやれ！　こんなボートを貸し出すなんて、あの連中は射殺されるべきだね。ほら、見ろよ――」ねじが一本とれて、彼の手に落ちてきた。

「自分で引き抜いたんじゃない。わたし、見てたんだから」彼女は言った。「これからどうなっちゃうわけ？　まあ、どうせあなたにはわかりゃしないだろうけど」

「そのとおりさ、どうぞ僕を責めてくれ」彼は言った。「そもそもこれは誰の考えなんだ？きみかい、僕かい？　こっちは宿にいりゃあそれで満足だったんだ。くだらんボートなんぞ借りたくなかったんだよ」

「あらまあ、あなたがここまで無能だってわかっていたら、わたしだってこんなもので出かけやしなかったわよ」彼女は言った。「なんなの、その顔――どこもかしこもオイルまみれじゃない。どんなありさまか見せてあげたいもんだわ――」

いかにも女らしいね、と彼は思った。喜ばそうとした相手をののしるとはな。「とにかく、これはかなりまずい状況だ」彼は陰気に言った。「どうすればいいのか僕にはわからない」彼は身を震わせ、レインコートを着こんだ。彼女は急に、彼の額の日焼けに気づいた。それに、彼の頭頂部の毛が薄くなっていることにも。彼女はいらいらし、寒さに悩まされ、うんざりしていた。

「叫ぶとか手を振るとかできないの？」彼女は言った。「誰かに聞こえるんじゃない？」

しかし浜や崖に人気《ひとけ》はなかった。見渡すかぎり人っ子ひとりいない。彼の「おーい！」はすごく馬鹿みたいだ、と彼女は思った。甲高くて、気持ち悪い。まるでボーイスカウトの声じゃない。その叫びは神経に障った。「ねえ、もうやめて！」彼女は言った。「叫んだって無駄よ」

彼は両手にふうふう息を吹きかけだした。「波が高くならなきゃいいが」彼は言った。「船は苦手なんだ。ちょっとでも揺れると、吐いちまうんだよ」

彼女は冷ややかに彼を見つめた。「こういうことは得意なんだと思っていたわ」彼はカッとして赤くなった。「僕を探検家か何かだと思ってたのか？　はっきり言おう。外気にさらされることが僕にはひどくこたえるんだ。すぐ風邪をひくんだよ。数時間こうして過ごせば、何週間も寝こむことになる」

「インドでは原始的な生活に慣れていたはずなのにねえ」彼女は肩をすくめて言った。

「ねえ、お嬢さん、インドを銀幕のスターの住む映画の国だとでも思ってるのかい？　無知をさらすんじゃないよ。僕はマドラスのごく快適な家に住んでいた。十人の使用人に世話をされながらね」

「その何人かがいまここにいないのが残念よね」彼女は冷たく言った。

ふたりはしばらく黙りこくっていた。潮の流れが変わり、海水が急速に押し寄せてきてボートを左右に揺らした。

「おい」彼は言った。「まずいんじゃないか。たぶんこれは非常に危険な状況だよ。まずいんじゃないか」

「わたしをここに連れ出す前に、ちゃんと考えとけばよかったのにね」彼女はぴしゃりと言った。「あなたときたら、自分の能力をひけらかすことにばかりご熱心なんだから。そもそも、こんな恐ろしい入り江にボートを停めたのは、いったいなんのためなのよ？」

「ほう、ボートを停めたのはこっちの責任なのか。きみが抱いてくれって言ったんじゃなかったっけ？」彼は言った。

「まあ、驚いた！　よく言うわよ！　こんな小汚い居心地悪いボートで小突き回されて、わたしが楽しめるわけないじゃない」彼女は言った。

「いやあ、きみが身を投げかけてこなかったら、こっちも絶対あんなことはしなかったさ」彼は言った。

「へえ、それじゃあなたは、わたしが安っぽいまねをしたって言うのね？」彼女は言った。「きっとおつぎは、週末の遠出を提案したのは、わたしだって言うんでしょうね」

「可哀そうに。きみはかなりはっきり意思表示してたろう？」

「ねえ、わかってる？　あなたは下衆な嘘つきになり下がろうとしてるのよ。これまでこのわたしにそんなことを言った人間はひとりだっていなかったわ」

「みんな、言う機会がなかったんだろうよ」彼は言った。

「あなたって、あきれるほどうぬぼれが強いのね」彼女は言った。「わたしが男性と週末を過ごすのはこれが初めてだとでも思ってるの？」

「まあ、僕としては、経験豊富っていう印象は受けなかったな」彼は言った。

「どうもありがとう」彼女は言った。「あなたはこれがわたしの初めての週末だってほぼ確信してるわけね。では、こっちも遠慮なく言わせてもらうわ。あらゆる観点から見て、この週末はわたしの生涯で最大の期待はずれだった」

　雨が降りだした。最初はぽつりぽつりと。やがてそれは霧雨に変わり、最後は土砂降りの雨となって、夜じゅう降りつづけた。空は暗くなり、ボートは上げ潮に乗って揺れた。彼は船縁《ふなべり》に寄りかかっていた。ひょろひょろのみじめな姿で、濡れた水着とレインコートを体に貼りつかせ、鼻を寒さで青くして。

彼女は突然、子供のころ読んだ絵本を思い出した。インキー・インプという小鬼の絵を。この男のみっともないこと！　それに、無能で、意気地がないこと！　彼女ははなをかみ、咳をしだした。彼は顔をそむけた。すじがつき、しみの浮いた彼女の顔、肩に垂れ下がったネズミの尻尾みたいな髪を見なくてすむように。彼女は不機嫌そうで、やつれて見え、信じられないほど不器量だった。その姿は、ずぶ濡れのネズミを連想させた。ネズミ。あの名前がまさにぴったりじゃないか！

「ありがたいね。とにかく、もうあのおぞましいしゃべりかたをする必要はないわけだ」彼は思った。

彼女はしばらくむっつりと彼を見ていた。それから足で彼を小突いた。「吐くんなら」彼女は言った。「さっさと吐いて、すませてしまえば？」

ふたりは翌朝五時に、漁船に曳かれて港へもどった。すでに彼はリウマチによる足の激痛に悩まされていた。また、冷えで肝臓もおかしくなっていた。彼女のほうは風邪の頭痛が始まっており、右の頬は神経痛で腫れあがっていた。ふたりはベッドに直行し、午後まで眠った。目が覚めると、その日は灰色の陰鬱《いんうつ》な日曜で、相変わらず雨がぱらぱらと窓を打っていた。

彼らは居間でそれぞれ硬い椅子にすわった。暖炉はくすぶっていた。彼らはまだ日曜の新聞を読んでもいなかった。ふたりの頭は空っぽになり、鈍麻していた。そこに一貫した思考はまるでなかった。彼女はときどき彼に目をやり、その額の日焼けに注目した。彼のほうも、彼女の鼻の白粉のむらに気づいた。ふたりはもう恋をしていなかった。

「ねえ」彼は言った。「問題は、僕たちがまるっきり気が合わないっていう点だよ。共通点はひとつもない。好きなものも考えかたも、全部ちがってるんだからな。これじゃどうにも——うーん——なんて言えばいいんだろう」彼は口ごもり、肩をすくめた。

「わたしも同じことを感じてた」彼女は言った。「わたしたちはお互いの気に障るだけね。あなたといると安らげないし、みじめな気分になるわ」

「インドにもどれたらなあ」彼は言った。

「目に浮かぶようだわ」彼女は苦々しく笑った。「オフィス用のおんぼろスツールにすわって、ペンの先を嚙んでるあなた。そのあいだ、わたしのほうは国会議員の補欠選挙の票集めに飛び回っていたのよ」

ふたりは雨と波の音に耳を傾けた。

「ここはいやなところね」彼女は言った。「陰気くさくて、気が滅入る。どこまでも砂丘がつづいているだけで、なんにもない。まるで流刑地だわ」

「馬鹿らしい！」そう思いながら、彼は車を雇って町まで行けないものかと考えていた。自分で運転するには、もう疲れすぎている。

「この最低な部屋にすわってるだけで神経痛になりそうよ」彼女は言った。しかし彼は聞いていなかった。「車を借りよう」彼は言った。「このひどい場所を出て、ロンドンに帰るんだ」その声はいらだちを帯びていた。彼は不機嫌に窓の外をのぞいた。リウマチの肩がずきずきと痛んだ。

「あなたとわたしだけで、ずっとあの道を行くわけ？」彼女は言った。ふたりはお互いにうんざりし、疲れ果てていた。青空が雲間に小さく顔をのぞかせ、木の上でクロウタドリがさえずったが、ふたりには何も見えず、何も聞こえなかった。「やれやれ！　ここは世界の果てみたいなもんだよな」彼は言った。

日曜の夕方、車でロンドンに向かうとき、ふたりはほとんど口をきかなかった。

Week-End

幸福の谷

最初、彼女はその谷をよく夢のなかで見た。目覚めるとき奇妙な細切れの断片となってよみがえり、その後すぐにぼやけて、日中の忙しさに取りまぎれ、忘れ去られる夢。ふと気づくと、いつも彼女は小道を歩いている。左右には高いブナの木が立ち並び、やがて小道は狭まって、途切れがちなぬかるんだ踏み分け道になる。それは複雑に入り組んだ、草深い道で、まわりには灌木しかなく、シャクナゲやツツジやアジサイが両側から触手を伸ばし、彼女を閉じこめようとする。やがて、谷の底に至ると、下生えのなかに開けた箇所があり、苔の絨《じゅう》毯《たん》とのどかに流れる小川がある。そしてあの家も、視線の先に現れる。一階の大きな窓、窓枠に這いのぼる蔓薔薇《つるばら》、そして、外の乱張りのテラスに立つ彼女自身。その谷と家のなじみ深さに大きな安らぎを感じるため、この夢は、彼女が歓迎し、待ち望むものとなった。彼女は打ち捨てられたテラスを歩き回り、なめらかな家の白壁に頬を寄せる。まるで、それが命の一部であり、自分の内部につながっている所有物であるかのように。何よりもそれは安全な場所で、そこでは何者も彼女を傷つけることはできないのだ。その夢は大切な宝物であり、独特のかたちをそなえていて、決して展開せず、ストーリーも語らず、順を追って進むこともなかった。また、彼女はその夢が初めて現れたのがいつなのか覚えていなかった。それは、病気をしたあと、彼女とともに育ってきたように思えた。まるで、迷子になった微量の麻酔薬が優しい霧さながらに彼女の眠れる心にくっついたかのようだった。

日中、夢はどこかよそに行っている。そして、ふたたび彼女を訪れるまでに、数週間、または、数カ月が過ぎることもある。それから突然、朝の静けさのなか、世界がまだ眠っているとき、一羽目の鳥が翼を広げる前に、彼女はぽかぽかと暖かな陽射しを浴びて、家の前のテラスに立ち、開いた窓に顔を向けている。彼女の夢見る心は、世界から消え、自らの夢の惑星のなかで鮮烈に生きていて、鎮まり、くつろぎ、孤独のなかでささやく――「わたしはここにいる、幸せだ、またうちに帰ってきた」

これ以上は何もない。結論はないのだ。それは天地の彼方の儚い国で、時計の針がふたつの目盛のあいだにある一瞬のあいだ、宙に浮いているだけであり、それゆえにふたたび消え去り、目を覚ませば、そこにはおなじみの自分の寝室と、新たな一日の始まりがある。朝食のカップのぶつかりあう音、通りのざわめき、奥の階段から聞こえる掃除機の唸り、日常の平凡な物音のすべてが、身震いとやるせない喪失感とともに、彼女を現実に引きもどす。病気をして以来、彼女は前以上にぼんやりするようになり、そのためおばには、まるで実在しない誰か、幽霊と暮らしているようだと言われた。「ほら、顔を上げて、ちゃんと聴きなさい。あなた、何を考えているの？」自分への要求に驚き、彼女はぎくりと顔を上げる。「ごめんなさい、何も考えていなかったわ」

「あなたはぼうっとしている。いつだってぼうっとしている」そう言われて、彼女はたちまち傷つき、神経過敏に顔を赤らめながら、おばのためにもっと才気あふれる楽しい娘でいられたらと思う。そして、額に皺《しわ》を寄せ、憂《うれ》い顔になり、いつもの勉強部屋へとこっそりのぼっていき、窓の桟に腕をついて家々の屋根を見おろし、ひとりになれてほっとしながらも、自分の孤独を痛感する。彼女はこれが時のひとコマにすぎないことを、無意識のうちに奇妙なかたちで理解している。彼女はここには属していない。安全と安らぎをもたらす何かを待っているのだ。夢のなかのあの入り組んだくぼんだ小道や、あの家や、あの幸福の谷のようなものを。

彼の最初の言葉はこうだった——「怪我はないよね？　きみはこの車に向かってまっすぐ歩いてきたんだよ。僕はどうなったけど、きみには聞こえていなかった」

彼女は目を瞬いて彼を見返し、なぜわたしは路上であおむけに寝ているのだろうと考え、突然、歩道からどこへともなく足を踏み出したことを思い出した。「前を見て歩くのをいつも忘れてしまうの」

すると、彼は笑って「このお馬鹿さん」と言い、スカートの埃を払ってくれた。彼女のほうは真剣に彼を見つめていた。軽い吐き気とともに、「前にもこんなことがあった」と気づきつつ。彼女は車に目を向けた。彼の肩の形や後頭部の髪の生えかたには覚えがある気がした。茶色っぽい器用に動く彼の手、それも彼女の知っている手だった。でも目は彼女を欺《あざむ》けない。彼を前に見たことはなかった。

「顔が青いよ。それに、動揺しているようだし」彼は言った。「家まで送ってあげよう。場所を教えて」彼女は彼の隣に乗りこんだ。自分の顔が青いのは、事故とも、例の病気とも無関係なことはわかっていた。彼女は彼を見たショックで蒼白になったのだ。そしてまた、これが出発点であり、サイクルの始まりなのだという悟りのために。それから、彼女の知識の小さなかけらは、夜明けとともに去るあの夢のように雲散霧消し、ふたりは知らない者同士となって、ともにいる時間を楽しみ、雑談した。彼女は彼に言っていた。「この地方はあまり美しくないの。ただの郊外で、本物の田舎じゃないのよ」すると、彼はほほえんで言った。「西部以外、この国はどこも僕には異質で味気なく思えるよ。でもまあ、僕はライシアの出だからしかたないかな」

「ライシア」彼女はオウム返しに言った。「そんな遠くへは行ったことがないわ」そして彼女はその名前にぐずぐずこだわり、それが心を刺激する聞こえない和音であるかのように、繰り返し口にしてみた。「わたしは生まれてからずっとここに住んでいるの」彼女は言った。そしてその声は、他の誰か、置いてきぼりにされた人、妹の声のように遠のいていき、彼女自身は生まれ変わり、初めて溌剌として、スイカズラの香りに包まれ、小川のせせらぎを聞きながら、ギシギシの原を歩いていた。

自分が話しているのが聞こえた。「学生時代、地図帳のライシアが黄色く塗ってあったのを覚えているわ」すると彼は笑った。「変なことを覚えているねえ」とここでふたたび、知っているというあの感覚が訪れた。「彼はいつか、地図帳のことでわたしをからかい、わたしはこの瞬間を思い出すのよ」彼女は自分に言い聞かせねばならなかった。わたしたちは知らない者同士なのだ。わたしは、病気から快復した若い娘、元気なくぼうっとしているというだけのごく普通の娘なのだ。「お茶でもいかが?」彼女は堅苦しく丁寧に訊ねた。「うちにおばがいると思うの」

会話の声、トーストを齧る音、明かりを灯しに来たメイド、砂糖をねだる犬。これらはごくあたりまえのお定まりのものだ。しかしそこには重要性があった。まるでそれらが壁に掛けられた絵で、画廊を訪れた彼女が、その絵を一点ずつ検分しているかのようだった。そして、あとで「さようなら」と言うとき、彼女は自分がまた彼に会うことを知っていて、それがうれしくもあったが、心の奥では何かがその知識を恐れ、脇へ押しやりたがっていた。

その夜はきわめて鮮明にあの谷が見えた。彼女は小道を家までのぼっていき、テラスに上がって開いた窓の外に立った。すると、いつもの安らぎと世界から逃れ出た安堵感が、いまは新たな認識と混ざり合っているように思えた。この家はもう空っぽではない、人が住んでいて、歓迎を見合わせている。彼女は窓に手をやろうとしたが、その負担は大きすぎて、腕はだらりと下に落ち、イメージは溶け去った。彼女は目を大きく見開いて、自分の寝室を凝視していた。まだ朝早いことに、彼女は気づいた。メイドは起き出してさえいない。でもホールでは電話が鳴っていた。

彼女は階下に降りていき、受話器を取った。それは彼の声だった。「本当にごめんよ。こんな時間に電話するのが非常識なのはわかっている。でもいま、すごく真に迫った悪夢を見たんだ。きみの身に何かあった夢だよ」彼は自分の愚かさを恥じて、笑おうとした。「あんまり強烈だったから、いまでも現実じゃないなんて信じられないんだよ」

「わたしはどこもなんともないけど」彼女は言った。そして自分も笑った。「とっても安らかに眠っていて、幸せな気分だった。目が覚めたのは、きっとあなたの電話のベルのせいね。何があったと思ったの？」

「説明できないんだ」彼は言った。その声にはとまどいが表れていた。「僕は、きみがどこかに行ってしまい、二度ともどってこないと確信していた。それは確かなことだったよ。きみは永遠に行ってしまった。連絡を取る手段は一切なかった。きみはひとりで行ってしまったんだ」

「本当のことじゃないけれどね」彼女は彼の狼狽《ろうばい》ぶりにほほえんだ。「わたしはここにいる。安全そのものよ――でも気にかけてくれてありがとう」

「きょう会いたいな」彼はなおも言った。「何事もないのを――きみに変わりがないのをこの目で確かめたいんだ。ほら、これは僕のせいだからね。もし僕が車できみを撥ねなかったら、こんなことにはならなかった……それが僕の気持ちだ。何もかもが悪夢のなかでごたまぜになっていたよ。会ってくれるだろう？　さあ、いいと言って」

「ええ」彼女は言った。「ええ、わたしも会いたいわ」なぜなら、そうすることになっているから、彼女に選択の余地はないから、そして、彼の声は、彼女自身の抑圧された満たされぬ思いのこだまだからだ。

結婚後、彼はよく出会いの翌日のあの朝のこと、自分の電話が彼女を目覚めさせたことで、彼女をからかった。「もう逃げられないぞ」彼は言った。「きみは僕のものだ。いつまでも安全だよ。僕の悪夢は胃もたれのせいだったわけだしね。あんなにすぐに電話に出るなんて、きみはまちがいなく僕に恋していたんだな！　ほら、こっちを見て、何を考えているの？　またぼうっとしている。いつだってぼうっとしている」

彼は彼女を抱き寄せ、頭のてっぺんにキスした。そして、それに応えて彼に抱きつきながらも、彼女は胸に小さな疼きを覚えた。結局、彼にも理解できないのだろう。この世界の他の者たちと同じく、彼もまた、彼女の放心にいらだたずにはいられないのだ。「ぼうっとなんかしてない」彼の肩にもたれて、そう言いながら、彼女は意識していた――彼を愛してはいるけれど、彼女の一部はまだ誰のものでもなく、誰にも侵されていない。彼は決してそこに触れることはできない。そして、彼の手、彼の声、その全存在を崇拝してはいても、彼女はこっそりよそへ行き、沈黙し、休みたいと願っているのだ。

ふたりは小さな宿の窓辺に立って、川と、揺れるボートと、その向こうの遠い森を見おろしていた。「きみは幸せなんだよね?」彼は訊ねた。「ライシアは期待どおり美しいところだったろう?」

「期待をはるかに超えているわ」彼女は言った。

「きみの地図帳の黄色い箇所よりいいかな?」彼は笑った。「ねえ、明日、探検に行こうよ。丘を越えて、森に分け入るんだ」彼はテーブルに地図を広げて、散策の計画とこの地方のガイドブックに熱中しだした。彼女は奇妙なエネルギーに突き動かされ、落ち着かなかった。この小さな居間でのらくらしているのではなく、戸外に出て、歩いていたかった。「僕は車をきれいにして、ガソリンを入れなきゃならない」彼が言った。「道をぶらぶら歩いていってくれない? あとから追いかけるから。長くはかからないよ」

彼女は宿をそっと抜け出し、川の曲がるところまで道をたどった。それから、石ころや海藻やぐらつく小さな岩に足を取られながら、浜に降りていき、やがて、細長い入り江に至った。それは西に向かって湾曲しており、両岸とも水辺には木々が段々に生えていた。ボートは浮かんでいなかった。入り江は静かで、じっと動かない。その静寂は一度、水面下の魚の動きに破られ、水面《みなも》にさざ波が広がった。いま、浜は満ち潮の下に没しつつあり、彼女は林のなかを高台へと向かわざるをえず、なぜかはわからないがわくわくしながら、なんの迷いもなくずんずん進んでいった。あたりの静けさも、自分が招いたもののような気がした。木木は敬意を表してさらさらいった。それは、鬱蒼《うっそう》と茂る、魅惑の前哨部隊なのだ。

突然、小道は急な下りとなり、彼女は混乱を誘うあの谷、彼女の谷、自らの属する場所へと下りていった。左右には高いブナの木々が立ち並んでいた。そして、昔から知っていたとおり、小道はやがて狭まって、草深い入り組んだ泥の踏み分け道になり、彼方ではあの家が怪しくひっそりと待っていた。家の大きな窓は、夕日に燃えているかのように、美しく、期待に満ちて、輝いていた。夢が現実になったのを自分が恐れていないことが、彼女にはわかった。それは祈りへの応えにも似た、安らぎの具現化なのだ。最初に目に入ったとき、家は荒れ果て、住む者もないように見えたが、テラスへと進むと、どういうわけか白い壁がパッと明るくなり、力を増したかのようだった。さきほどまで乱張りの石畳の隙間に生えた雑草だと思っていたものは、花盛りの岩生植物だった。彼女は失望の疼きを覚えた。自分の家は他の誰かの住まいとなっているのだ。彼女はそっと近づいて、窓の桟に手を伸ばした。夢のなかではいつもこれが最後の動作となる。彼女は窓からなかをのぞきこんだ。室内は涼しく、花で一杯だった。暖かな太陽はチンツのカーテンを傷めてはいない。それは楽しげな部屋、男の子の部屋で、格式張ったものと言えば、天井から下がる重たげなシャンデリアだけだった。

部屋の中央には、テーブルがひとつあり、虫捕り網がそこに載っていた。椅子にはお話の本がいくつか積まれ、ソファの隅には切れた弦一本と弓矢が置いてあった。ドアのフックにはジャージが掛かっており、そのドアは誰かが出ていった直後のように開いていた。安らぎを覚え、幸せな気分で、彼女は窓の桟に頬を寄せた。「ここに住んでいる男の子と知り合いたい」――彼女はそう考えていた。満ち足りて、気だるげにほほえんだとき、その目が炉棚の写真にとまった。それは彼女自身の写真だった。自分が知らない、いまとは髪型のちがう写真、その新鮮さ、モダンさにもかかわらず、部屋と比べると、妙に昔らしい古めかしい印象を与える絵姿だ。

「きっと何かの冗談だわ」とまどいながら思った。「誰かがわたしが来るのを知っていて、おもしろ半分、写真をあそこに置いたのよ」そのとき彼女は、夫のパイプが炉棚に載っているのに気づいた。火皿が瘤《こぶ》状にふくらんだパイプ。そしてその上には、おばがくれた狩りを題材とする古い版画が掛かっていた。しかしそれらは全部、ミドルセックス州のおばの家で荷箱に収まっているのだから、ここにあるわけはない。彼女は不安と動揺を覚えた。どういうことなのかわからない。「これは馬鹿げた冗談よ」彼女は思った。「彼が夢のことでわたしをからかっているんだわ」でもここで、困惑し、彼女はためらった。夫は夢のことを知らない。そのとき足音が聞こえた。彼が部屋に入ってきた。ひどく疲れた様子。まるで長いこと彼女をさがしていて、別の経路でこの家にたどり着いたかのようだ。それに彼はいつもとちがって見えた。髪を分けているし、スーツも変わっている。

「どういうこと？」彼女は声をかけた。「どうやってここに来たの？　この家の人を知っているの？」彼女の声が聞こえないらしく、彼はソファにすわって、新聞を手に取った。「もうやめて」彼女は言った。「わたしを見てよ、ダーリン。笑って、どういうことなのか説明してちょうだい。いったいここで何をしてるの？」

彼は知らん顔だった。そこへ使用人の男が入ってきて、中央のテーブルでお茶の支度を始めた。「陽射しがまぶしいな」夫が言った。「ブラインドを下ろしてくれないか」すると男は進み出て、カーテンをぐいと引っ張った。まっすぐに彼女を見つめてはいるが、その存在に気づくふうはなく、主《あるじ》と同様、完全に彼女を無視していた。そしてカーテンは閉じられ、ふたりの姿は見えなくなった。しばらくの後、お茶の時間を告げる銅鑼の音が聞こえてきた。

急にひどい疲れを、虚脱感を覚えた。まるで、人生があまりに重たく、あまりに困難で、自分には背負いきれないかのようだった。彼女は泣きたかった。「休めるものなら休みたい」と思った。「それにしても、なんて馬鹿な冗談なの……」彼女は窓に背を向けて、小道を見おろした。それは眼下の入り組んだ谷へとつづいている。芳《かぐわ》しい、謎めいた、深い渓谷へと。そこには苔があるだろう。柔らかなシダ、ひんやりする木々の葉、静かに耳朶《じだ》に触れる軽やかな小川のせせらぎが。そしてどこかに、休める場所もあるだろう。誰も彼女をからかえない場所。そこにうずくまり、隠れていよう。そのうち彼も、彼女を怖がらせて悪かったと思い、テラスに出てきて、彼女に呼びかけるはずだ。

小道のてっぺんで躊躇《ちゅうちょ》しているとき、彼女は茂みからじっとこちらを見ている小さな男の子に気づいた。大きな茶色の目が、顔のなかでまるでボタンのように見える。頬には大きなひっかき傷があった。彼女は恥ずかしくなった。この子はいつからわたしを見ていたんだろう？「ここではみんながかくれんぼしているみたいね」彼女は言った。

男の子は爪を嚙みながら笑みを浮かべた。彼女はその子に手を触れたかった。どういうわけかその子が愛おしかった。でも男の子は怯えた小鹿のように神経質で、じりじりと離れていった。「怖がらないで」彼女は優しく言った。「なんにもしないわよ。わたしはあの谷に下りていきたいの。一緒に来てくれない？」

手を差し伸べたが、男の子は首を振ってあとじさりした。そこで彼女はひとりで歩きだした。男の子は少し離れてついてきた。なおも危ぶみ、なおも怖がって、じっと彼女を見つめながら。木々が、そしてその陰が、ふたりに迫ってくる。小川のせせらぎはすぐそばで聞こえており、彼女はひとり鼻唄を歌った。心は軽く、幸せな気分だった。ふたりは林のなかの開けた箇所に至った。苔のむした小川の岸辺に。「なんてすてきなの」彼女は思った。「なんて平和なのかしら。ここにいれば誰にも見つからないわ」いたずらの企みに心を躍らせたそのとき、男の子の声が初めて、ささやくように静かに聞こえてきた。「気をつけて、お墓の上に立ってるよ」

「気をつけて」男の子は言っていた。

「どういう意味？」足もとを見おろしたが、下には苔しかなかった。あとは、シダの茎と、踏みつぶれされた青いアジサイの花だけだ。「誰のお墓？」そう言いながら、彼女は顔を上げた。しかしあの子の姿はもうなかった。男の子はいない。行ってしまい、その声はこだまと化していた。彼女は呼びかけた。「隠れているの？　どこにいるの？」返事はない。彼女は小道を駆けもどっていった。あの家をめざし、木々の陰の外へと。それでも男の子は見つからなかった。

「もどってきて。怖がらないで。どこにいるの？」そう叫び、それからもう一度、家の前のテラスに上がった。小さな恐れとともに、彼女は白い壁を見た。それはもう太陽のぬくもりのなかで輝いてはいなかった。乱張りの石畳の隙間には、前にあったはずの植物ではなく、雑草が生えていた。そしてあの部屋は空っぽだった。壁に壁紙はなく、床も板がむきだしになっていた。

骸骨《がいこつ》じみたシャンデリアだけが、蜘蛛《くも》の巣にまみれ、天井からぶら下がっていた。開いた窓からそよ風が吹きこむと、それはとても静かに、チクタク時を刻む時計の振り子よろしくぶらぶらと揺れた。彼女はくるりと向きを変え、あの小道、自分が来た道を飛ぶように走っていった。静寂と暗闇に背を向け、現実ではない、本当ではない、ひどく淋しくわびしいこの場所から遠ざかり、上へ上へと。実在するのは、自分だけだ。くすんだ太陽の巨大な玉は、激しく赤く、ランプのようにぎらぎら輝き、道の果てのブナの木々のあいだに沈もうとしていた。

彼が浜で見つけたとき、彼女は虚空を見つめ、ひとり泣きながら、川のほとりをうろうろしていた。「いったいどうしたの、ダーリン？」彼は繰り返しそう訊ねた。「転んだのかな？怪我はない？」彼女は彼にしがみつき、彼のコートという安全をしっかりとつかんだ。「わからない」彼女はささやいた。「わからない。覚えていないの。どこかの森に散歩に行ったのよ。でも何があったかは忘れてしまった。何かなくしたような気がしてしかたないんだけど、それがなんなのかわからないの」

「このお馬鹿さん」彼は言った。「馬鹿なぼんやりさん。今後は僕がもっとよく気をつけてあげないとな。泣くのはおやめ。泣く理由なんかひとつもないんだよ。なかにお入り、きみを驚かせることがあるんだ」

ふたりは宿のなかに入り、彼は自分のそばの椅子に彼女をすわらせた。「すばらしいことを思いついたんだ。きっときみは大喜びするぞ。さっきまで宿の主人と話していたんだけどね」彼女の髪に頬を寄せて、彼は言った。「この近くに売りに出ている物件があるらしいんだよ。すてきな古い領主館、きみのお望みどおりの家だよ。もう何年も空き家のままで、僕たちみたいな人間を待っていたんだ。この地方に住むのはどう?」ふたたび満たされ、笑顔で彼を見あげて、彼女はうなずいた。さきほどの出来事はすでに記憶から消えていた。
「ほら、地図で教えてあげる」彼は言った。「ここがその家。それと庭だね。窪地にすっぽり収まっていて、ここを下りていくと入り江に出る。このあたりには小川が流れていて、林のなかに開けた箇所もある。きみにぴったりの場所だよ。ぶらぶら歩き回れるし、休めるし、ひとりになれるからね。この窪地は手つかずの自然のままで、地形が複雑で、ところどころかなり深く草木が生い茂っている。みんなここを〝幸福の谷〟と呼んでいるんだ」

The Happy Valley

そして手紙は冷たくなった

親愛なるミセス・B

紹介もなしに、このようなお手紙を差し上げる失礼をどうかお許しください。実は私、中国であなたのお兄様と懇意にさせていただいているのですが、この度、六カ月の休暇をどうにか取得し、数日前にイングランドに到着したところで、一度、お目にかかって、チャーリーの近況をお伝えできましたらどれほどうれしいことかと、こうしてお便りしている次第です。チャーリーは非常に元気にしておりますし、あなた宛のお言づけも、もちろんたくさん預からせていただいております。

このようなかたちで唐突にご連絡いたしましたことを、重ねてお詫び申し上げます。

敬具

X・Y・Z

六月四日

親愛なるミセス・B
金曜のカクテル・パーティーに喜んでうかがいます。ご親切にお誘いいただき、ありがとうございます。

敬具
X・Y・Z

六月七日
親愛なるミセス・B
昨日のパーティーがどれほど楽しかったか、そして、あなたにお会いできてどれほどうれしかったか、お伝えせずには一日を過ごせません。きっと私は、ひどく不器用で垢抜《あかぬ》けない男に見えたでしょうね。中国での三年は、私の作法と話術に大ダメージを与えたでしょうから！　あなたは私にとても優しく親切にしてくださいました。私はいろいろつまらないことを支離滅裂にべらべらとしゃべっていたと思いますが。
ふたたび文明社会にもどり、あなたのように美しく知的な女性と同席させていただくと、少々とまどいます。ほら、余計なことを言ってしまった！　本当に、また近いうちにお訪ねしてもよろしいでしょうか？

敬具

六月十日

親愛なるミセス・B

喜んで今夜のお食事会にうかがいます。ブリッジは下手ですが、お許しいただけますね？

X・Y・Z

草々

X・Y・Z

六月十二日

親愛なるミセス・B

あなたの言葉を素直に信じて、見たいとおっしゃっていた例のレビューの席をふたつ確保しました。来るというお約束を破ったりなさいませんよね？　もしよろしければ、そのあとどこかに食事に行き、ダンスしましょう。

X・Y・Z

六月十四日

親愛なるA

本当にAとお呼びしてもいいのでしょうか？　それに、昨夜、口になさった他のいくつかのことも、本気で言ってくださったのでしょうか？　あれが本気だったかどうかはともかく、すばらしい夜にお礼を申し上げたいと思います。本当に楽しかった。お詫びしそびれたと思いますが、わたしのダンスはひどいもんでしたね！

どうもありがとう。

X

六月十七日

申し訳ない！　電話をもらったとき、自分の態度がクマ並みにがさつだったのはわかっています。でも、結局あなたが出てこられないとわかって、ものすごく失望したものですから。許していただけますか？　もちろん事情はわかっています。明日、うかがってもいいでしょうか？

X

六月十九日

あの夜、あなたが会う日を延ばしてくれて、本当によかった。もしあなたがことわりの電話をかけてこなかったら、そして、もし僕が電話口で無礼な態度をとらなかったら、きょうの午後、僕があなたに会いに行くこともなかったわけですから。

なぜあなたはあんなにも優しくしてくれたのです？　たぶんあれは、地の果てからやって来たみすぼらしい愚かな犬に対する憐れみにすぎなかったのでしょうね！　これまでの生涯、僕にはあなたとするように話ができる相手はひとりもいなかった気がします。

あなたは、この世には本当に価値があるのだと感じさせてくれる。人生には、原住民に取り囲まれた退屈な大農園よりよいものがあるのだ、と。ひとつ告白しましょう。中国にいたとき、僕はよく、チャーリーのデスクの上に掛かっているあなたの写真を見たいがために、彼の家を訪ねていたのです。

ある意味、僕はそれを偶像視していたのだと思います。そんなにも美しい人が実在するとは、僕には信じられませんでした。そしてこちらに来て、初めてあなたに会うことになったとき、僕は学生の男の子みたいに緊張し、びくついていました。写真のイメージが壊れてしまうのではないか。僕はそれをひどく恐れていたのです。

あなたを見たとき――そう、あなたの姿がどんなだったか、自分がどう感じたか、その描写だけで、僕は何ページでも書き綴ることができます。でも、そうしたところでなんになるでしょう？　たぶんあなたはそれを読みもせず屑籠《くずかご》に放りこむでしょうからね。もちろん当然のことです！　ええ、僕はそんなことであなたを退屈させないよう精一杯努力します。あなたの美しさを讃える男たちに、あなたはうんざりしているはずですから。でも、僕たちは友達になれるでしょう? 本当の友達に?

X

六月二十二日

大切な人へ

今朝の電話で、僕はうまく自分の気持ちを説明できなかった。あなたが電話を切ったあと、すぐまたかけ直したのですが、メイドによれば、あなたはもう出かけたとのことでした。そんなわけで、こうして手紙を書いています。今夜の件で、僕が言いたかったことをあなたは理解していない。あれはただ、あなたと話すのがとにかく楽しいから、芝居に行くなんてなんだか時間がもったいない気がするということなのです!

ええ、認めます。僕は道理のわからない大馬鹿者です。なんとなく僕は、ソーホーのどこか静かなところで一緒に食事して——そのあと、たぶんあなたの家にもどるのだと思っていたのです。でも、もちろん、なんでもあなたのご希望どおりにするつもりですからね。

それから、今朝、言い忘れたのですが、このホテルはもう引き払うことにしました。サービスがよくないし、プライバシーがまるでないようなので。いま、家具付きのアパートメントを借りることを考えています。でもこれについては今夜、話しましょう。僕のこと、怒っていませんよね?

X

六月二十三日

Aへ

なんと言ったらいいんだろう？　あなたは僕をどう思っているだろう？　自分が恥ずかしくてたまらない。そう、もちろん弁明の余地はありません。僕はどうかしていたんだ……あなたの家を出たあと、僕はホテルにもどりませんでした。夜じゅうずっと歩いていたんです。みじめな気分で、何がなんだかわからずに。

僕のこの自責の苦しみは、あなたの想像をはるかに超えるものです。あなたには一瞬でも理解できるでしょうか——未開人たちのなかで暮らす未開人よろしく、文明から隔絶された孤独な三年を過ごした者にとって、突如、あなたのように美しく魅力的な女性から人として扱われることが、どんな意味を持つか。それは僕の手に余った——あまりにも心地よすぎた。

ええ、僕は理性を失いました。まさか自分があんなことをしてしまうとは夢にも思いませんでした。ご自身が僕にどんな試練を与えたか、あなたにはわかりますか？　いいえ、わかるわけがない。あなたは優しかった。あなたはすばらしかった。あなたはあなただった。責任はすべて僕にあります。あなたが僕の言ったことを忘れてくれるなら、僕はどんなことでもするつもりです。

自分にとって大切なものすべてにかけて、厳粛に誓います。もう二度とあなたには手を触れません。決して……決して……もう一度、一から出直しましょう。僕はあなたの友になりたい。あなたが心を許せる相手、一緒にいてくつろげる相手、一切気を遣わなくてよい相手に。

言葉……言葉……どう説明したらいいんだろう？　A、僕が許されるチャンスはあるでしょうか？　あなたからのひとことは、僕をみじめさの深みから舞い上がらせるでしょう。とにかく一日じゅう待っています。どうか僕を許してください。

X

六月二十五日

電話であなたの声を聞いたとき、僕は体が震えてしまい、ほとんど答えることもできませんでした！　馬鹿みたいでしょう？

でも、もうそんなことはどうでもいい。大事なのは、あなたが僕を許してくれたということ、そして、僕たちがまた友達にもどったということだけです。そう思っていいんでしょう？　僕たちは友達なんですよね？　ええ、明日、車で郊外へ行きましょう。どこか人里離れた小さな宿へ。そして、心ゆくまで話をしましょう。僕にはあなたに話したいことが山ほどあります。

お元気で、

X

六月二十七日

A、昨日の思い出に、花を贈ります。あの一日が僕にとって何を意味するか、あなたにはまるでわからないんじゃないかな！　あなたも楽しかったと言っていましたね。あれは本当ですか？　あの水辺の小さな宿のことが、僕は忘れられません。ふたりでそこにすわって夢想に耽ったことが。

僕と同様に、あなたもあの田舎に心惹かれたことを、とてもうれしく思います。ほとんどどんな事柄でも、僕たちの考えは一致しますね。ある意味で、あなたの脳は驚異的なまでに男の脳に似ています。あなたはまっすぐにものを見る。考えがごちゃごちゃになったりしない。そして、しっかりした価値観を持っている。それでいて、おそらくは想像しうるかぎりもっとも女性的な人でもあります。

僕はすでに、先日お話ししたアパートメントに入居しています。現在、居間に足りないものはただひとつ――あなたの写真だけです。だいぶ前に、あなたは一枚くださると約束してくれましたよね。

ええ、今夜十時に迎えに行きます。どこかに行ってダンスしましょう。もちろん最高の夜になりますとも。あのグリーンのドレスを着てくれませんか？　あの色にぴったりのネックレスを見かけたんです。あなたが着けられるよう持っていってもいいでしょうか？

X

七月一日

A、ダーリン、もうだめです。自分を抑えられません。あなたはとっても綺麗だった。僕は鉄じゃなく血と肉でできているんです。これをどうにかするすべがあるでしょうか。

僕は世界の何よりもあなたの友情を大切に思っています。でも、なぜあなたは醜い老婆じゃないんです？　もしそうなら、ずっと楽だったのに。

あなたも少しは僕を好きなんでしょう？　ちがいますか？　いったい僕は何を書いているんだ。

今度はいつ会えますか？

X

七月五日

ダーリン、昨夜、あなたは僕をものすごく幸せにしてくれました。あれが――あなたの言ったことが本当だとは、とても信じられません。あなたは蘭が好きだと言っていましたね。

これが僕の見つけられた蘭、全部です。

あなたがお望みなら、僕はイングランドの温室すべてを襲います。あなたがお望みのことはなんでもしますし、あなたがお望みのものはなんでも差し上げます――ただ、毎日、あなたに会うことさえ許されるなら。

僕は多くの報いは求めません――ただ、あなたの足もとにすわって崇めさせてほしいだけです。それ以上は何も望みません。

あなたは美しい、美しい、美しい。

X

七月七日

こんな状態でいることはできない。いいですか、不可能です。あなたのせいで僕はおかしくなりそうです。あなたは僕に会ってくれる、そのうえで、なんの感覚もない人形みたいにじっとしていることを求めるんですから。

僕は一日じゅう電話の前にいた。なのに折り返しの電話はなかった。あなたはどこにいたんです？　誰と一緒だったんです？

ああ！　どうぞ僕を笑ってください。ちっともかまいません。もちろん、問いただす権利など、僕にはありません。あなたは完全に自由です。あなたがあんなふうに笑うと、僕はあなたを絞め殺したくなる——それから、あなたを愛したくなる。
どうしても会いたい。
X

七月八日　午前三時
愛する人へ
今夜のことのすぐあとでまた手紙を書くなんて、馬鹿みたいだよね。部屋はいまもあなたで一杯だよ。他のことは何も考えられない。やっとわかった。僕は生まれてからずっとこの時を待っていたんだ。よくお休み。元気で。体を大事にね。
僕を愛している？
X

七月九日
可愛い人
もちろんいいとも。きょうの午後、五時から六時のあいだに。待っている。
X

七月十日
ダーリン
いや、きょう来ておくれ。ぜひぜひ！　土曜までは待てない。きのうのあとでそれは無理だ。
まずどこかで昼食をとって、そのあとここにもどってこられないかな？
お願いだよ！　とっても愛してる。

X

七月十五日
愛する人へ
今朝、きみがいないときメイドが電話に出たので、僕は声を変えて、嘘の名前を言っておいたよ。
また一緒に郊外に出かけられないかな？　六月に行ったあの水辺の小さな宿のこと、覚えているよね？　軽い昼食のあと、あの森を散歩しよう……あそこは人気《ひとけ》のない、とても淋しいところのようだし。
承知してくれるね？　電話をおくれ。相談して落ち合う方法を決めよう。迎えには行かないほうがいいからね。

七月十九日
四時でどう？

きみのX

七月二十日
最愛の人へ
もう一方の場所に行ったほうがいいと思う。あっちのほうが静かだからね。それに、入口もふたつあるし。しかしなんて運が悪いんだろうな。きみの知ってるやつが、この同じブロックに住んでいるとは！　充分、用心しないとね。

X

七月二十一日
エンジェル
了解。明日、きみのクラブの外に迎えに行く。フードを上げて、車を駐めておいてくれ。なかですわって待っているよ。また郊外に行くのはどうかな。それなら知り合いに出くわす

X

危険が少ないから。

ところで、きみの知り合いの例の男だけれど、彼は日中ずっと出かけていて、夕方まで帰らないことがわかったよ。だから、僕たちがアパートメントにいるときは、彼のことは心配しなくていいんだ。

ああ、明日が待ち遠しいな。

それと、きみからの例の質問だけどね。答えは、イエスだよ。イエス千回！　きみは本当に魅力的だ！

X

七月二十五日

うん、わかっている。きょうの僕は、ぴりぴりしていて怒りっぽかった。でも許してくれないと。こんなふうに細切れにきみに会っていると、欲求不満に陥ってしまうんだ。なんというか、四六時中きみといなきゃだめみたいなんだよ。この週末に、一緒にどこかに行けないかな？　どこかふたりきりになれるところに。

お互いうんと用心しよう。絶対に誰にも知られないように。週末のこと、どうする？

きみのX

七月二十七日
エンジェル
きみって人は最高だね！　なんてすばらしいアイデアなんだ！　デヴォンの病気の友達なんて話、僕だったら絶対に思いつかないよ！　大丈夫。誰にも何も言わないから。十一時十五分前に、パディントン駅で待っているよ。

X

八月五日
大好きな可愛い人へ
変に思われるといけないから、敢えて電話はしないでいる。きみと過ごしたこの数日間は、本当にすばらしかった。言葉では到底言い表せないよ。ダーリン、前のようなかたちでつづけることに、僕はどうやって耐えたらいいんだろう？
ともに過ごした長い時間のあとで、また、あのケチなあわただしい逢瀬。僕はとても幸せで、同時にとてもみじめな気分だよ。きみがいつ来てもいいように、ずっとアパートメントで待っているからね。

きみだけのX

八月七日

きのうは天国だったよ。明日は何時？　午後がいちばん安全だろうな。

X

八月十二日

最愛の人へ

とにかく言うだけ言ってみて、どう受け取られるか確かめたらどうかな？　そもそも、きみが毎年、エクスに療養に行っているなら、その話のどこにも不自然な点はないだろう？ ただ、エクスにはもう飽きたし、もっと小さくて手頃な、料金的にもそう高くない宿の話を聞いたと言えばいいんだ。きっとうまくいくよ！

いいかい、ダーリン、僕のほうは十九日ごろ、出かけられる。きみは数日後に合流すればいい。それがいちばんいいプランだと思うな。

とにかく、だめでもともとなんだ。明日会ったとき、どうなったか教えておくれ。

じゃあ明日七時過ぎに。

X

八月十四日

いとしい人

本当に実現するとはなあ。三週間、いや、たぶん一カ月、昼も夜も一緒にいられるなんて。あまりにもすばらしすぎる。突然、覚めてしまう夢みたいだ。

きみもうれしいと言っておくれ。何時間も何時間もすぐそばにお互いがいて、ふたりを引き離すものは何ひとつないんだよ。僕はほんの一瞬もきみを愛するのをやめないからね。

きみだけのX

八月二十日

いま出発したよ、ダーリン。わくわくするな！　三日間の苦悶、それから、きみが僕を追って南部へ来る――そして……

X

九月二十六日

ダーリン

二時間ほど前に、町にもどった。一カ月も出かけていたなんて、なんだか信じられないな。ときには一日のように、ときには一年のように思えるよ。

優しい手紙をありがとう、ダーリン。つぎはいつ会おうか？

九月二十九日

ダーリン

きのうは一日一緒にいられて、とても楽しかったよ。また南部にいるみたいだった。それに、あの川辺の小さな宿は、少しも変わっていなかったね。

ところで、ダーリン、ふたりが会うことについてだけれど。僕たちはうんと用心しないといけないよ。もし僕たちの名前が結びつけられ、みんながあれこれ噂しはじめたら、そして、一緒に南部に行ったことまですっかりばれてしまったら――まあ、どうなるかはきみにも想像がつくだろう。最初のうちはとにかくゆっくり事を進めたほうがいい。わかってくれるね？　これは全部、きみのためなんだ。

X

十月四日

いいよ、ダーリン、よかったら、六時から七時までのあいだにおいで。でもいいかい、絶対に車では来ないこと。電話しなくてごめんよ。そのほうが安全だと思ったんだ。

X

十月九日
最愛の人へ
芝居を見て、そのあとダンスするほうが、ここで夜を過ごすよりいいんじゃないかな？　きみが人に見られる危険は常にあるわけだからね。
ウォレスの新しい芝居は大傑作らしいよ。どうかな？　席をとるから返事をおくれ。

X

十月十二日
可愛い人
わけのわからないことを言っちゃいけない。僕たちのことがばれたらどうなるか、きみはわかっていないようだね。僕は入念にあらゆる角度からそのことを考えてみた。処置なし――まるで処置なしだよ。ふたりのどちらにとっても人生は無残なものになる。
いいかい、僕だってきみと同じくらい会いたいと思っているんだ。でも、何も危険に向かって突っ込んでいくことはないよ。きのうのきみはひねくれていて、僕の言葉をいちいち曲解していた。厳しいことを言いたくはないが、きみだってわかっているだろう？　明日、軽い昼食に来てくれ。じっくり計画を立てよう。

愛をこめて
X

十月十六日
ごめんよ、ダーリン、電話をもらったときは外出していて、帰りも遅くなったもので、折り返しの電話ができなかった。伝言は、木曜に夕食を、ということだっけ？ あいにく木曜は都合がつかないんだよ、ダーリン。金曜の午後はどうだろう？ 映画でも見に行こうか？

電話は必ず自宅ではなくクラブからかけてくれよ。使用人が聴いているかもしれない。きみには分別というものがないのか？ じゃあまた、近いうちに。
X

十月二十四日
ダーリン
わからないのか？ 週末に遠出なんてどうかしている。その問題は何度も話し合ったはずだよ。一歩まちがえば、すべてが世間に知れ渡ってしまうんだ。七月にそうしたなんてことは、いまの議論にはなんの意味もなさない。
僕が変わったなんて言うのは、馬鹿げている。僕は前とまったく同じだ。きみがそんなに女っぽい、道理のわからない女でなければいいのにな。きみはぜんぜん物事をまっすぐ見ていないよ、ダーリン。

ところで、例のネックレスだが、連中の言い値は法外だね。たぶん他に何かいいものが見つかるんじゃないかな。週末に電話するよ。

X

十月二十九日

郊外はちょっと寒いんじゃないか？　土曜は一緒に軽く昼食をとろう。

X

十月三十一日

さあ、菊の花をどうぞ。もちろん、きみを愛しているよ。でも今後は、ああいう馬鹿な振る舞いは慎んでもらわないとな、ダーリン。さもないと、僕はすごく怒るよ。ヒステリックな騒ぎには我慢できないんだ。じゃあ月曜に。

X

十一月五日

ダーリン
残念だが、今週はむずかしいと思う。しなければならないことが山ほどあるんだよ。木曜なら一時間なんとか割けるかもしれない。午後を空けておいてくれ。

とり急ぎ
X

十一月九日

Aへ
どうしてきみは何もかも台なしにしてしまうんだ？ 僕は一緒に過ごす午後を大いに楽しむ気でいたのに、きみときたら、僕の言うことは全部嘘だと言わんばかりに、反対尋問をせずにはいられないんだからな。
ときどき、きみはまるで僕を理解していないんじゃないかと思うよ。で、その場合どうなるのか？ 顔を合わせるたびに絶えず口論しなきゃならないってことかい？ どうやらそうみたいだな。
そのうえ今度は、嫉妬という新ネタかい。馬鹿げているし、神経にこたえるよ。こういうナンセンス抜きで、仲よくつきあえないものかね？

X

十一月十三日

了解。水曜日一時だね。でもアパートメントには来ないでくれよ。サヴォイ・ホテルで会おう。

X

十一月十六日

ひとことだけ。明日の夜は結局だめになった。連絡が遅くなって、本当にすまない。明日、クラブに電話するよ。

X

十一月十八日

Aへ

僕の動きをスパイするのはやめてもらえるとありがたいんだが。今夜、友人と仕事の話をして過ごすことにしたとしても、それはまったく僕の自由だ。このことをよく覚えておいてくれ。きみの言動はちょっとおかしくないか？

ではまた、

十一月二十日

Aへ

きみの電話の支離滅裂な伝言を受け取ったが、なんの話なのかよくわからなかったよ。謝罪は受け入れるが、こんな話をする必要があるのかな?

きみに会う件については——明確にいつとは言えない。やるべきことが山ほどあるものでね。また連絡するよ。

X

十一月二十四日

Aへ

なんて馬鹿なことを! それじゃ僕が作り声でしゃべったみたいじゃないか! 電話に出たのは使用人だよ。僕は一日じゅう外出していたんだ。いや、今夜会うのは無理だな。都合がつくときに連絡するよ。

X

X

十一月二十七日

Aへ

自分に正直になって認めたらどうだ。僕に会いたいのは、チャールズ宛の言づけがあるからじゃないだろう。ようくわかっているとも。会えばどうせまた、非難、涙、ヒステリーの修羅場になるんだ。

もうたくさんだよ。きみには、すべて終わったってことがわからないのか？ この文明過剰、性欲過剰の国を出て、平和で安全な我が大農園にもどるまで、僕は息もできないね。

これで真実がわかったろう。さようなら。

X

十二月一日、電話のメッセージがミセス・Bに送られた。「ミスター・X・Y・Zは、本日、船で中国に向かいました」

笠貝

わたしのことを無神経な女と呼べる人はいないはずです。そこがわたしの困ったところなんですもの。他人の気持ちを無視できるようなら、人生はまるでちがったものになっていたでしょう。ところがそうはいかず、わたしはこのとおり、完全な廃残の身となっています。それも、わたし自身のせいじゃない、ただ、愛する人たちを傷つけることに耐えられないこの性分ゆえに、です。

この先いったいどうなるの？　わたしは一日に百回も自問します。もう四十近くて、容色は衰えつつあるし。このうえ、もし健康まで失ってしまったら――これだけの目に遭ってきたのだから、そうなっても別に驚くにはあたらないけれど――わたしはいまの仕事をやめて、ケネスからもらっているスズメの涙ほどの扶養料だけで暮らしていかなきゃなりません。実にすばらしい展望だわ。

まあ、いいこともひとつありますけど。わたしはまだユーモアのセンスを失っていません。数少ないわたしの友人たちも、その点だけは認めてくれます。それにみんな、あなたは気丈だと言います。あの人たちもときどきはわたしの様子を見てみればいいのに。一日を終え、仕事から帰ってくると(帰宅はしばしば七時過ぎになります——これははっきり言えますけど、わたしの上司には思いやりなどみじんもないもので)、わたしは粗末な夕食をとります。そのあとは、アパートメントの掃除とかたづけ——週に二度来るお手伝いの女はいつも物の置き場所をまちがえるんです。過酷な一日のあとこれだから、このころになるとわたしはもうへとへとで、ただベッドに身を投げ出してすべてを終わらせたくなっています。

するとここで電話が鳴ります。そして、わたしはそれはもう大変な努力をして明るく振舞うわけです。そうしていると、ときどき、鏡の自分が目に入ります——あのひどい皺《しわ》じゃ、どう見たって六十五だわ。それに髪も白くなったし。電話はたいてい女友達からです。日曜のランチは他の用事が入って行けなくなったっていうおことわり。さもなければ、義母が自分の気管支炎のことか、ケネスからの手紙のことを愚痴《ぐち》るためにかけてきたか。いまとなっては、そんなのはわたしの知ったことじゃないのにね。要は、誰もわたしを思いやってはくれないってことです。こっちはこれだけ、みんなを思いやっているっていうのに。

わたしは父さんがよく言っていた〝貧乏くじ〟というのを引く人間なんです。物心がついたころからそうでした。父さんと母さんが犬と猫みたいにギャアギャアやりあうんで、仲裁役を務めなきゃならなかったころからずっと。わたしは頭がいいふりなんかしません。昔から頭は悪かったんですもの。ただ、日常的な事柄の処理のしかたは心得ているし、仕事をクビになったことも、いまのところまだありません。これまではいつもこちらから辞表を出してきましたから。ところが、自分のために何か要求するとか、自分の権利を守るという段になると、たとえばケネスに対してはそうすべきだったわけだけど、わたしはまるでだめなんです。ただあきらめてしまって、なんにも言わないんですよ。ひとりの女がこんなに何度もつけこまれ、利用され、傷つけられてきたことなんて、例がないんじゃないかしら。宿命？非運？なんとでも言ってください、とにかくこれはほんとのことです。

そして、自分で言うのもなんだけど、そうなったのは利己心のなさゆえなんです。たとえば、最近あったこと。わたしはこの三年間、いつでもエドワードと結婚できました。でも彼のためを思って、過激なまねをするのを常に拒否してきたんです。あなたには奥さんがいるし、仕事があるんだから。わたしは彼によくそう言いました。それを優先するのが、あなたの義務だわ。まあ、馬鹿ってことですよね。そんな行動をとる女なんて、自分以外ひとりも思いつかないし。でもしかたありません。わたしには理想があるんですもの。是は是、非は非。この考えかたは父さんから受け継いだものです。

ケネスが去ったときも、わたしは——地獄の六年を経験したっていうのに——彼の友人たちに文句を言って歩いたりしませんでした。わたしが言ったのはこれだけです。わたしたちは相容れない、彼の落ち着きのなさは、わたしの出不精な性格とぶつかるから。それに、あの飲酒癖は、家庭を作るのにふさわしいとは言えない。体の弱い女に対して、彼の要求は大きすぎる。まず、彼が飲みまくっているあいだは好きにさせておく、そして、料理を作ってやる、そして、アパートメントの掃除をする、こっちだってたまらない――そうね、とわたしは彼の友人たちに言いました。やっぱり彼とは別れて正解だった。もちろんそのあと、わたしは倒れました。体が限界だったんです。でも彼を責めたかと言えば……いいえ。深く傷つけられたときは、沈黙を守ったほうがずっと立派に見えますものね。

他人がどれほどわたしに依存したがるか、最初に気づいたのは、父さんと母さんが代わる代わる自分たちの問題をわたしのところに持ちこんだときです。当時わたしはまだ十四歳でした。わたしたち家族はイーストボーンに住んでいました。父は事務弁護士の法律事務所に勤めていて、パートナーってわけじゃないけれど、事務長の上の重要な地位にありました。住まいは、二軒一棟とかそんなのじゃなく、庭付き一戸建てのとてもいい家でした。それにうちにはお手伝いさんもいました。

ひとりっ子だったせいか、大人たちの会話に聞耳《ききみみ》を立てるのがわたしの癖になったようです。白いフランネルの体操着姿で、みっともない学生帽を背中にぶらさげ、学校から帰ったときのことを、わたしはよく覚えています。わたしはホールに立ち、ダイニングルームの前で靴を脱いでいました。うちは客間が北向きなので、冬場はダイニングを居間にしていたんです。そのとき、父さんの声が聞こえました。「ディリーにはなんて言おうか?」ディリスもすてきな名前だけど、両親はいつもわたしをディリーと呼んでいたんです。

すぐさまわたしは異変に気づきました。父さんの声の調子、それに、〝なんて〟の一語にこめられた力。まるで、ふたりがなんらかの苦境に立たされているかのようでした。まあ、普通の子ならまったく気に留めずにそのことは忘れてしまうか、まっすぐ部屋に入っていって、そのときその場で「どうしたの?」と訊ねるかですよね。でもわたしはそうするにはあまりに繊細すぎました。だからダイニングの前に立ったまま、母がなんと答えるか聞こうとしたんだけれど、聞き取れたのは「じきに落ち着くわよ」というような言葉だけでした。そのあと、母が椅子から立ちあがるような音がしたので、わたしは急いで二階に駆けあがりました。何かが起ころうとしている。家族全員の生活を変えるなんらかの変化が。そして、母さんの「じきに落ち着くわよ」というあの言いかたは、わたしがそれをどう受け取るかふたりが危ぶんでいることを感じさせました。

ところで、わたしは昔から頑健なほうじゃなかったんです。子供のころは、それはもうひどい風邪をよくひいたものです。あの晩もそんな風邪が治りかけていたんだけれど、両親のひそひそ話を聞いたことで、なぜかそれはぶり返したようでした。自分の小さな寝室で何度も何度もはなをかんだものだから、階下におりていったとき、わたしの哀れな目と鼻は赤く腫れあがっていました。きっと無残な姿だったでしょう。

「まあ、ディリー」母さんは言いました。「いったいどうしたの? 風邪が悪くなった?」そして父さんも、ひどく心配して、じっとわたしを見つめました。

「なんでもないわ」わたしは言いました。「きょうは一日、あんまり気分がよくなかったの。でもそれだけよ。期末テストの勉強のしすぎね」

それから突然——どうにも自分を抑えられなくて——わたしはわっと泣きだしました。父さんと母さんはなんとも言いませんでした。でも、ふたりともひどく気まずそうな、不安げな顔をしていましたよ。そしてわたしはふたりが視線を交わすのを目にしました。

「あなたは寝てなきゃいけないわ」母さんが言った。「上に行ったら？　お夕食はお盆で運んであげるから」

とここで、わたしは——感受性の強さがこれでわかろうってものですけど——飛びあがって、駆けていき、母さんに抱きついて言いました。「母さんと父さんに何かあったら、あたし死んでしまうわ！」

たったそれだけ。それ以上は何もなし。わたしはほほえみ、涙をぬぐって言いました。「きょうは気分を変えて、わたしがお給仕するわね。夕食を運んでくるわ」そしてわたしは母が手伝うというのを聞きませんでした。自分がどれほど役に立つか、何がなんでも証明するつもりだったんです。

その夜、父が部屋に来て、わたしのベッドにすわり、自分にオーストラリアに赴任しないかという打診があったことを話してくれました。もし行くとすれば、わたしは最初の一年、両親が向こうに落ち着いて、三人で住む家を見つけるまで、こちらに残らねばならないというんです。わたしは泣きませんでした。少しも騒ぎ立てずに、ただうなずいて言いました。「父さんがいちばんいいと思うとおりにしてちょうだい。わたしのことなんか考えないで」「それは大いに結構だがね」父さんは言った。「わたしたちとしては、おまえが幸せに過ごせる、マッジ伯母さんともなんとかうまくやっていける、と確信できないかぎり、寄宿学校におまえを残していくわけにはいかないんだよ」マッジ伯母さんというのは、ロンドンに住んでいる父さんの姉のことです。

「もちろんうまくやっていけるわ」わたしは言いました。「ひとりぼっちで過ごすのにもすぐ慣れちゃうだろうし。最初はちょっぴりつらいかもしれないけど。マッジ伯母さんはわたしにはまるで関心がないんだもの。それに伯母さんは友達がすごく大勢いて、夜のお出かけもお好きだし。だからわたしは隙間風の入る古い家にひとりで放っておかれるでしょうね。でも休暇のあいだは父さんと母さんに毎日、手紙が書けるから、さほど淋しさは感じないわ。学校じゃ勉強が忙しいからあれこれ考える暇なんてないだろうしね」

父さんがちょっと動揺を見せたのを覚えています。可哀そうに、あの人はわたしと同じで繊細なんです――そして父さんは言いました。「どうして伯母さんのことをそんなふうに言うんだい？」

「特に理由はないの」わたしは言いました。「ただ伯母さんの態度とか、始終わたしに剣突を食らわすこととかが気になるだけ。でもそんなこと心配しないで。ねえ、自分の持ち物を持っていって、向こうの寝室に置いてもいいかしら？　それがきっと、愛するものすべてとの絆になってくれるわ」

父さんは立ちあがって、室内を行ったり来たりしました。それからこう言いました。「いいかい、まだ決定というわけじゃないんだよ。事務所には考えてみると言っただけだから」

わたしは内心いやだと思っているのを父さんに明かす気はありませんでした。だからベッドに横になり、毛布で顔を隠して言いました。「父さんがもし本当に、母さんとオーストラリアで幸せに暮らせると思うなら、ぜひ行ってちょうだい」

わたしは毛布の縁からこっそり様子をうかがっていました。するとそのとき、父さんの表情が見えたんです。悩ましげな渋面。それを見て、わたしは確信しました。もし本当にオーストラリアに行くとしたら、父さんは大きなまちがいを犯すことになる。

翌朝、風邪は悪化しており、母さんはわたしを寝かせておこうとしました。でもわたしはいつもどおり起きて学校に行くと言い張りました。

「たかが風邪くらいでいつまでも騒ぎ立てちゃいられないわ」わたしは言いました。「これからはしっかりして、母さんや父さんに甘やかされてきたことは忘れるようにしなきゃ。風邪をひくたびに寝て過ごそうとしてたら、マッジ伯母さんにとんでもない厄介者だと思われちゃうもの。ロンドンの霧だのなんだのを考えると、たぶんわたしは冬じゅう風邪をひきっぱなしになるでしょう。だから慣れておいたほうがいいのよ」わたしは母さんを心配させまいとして快活に笑いました。さらに、母さんをからかって、娘がひとり淋しくマッジ伯母さんのロンドンの家の寝室にすわっているとき、オーストラリアの暖かな太陽のもとで過ごすのはさぞすてきでしょうね、と言ってやりました。

「わかるわよね？　わたしたちだって、できることならあなたを連れていきたいのよ」母さんは言いました。「でも、旅費の問題があるでしょう？　それに向こうの様子もよくわからないから」

「わかってる」わたしは言いました。「父さんが心配してるのも、そこなんでしょ？　様子がよくわからないこと。知りもしない世界に入り、ここにあるすべての古いつながりから切り離されちゃうこと」

「父さんがそう言ったの？」母さんは訊ねました。

「ううん、でもそんな感じがしたわ」わたしは言いました。「これはつらいことなのよ。でも父さんは認めようとしないの」

父さんはもう仕事に出かけていたから、わたしたちはふたりきり、母さんとわたしだけでした。お手伝いさんは上の寝室であれこれやっていたし。わたしは肩掛け鞄に学校に持っていくものを詰めているところでした。

「父さんはとてもうれしそうだなと思っていたんだけど」母さんは言いました。「最初にこの計画のことを話し合ったときも、ずいぶん興奮していたのよ」

「そうよね、いちばんよくわかっているのは母さんよね」わたしは言いました。「でも父さんはいつだってああだったじゃない？　なんでも最初、夢中になって、手遅れになってから熱が冷めるのよ。ほら、あの電動芝刈り機を買ったときみたいに。おかげで、母さんは冬のコートなしですませるはめになったのよね。向こうに行っちゃってから、父さんが結局、オーストラリアじゃ幸せに暮らせないと気づいたら、悲劇でしょうね」

「そうね」母さんは言いました。「そうね、わかってる……わたし自身は最初、あまり乗り気じゃなかったのよ。でも父さんに説得されてしまって」

もう学校に行くバスの時間だったので、わたしはそれ以上その話はしませんでした。ただ同情をこめて、母さんをぎゅっと抱き締め、こう言っておきました。「ふたりが幸せになれるように心から願っているわ。それに、家さがしや、その家の切り盛りを楽しめるように。最初のうちはきっと、フローレンスがいてくれたらって思うでしょうけど」フローレンスというのは、うちのお手伝いさんで、長いこと我が家で働いていた人です。「オーストラリアじゃなかなかお手伝いさんは見つからないのよ。うちの学校にひとり、オーストラリア人の女の先生がいるの。その先生の話だと、オーストラリアは若い人にはとってもいいところだけど、中年の人にとってはそうじゃないんですって。でもまあ、それもおもしろい部分なんじゃない？　開拓者になって、いろいろ苦労するのも」

例のひどい風邪はまだ治っていなくて、わたしはまたはなをかみました。それから、朝食中の母さんを残して学校に出かけたけれど、わたしには、母さんがオーストラリア行きをあまり喜んでいないのがわかりました。心の底ではちがうんだってことが。

そう、結局のところ、ふたりは行きませんでした。その理由がわたしにはいまもってわかりません。でも、あのふたりは娘にたよりきりでしたからね。たとえ一年でもわたしと離れて暮らすなんて耐えられなかったんでしょう。

奇妙なことに、あのときから、つまり、オーストラリア行きが中止になってから、父さんと母さんの仲は徐々に冷えていったようです。父さんは人生に対する興味を失いはじめました。それに仕事に対する興味もです。父さんは母さんにがみがみ小言を言い、母さんも父さんにがみがみ小言を言い、気がつくと、わたしはふたりの仲裁役になっていました。父さんは夜遅くまで外で、本人によればクラブで過ごすようになり、母さんはよくため息をついてこう言っていました。「お父さん、また遅いのね。今夜は何があるのかしら?」

わたしは宿題から顔を上げて——もちろん、ただからかうつもりで——言ったものです。「年下の男となんか結婚すべきじゃなかったのよ。父さんは若い人と過ごしたいの。つまりはそういうことよ。事務所には例の若い娘《こ》たち——わたしとそう年がちがわない連中がいるわけだし」

母さんはちっとも努力しませんでした。これは事実です。あの人はとっても家庭的で、いつもキッチンに出入《ではい》りし、ペストリーやらケーキやらをこしらえていて、そういうことがフローレンスよりずっと上手でした。わたしは、うれしいことに、その腕を母さんから受け継いでいます。わたしに料理を教えられる人はいないくらい。でももちろん、これは母さんがあまり身なりにかまわないってことでもありました。父さんが帰ってくると、わたしはこっそりホールに出ていき、しかめっ面で唇に指を当ててみせました。

「母さんはお冠よ」わたしはささやきます。「ずっと文句を言ってたんだから。とにかくなかに入って、おとなしく新聞を読んで、何も言わないことよ」

可哀そうに、父さんはたちまちうしろめたげな顔になったものです。かくして、わたしたちはすてきな夜を迎えるわけです。テーブルの片側で口を引き結ぶ母さんと、反対側でむっつりしている父さんと、ふたりにはさまれ、なんとか仲を取り持とうとするわたしとで。

学校を卒業すると、あの問題が出てきました――わたしは何をすべきなのか？　前にお話ししたとおり、わたしは頭がよくありません。でも気は利くし、普通の事柄に関してはかなり能力が高いので、タイプと速記を習いに行ったんです。その後どうなったかを考えると、そうしておいて本当によかった。当時はそれが何かの役に立つとは思いもしませんでしたけど。当時わたしは十八歳で、その年ごろの娘たちのご多分に漏れず、演劇熱にとりつかれていました。学校で「悪口学校」の主要な役を――実は、レディ・ティーズルをやって、他のことは何も考えられなくなっていたんです。校長先生の友達が新聞記者で、わたしのことは地元の新聞にもちょっと載りました。ところが演劇の道に進みたいと話してみると、父さんも母さんも厳しい態度を見せました。

「おまえは舞台のことなんかなんにも知らないだろう」父さんは言いました。「演技の勉強にかかる費用の問題はさておき」

「それにね」母さんは言いました。「その場合はロンドンに住んで、ひとりでやってかなきゃならないのよ。とても無理だわ！」

わたしは保険として秘書の勉強を始めたものの、演劇のことをすっかりあきらめたわけじゃありませんでした。わたしの見たところ、イーストボーンで暮らしてたって、うちの家族に未来はなさそうでした。相変わらず法律事務所に埋もれている父さんに、ただうちでだらだら過ごしている母さん。ふたりともその暮らしに視野をひどく狭められ、人生から何ひとつ得ていないようでした。一方、ロンドンに移り住めば、ふたりの興味を引くものが山ほどあります。父さんは冬はサッカーを、夏はクリケットを観戦するでしょう。母さんのほうは演奏会や画廊に行くことができます。マッジ伯母さんもうかなりのお年だから、ヴィクトリアのあの家でのひとり住まいは淋しいにちがいありません。わたしたちは伯母さんと力を合わせることができます。もちろんちゃんと家賃を払って。そうすれば伯母さんだって助かるはずでした。

「ねえ、聞いて」ある晩、わたしは母さんに言いました。「父さんもそろそろ引退を考えなきゃならないでしょ。そうすると気がかりなのは、この家をどうやって維持していくかよ。

フローレンスには辞めてもらわなきゃならないし。わたしは一日じゅうどこかの勤め先でタイプを打って、哀れな指を骨まですり減らしているだろうし。父さんと母さんはプリンスの散歩以外、なんにもやることがない。ただずうっとうちにいなきゃならないのよ」

プリンスというのはうちの犬で、父さんと同じくもうかなりの年でした。

「さあ、どうかしらねえ」母さんは言いました。「父さんが退職するのはまだ先のことだし。一、二年のうちにゆっくり考えればいいでしょう」

「他の誰かが父さんの代わりに考えなきゃいいけどね」わたしは言いました。「わたしなら、事務所のあのベティーなんとかいう人は信用しないわよ。わたしに言わせれば、彼女はあれこれ口を出しすぎるわ」

実のところ、父さんはその何カ月か疲れた顔をしていて、わたしは父さんの健康状態に懸念を抱いていました。そこで翌日、早速、本人を攻め立てたんです。「体の調子は大丈夫なの、父さん?」わたしは訊ねました。

「うん」父さんは言いました。「どうして?」

「この冬のあいだに痩せたような気がするのよ」わたしは言いました。「それに顔色もひどく悪くなったし」

それを聞いて、父さんは鏡を見に行ったものです。

「そうだな。確かに前より細くなったね。気がつかなかったよ」

「しばらく前から気になっていたの」わたしは言いました。「医者に行ったほうがいいんじゃない？　心臓の下あたりにときどき痛みがあるんでしょ？」

「あれは消化不良のせいだと思ってたんだが」父さんは言いました。

「かもしれない」わたしは疑わしげに言いました。「でももう年なんだから、油断できないわよ」

とにかく父さんは医者に行き、健診を受けました。ひどく悪いところはないものの、潰瘍《かいよう》の疑いがある——医者はそう言いました。それに、血圧も高めだったんです。もし健診を受けなかったら、そのことはわからなかったでしょう。父さんはかなり動揺しました。母さんもです。わたしは父さんに言いました。いままでと同じように働きつづけたら、母さんが可哀そうだし、父さん自身のためにもよくない。そのうち本当に病気になって、事務所で心臓発作を起こすだろうし、その結果、どんなことになるかはわからない。それに——とわたしは言いました——癌は初期の段階では発見できない。父さんが癌にかかっていないという保証はない。

　同じころ、わたしはロンドンにマッジ伯母さんに会いに行きました。伯母さんはウェストミンスター寺院にほど近いあの家で、相変わらずたったひとりで暮らしていたんです。

「強盗が怖くない？」わたしは訊ねました。

　伯母さんは、そんなこと考えたこともないと言いました。わたしは驚いた顔をしてみせました。

「だったらそろそろ考えたほうがいいわ」わたしは言いました。「新聞には毎日、ぞっとするような話が載っているもの。襲われるのはいつだって、大きな古い屋敷でひとり暮らしをしている高齢のご婦人なのよ。ドアにはいつもチェーンをかけておくようにしてね。それと、日が暮れてからは呼び鈴が鳴っても絶対に出ちゃだめよ」

伯母さんは近所で押し込みがあったことを認めました。

「ほらね」わたしは言いました。「悪党どもはこの地区に取りかかろうとしているわけよ。間借り人を置いて、家にひとり、男がいるようにすれば、心配なことは何もないわよ。それに、こんなふうにひとりで暮らしていて、転んで脚でも折ってごらんなさい。きっと何日も発見してもらえないから」

確か三カ月ほどかかったと思うけれど、わたしは気の毒なあの人たち、父さんと母さんとマッジ伯母さんに、ヴィクトリアのあの家でみんな一緒に力を合わせて暮らしたほうがどれほど幸せかを理解させました。それは父さんにとってすばらしいことでした。なにしろ体調が悪化したら、すぐ近くに最高の病院があるわけですから。そして実際、体調は悪化したんです。それは翌年、わたしがウェストエンドの劇場で代役の仕事を見つけてからのことですけど。

そう、わたしは演劇熱にとりつかれていました。その点は認めざるをえません。みなさんは戦前の二枚目俳優、ヴァーノン・マイルズを覚えているかしら？　流行歌手がいまどきのティーンエイジャーの憧れの的なのと同じで、彼はわたしたち世代の憧れの的だったんです。わたしはまわりの娘たちと同じく彼に夢中でした。うちの家族はヴィクトリアのマッジ伯母さんの家に——わたしは最上階の二部屋を間借りするかたちで——ちょうど落ち着いたところで、わたしは毎晩、劇場に行って楽屋口で彼の出待ちをしました。最後には彼もわたしに目を留めざるをえませんでした。当時わたしの髪は、金髪でふわふわしていて、いまみたいに手を加えてはいませんでした。それに自分で言うのもなんだけど、わたしはかなりの美人だったんです。雨の日も晴れの日も毎晩わたしはそこにいて、そのことは次第に彼にとって一種のジョークになりました。彼はまずわたしのサイン帳にサインすることから始め、やがて、おやすみと言って手を振るようになり、ついには、楽屋で一座の人たちと一緒に一杯やらないかと誘ってきました。

「忠実な信者さんを紹介しよう」ユーモアに富むマイルズは言い、全員が笑ってわたしと握手しました。そしてわたしはそのときその場で、仕事をくれませんかと言ったんです。

「演技をしたいということかな？」彼は訊ねました。

「なんでもいいんです」わたしは言いました。「劇場の内部にいられさえすれば。お望みなら、幕の上げ下ろしだってお手伝いします」

この大胆さが——それと、ことわりを受けつけないわたしの姿勢とが功を奏したんでしょう。だって、マイルズは本当に、わたしのために舞台監督助手の助手という仕事を作ってくれたんですから。実のところ、それは体《てい》のいい使い走りでしたけど、とにかく目標への第一歩であることは確かでした。それに、ヴィクトリアの家に帰って、うちのみんなにヴァーノン・マイルズの舞台の仕事を獲得したと言えるなんて！

舞台裏の仕事の他に、わたしは代役の代役として稽古《けいこ》もしました。それは悩みのない楽しい日々でした。でも、何よりすばらしいのは、ヴァーノン・マイルズと毎日会えることでした。わたしはいつも劇場を最後に出るメンバーのなかにいて、帰りが彼と一緒になるように工夫しました。

彼は〝信者さん〟をやめて、〝忠誠者《フィデリティ》〟という愛称でわたしを呼ぶようになりました。このほうが敬意が感じられますよね。そしてわたしは、彼につきまとおうとするファンたちを楽屋口から追い払う役を買って出ました。また、ファンと同様、一座の他のメンバーも寄せつけまいとし、そのせいでなかの何人かはひどく嫉妬するようになりました。いずれにしろ、舞台の裏側はかなりどろどろしているものです。スターたちは気づかないんですけどね。

「あなたの立場には絶対になりたくないわ」ある夜、わたしはヴァーノン・マイルズに言いました。

「どうして？」彼は訊ねました。

「きっと驚きますよ」わたしは言いました。「一部の連中が陰で何を言っているか知ったら。

あの人たちは面と向かえばお世辞を言うけど、あなたが見ていないときは態度が変わるんです」

彼に用心させるのはまったく正しいことのように思えました。とっても親切で気のいい人だったから、わたしとしては、どんなかたちにせよ、彼が利用されるのはいやだったんです。彼のほうもちょっぴりわたしに恋心を抱いていました。別に深刻なものじゃないけれど。クリスマス・パーティーのとき、彼は寄生木《やどりぎ》の下でわたしにキスしました。翌日はちょっと恥ずかしくなったみたいです。おやすみも言わずにこっそり劇場をあとにしてましたから。

わたしは一週間、毎晩廊下で待ちました。でも彼はいつも別の誰かと一緒にいるようにしていたんです。それも土曜日までですけど。その日、わたしは楽屋に誰もいないのを知って、ドアをノックしました。わたしを見ると、彼はひどく怯えた顔をしました。

「やあ、フィド」彼は言いました。このころには呼び名は〝フィド〟になっていたんです。

「もう帰ったものと思っていたよ」

「いいえ」わたしは言いました。「何かご入り用のものはないかと思ったの」

「優しいんだね」彼は言いました。「でも大丈夫、何もなさそうだよ」

わたしはそこに立ったまま待っていました。もし彼がほんとに、もう一度わたしにキスしたいというなら、それもいいかなと思って。それに、ヴィクトリアまで送ってくれても、彼にとっては遠回りにならないし。彼の住まいはチェルシーだったんです。しばらく待ってから、わたしはこちらからそう言ってみました。すると彼はぎこちない笑いを浮かべて、本当に申し訳ないけれど、逆方向のサヴォイ・ホテルに夕食に行くことになっているんだと言いました。

それから彼は心臓に手を当てて激しく咳こみだしました。ヴァーノン・マイルズは喘息持ちだったんです。いつもの発作が起こりそうだ——彼はそう言いました。着付け係を呼んでくれないか、あの男なら対処法がわかっているから。わたしはひどく心配になりました。着付け係を呼ぶと、彼はすぐさまやって来て、わたしを部屋の外に押し出し、ミスター・マイルズはサヴォイ・ホテルでの会食に出かける前に二十分ほど休まねばならないと言ったものです。思うに、あの着付け係はわたしとヴァーノン・マイルズの友情をやっかんでいたんでしょう。その夜から、楽屋の前で見張り番を始めて、わたしが外で待とうとすると攻撃的な態度をとってましたからね。実にくだらない馬鹿らしい話です。それからというもの、劇場内の雰囲気はすっかり変わってしまいました。わたしが姿を現すと、みんなが隅っこでささやきあい、黙りこみ、目をそらすようになったんです。

いずれにしろ、舞台でのわたしのキャリアは、父さんが亡くなったこともあって、唐突に終わりました（父さんは腹痛の診査手術を受け、臓器に悪いところは見つからなかったものの、麻酔下で死んだんです）。母さんはもちろん嘆き悲しみました。あんなにがみがみ言われていても、父さんのことが好きだったので。一方、わたしはしばらくうちにもどって、母さんとマッジ伯母さんの仲を取り持たなきゃなりませんでした。

当局は年寄りのために何か手を打つべきなんです。わたしはいつもふたりに言っていました——体が衰えていく人たちのための対策が何ひとつないなんて、ほんとに恐ろしいことだ。そのうち、ふたりとも父さんと同じような痛みに襲われて、病院へ担ぎこまれ、どこも悪くないのに何週間も入院させられるかもしれない。本当なら、全室お湯と水が出て、レストランがあって、看護婦が常駐する療養所があってしかるべきなのだ。そうすれば、お年寄りも自分の心配ばかりしないで、気楽に過ごせるのに。もちろんわたしは、ふたりの世話のために舞台の仕事をあきらめるのを渋ったりはしませんでした。だけど、マッジ伯母さんが死んでしまったら、母さんを養うお金はどこから出るんだかと思いましたね。

さて、それは一九三九年のことで、あのふたりはただでさえ神経質になっていました。だから戦争が勃発し、空爆の噂が広まると、どうなったかは、みなさん、想像がつくでしょう？「連中は真っ先にヴィクトリアを狙うわよ」わたしは言いました。「あの駅があるもの」そしてわたしはただちにふたりをデヴォンシア州に避難させました。ところが恐ろしいことに、ふたりの滞在していたエクセターの下宿屋が爆弾に直撃され、ふたりは即死したんです。一方、ヴィクトリアの家はなんの被害も受けませんでした。これぞ人生ですよね？いいえ、正確に言うなら、これぞ死、かしら。

可哀そうな母さんとマッジ伯母さんがたった一発の爆弾によってこの世から消滅するとい

うこの悲劇に、わたしはひどいショックを受け、神経衰弱に陥りました。少女や若い女性の徴兵が始まったとき、わたしに召集令状が来なかったのは本当にそのせいなんです。わたしは看護の仕事にも不適格でした。そこで、なんとか元気をとりもどそうと、目の不自由な百万長者の優しいご老人の秘書として働きだしました。ご老人はシュロップシア州に大邸宅をお持ちでした。ところが、信じられないでしょうけど、わたしに夢中になっていたくせに、その人ときたらわたしには一ペニーも残さずに亡くなったんですよ。

その後、ご老人の家には息子さんが入ったんですが、彼の奥さんはわたしをよく思いませんでした。というより、わたしのほうが彼女をよく思わなかったのかしら。そんなわけで、ヨーロッパの戦争が終わると、わたしはロンドンにもどることにし、今度はフリート街(ロンドン中央部にある、かつての新聞社街)でジャーナリストの秘書の仕事を見つけました。

記者連中やその他の新聞業界の人たちとのつながりができたのは、そのジャーナリストの下で働いていたときのことです。あの業界にいると、いろんなゴシップがいやでも耳に入ってくるんですよ。自分自身がどんなに口が堅くたって関係ないんです――それに誰もわたしのことを口の軽い女だとは言えないはずです。いくら良心的だって、スキャンダルをつぶすために一個人にできることには限界があるんだし、仮にそんな暇があったとしても、ひとつひとつの噂の出どころを突き止めて、それがほんとかどうか確かめるのはわたしの仕事じゃないわけですから。わたしにできることと言えば、耳にした話すべてについて、これは噂にすぎないし、絶対に広めちゃならないと強く言うことくらいでした。

わたしがケネスと出会ったのは、ジャーナリストの下で働いていたときでした。彼はロザンクの片割れだったんです。ロザンクのことは誰もが知っていますよね。服飾デザイナーにしてオートクチュリエ——まあ、呼びかたはなんでもいいんですけど。ロザンクはランクでいうとトップテンの三番目あたりなんじゃないでしょうか。世間はいまでも、あれはひとりの人間、象牙《ぞうげ》の塔に閉じこもっている隠遁者みたいな人の仕事だと思ってますよね。でも実は、ロザンク（Rosanke）はローズ&ケネス・ソーボーンズなんです。いえ、前はそうだったということですね。ふたつの名前を組み合わせてひとつにするなんて、なかなか気が利いているでしょう?

ローズ&ケネス・ソーボーンズは兄妹でした。そしてわたしはケネスと結婚したんです。このペアのうちアーティストは確かにローズでした。デザインは彼女がしていましたよ。いえ、クリエイティヴな仕事は全部です。他方、ケネスはビジネスの財政面を引き受けていたわけです。わたしのジャーナリストのボスもロザンクの株を少し持っていました。ほんの何株かだけれど、ゴシップ欄でロザンクを取りあげればそれなりに利益が得られ、彼は実に巧妙にこの手を使っていました。世間の人は戦時中の制服っぽいファッションに飽き飽きしていたし、ローズは女らしさ、つまり、ヒップや胸や体の線を強調するのが得意でした。そんなわけで、ロザンクはたちまちトップにのしあがったんです。でも、そこにはまちがいなくマスコミのあと押しもあったんですよ。

わたしとケネスは、ロザンクのドレスショーで知り合いました。もちろんわたしは報道関係者用の招待券を使っていました。彼を指さして教えてくれたのは、ジャーナリストの友人です。

「ロザンク（Rosanke）には〝ke〟がいるんだ」友人は言いました。「なおかつ、彼はまちがいなく尻尾のほうだよ。ローズがブレーン。ケニーはただ金勘定をして、妹に小切手を渡すだけなんだ」

ケネスはハンサムでした。ジャック・ブキャナンみたいなタイプ。あるいは、レックス・ハリソンと言ってもいいかしらね。背が高くて、金髪で、魅力たっぷりでしたよ。わたしが真っ先に訊いたのは、彼が結婚しているかどうかです。でも友人は、彼はまだ誰にもつかまっていないと言いました。その友人がわたしをケネスに引き合わせてくれたんです。それにローズにも。ふたりはちっとも似てませんでした。兄妹だっていうのにね。わたしはローズに、わたしのボスが新聞でロザンクのことをどう書くつもりか話してやりました。当然、彼女は喜びました。そうしてわたしは彼女が開くパーティーの招待状を手に入れたわけです。それからまあ、いろいろとあって。ロザンクはまさに時の人で、世間の注目は日に日に高まる一方でした。

「マスコミにほほえみかければ、マスコミもあなたにほほえみかけるわ」わたしはケネスに言いました。「そして、いったんマスコミを味方につけてしまえば、世界は思いのままなのよ」

これはある小さなパーティーの席でのことです。そのパーティーは、ヴァーノン・マイルズが来てふたりに会うという申し合わせのもと、わたしがロザンクのために開いたものでした。わたしはふたりに、自分がどんなにマイルズと親しいか話してきかせ、ふたりは彼のつぎの芝居の衣装をやれないかと思ったんです。あいにく、マイルズは現れませんでしたけど。秘書によれば、また喘息の発作が起きたということで。

「きみは実に積極的だねえ」ケネスは言いました。「きみみたいな人には会ったことがないよ」そして彼は五杯目のマティーニを飲み干しました。当時からすでに飲み過ぎだったわけです。

「もうひとつ教えてあげる」わたしは言いました。「いつまでも妹に顎で使われてちゃいけないわ。ロザンクの発音はまったくまちがっている。アクセントは〝ke〟にないとね」

これを聞いて、酔いが醒めたようです。彼はグラスを下ろして、じっとわたしを見つめました。

「どうしてそんなことを言うのかな?」彼は訊ねました。

わたしは肩をすくめました。「男性が女にへいこらするのを見たくないのよ。その男性に能力がある場合はなおさらだわ。それは無精にすぎないもの。いまにロザンクからは〝k e〟が抜け落ちるでしょうよ。そして、それは他の誰でもない、あなた自身の責任なの」

信じられないかもしれませんが、その後、彼はわたしを食事に連れ出し、自分の子供時代のことをすっかり話してくれました。ローズと母親がいつも彼を食い物にしていたことも。ふたりはもちろん彼を深く愛していたけれど、わたしが指摘したように、その愛こそが最悪のものだったんです。それは支配欲に変わったんですから。

「あなたに必要なのは」わたしは言いました。「自立し、自己主張することだわ」

その食事の成果はめざましいものでした。ケネスはローズと大喧嘩したんです。あとで彼から聞いたんですけど、ふたりが喧嘩したのはそのときが初めてだったそうです。でもそれで空気が浄化されたんでしょうね。その後は社内の体制が改まり、ローズも好き勝手はできないと悟ったわけですから。モデルたちのなかには、雰囲気が変わった、台なしになったなんて言う娘もいましたけど。でもそれは規律が強化されて、自分たちが前より長時間、働かなきゃならなくなったからなんです。

ケネスは交通渋滞のなかでわたしにプロポーズしました。彼はあるパーティーのあと、わたしをうちに送ってくる途中でした。そう、わたしにはまだヴィクトリアのあの家があったんです。マッジ伯母さんが遺言でわたしに遺してくれたので。ケネスとわたしは、信号が切り替わらなくなったあるブロックに至りました。きっとどこかが故障していたんでしょうね。

「赤は危険信号」ケネスは言いました。「それはきみだよ」

「うれしいわ」わたしは言いました。「自分を運命の女《ファム・ファタール》だなんて思ったことはないけど」

「運命かどうかは知らないが」ケネスは言いました。「僕らはここから動けない。だとしたらほぼそれに等しいね」

もちろん彼はわたしにキスしました。そうするしかなかったんです。そのとき、誰かがメイン・スイッチを操作したんでしょう、信号が変わりました。先にそれに気づいたのはわたしのほうでした。

「青の意味は知ってるわよね？」わたしは彼に訊ねました。

「うん」彼は答えました。「危険なし。進め」

「そうね、わたしのほうも結婚していないわけだし」わたしは言いました。「なんの支障もなく進めるわ」

本当に正直に言えば、彼にとってあれが不意打ちじゃなかったかどうかは、わたしにもわからないんです。ほら、男性のなかにはとっても慎重な人もいますから。彼はその段階まで進むのにもう一日二日ほしかったのかもしれません。だけどもちろん、わたしたちが婚約したっていう噂はすぐに広まってしまったし、その種のことがいったん新聞に出ると、打ち消すのはとてもむずかしいでしょう？　わたしが彼に言ったように、否定すれば男は悪いやつに見えるし、そうなると彼のビジネスにも響きますものね。それに、服飾デザイナーが独身男だと、世間の人は何を考えるかわかったもんじゃありません。そんなわけで、わたしたちは結婚しました。わたしは会社に作らせたすてきなドレスを着ました。この結婚式に関して唯一ロマンチックじゃなかったのは、ミセス・ソーボーンズにならなきゃいけないってことだけでした。

ケネスとわたしは深く愛し合っていました。でも、この結婚はうまくいかないんじゃないかという不安は当初からあったんです。問題のひとつは、彼の落ち着きのなさでした。とにかくひとところにじっとしていられないんですもの。結婚式のあと、わたしたちはパリに飛びました。そこにしばらく滞在するつもりだったんです。ところが、あの人ときたら、一日いただけでもうこう言うんです。「デイリー、ここには我慢できないよ。ローマに行ってみよう」そんなわけで、わたしたちはすぐさま発たなきゃなりませんでした。ローマで二日過ごすと、今度は、ナポリに行こうか、です。そのあと彼は、とんでもないことを思いつきました。なんと、こっちに来て合流するようローズと母親に電報を打つって言うんです。ハネムーンにですよ！　当然、わたしは傷つきました。彼にはこう言ってやりました。あなたがハネムーンに家族を連れていったなんてことが新聞に載ったら、ロザンクはロンドンじゅうの笑いものになるわよ。たぶんそれで怖気づいたんでしょうね。彼はその話は二度と持ち出しませんでした。でもわたしたちはイタリアにも長くはいなかったんです。こってりした食事が彼の口に合わなかったもので。

結婚生活……それについて渦中のわたしに何が言えたでしょう！　一緒に過ごした六年間

で、ケネスが飲み過ぎなかった夜はひと晩も思い出せない気がします。彼は立つこともしゃべることもできないまでになるんです。三度、治療施設に入ったけれど、なんの効果もなかったし。施設にいるあいだは（毎回ちがうところを試したけれど）いつも問題なさそうなのに、わたしのもとにもどったとたん、またぞろ飲みはじめるんですよ。わたしがどれほど苦しんだことか！

そう、ロザンクのビジネスにはさしたる影響は出ませんでした。ケネスが飲みはじめると、ローズが彼とのパートナーシップを解消して、代わりに会計士を雇いましたから。彼女はケネスに手当を（しかたなく）支給しました。でも彼を財務にかかわらせるのは、もう安全とは言えなかったんです。

結婚するとき、当然ながら、わたしは仕事を辞めました。でもケネスが施設を出たり入ったりするもので、その費用捻出のため何かしなくてはならず、フリート街の友人たちとは引きつづき連絡をとりあっていました。オフィシャルにではなく。ただときどきちょこっと情報提供する程度に。これには、ローズの義理の姉であることが役に立ちました。ファッション業界では本当にいろんなことが起きているんですよ。みなさんにはとても信じられないくらい。バイヤーたちはひそひそ話を山ほど耳にします。それにモデルたちも。ちょっと漏らしたことが逐一よそに伝わるんだと気づいたら、お客たちは店に近づくたびに口に絆創膏《ばんそうこう》を貼りつけるんじゃないかしらね。とにかく、わたしは何人かバイヤーを知っていました。それに、ロザンクのモデルの娘《こ》もほぼ全員。ローズだって身内とお客のことを話しているときは、特に口が堅くはなかったし。だからわたしはあれやこれやでいろんな話を耳にしていて、その話はあとで新聞の見出しを飾ることになったわけです。わたし自身はゴシップには我慢できない性分です。でも噂には本当になるっていう特性があるんですよね。きょうの願望が明日は事実になるんです。

「あなたって聖人よね」友人たちはよく言っていました。「アル中のケネス・ソーボーンズのために家庭を維持しているなんて。なぜ離婚しないの？」

「あの人はわたしの夫ですもの」わたしはみんなに言いました。「それに彼を愛しているのよ」

ふたりに子供さえいたら、ケネスにお酒をやめさせることもできたろうと思います。もちろん、努力しなかったわけじゃありません。彼が施設からもどるたびに、わたしは精一杯のことをしました。でも少しもうまくいかなかったんです……

最後に、これがこの悲劇のいちばん悲しいところですけど、彼は四度目に行った療養所――あまりに遠すぎてわたしには日帰りで会いに行くことができないヨークシア州の施設から、こんな手紙をよこしました。自分は施設の看護婦を愛するようになった、彼女はすでに妊娠している、離婚してもらえないだろうか？

すぐさまローズと義母のところへこの知らせを持っていくと、ふたりは別に驚かないと言いました。いつかはそんなことになるだろうと思っていたんだそうです。ふたりはこう言いました。ケネスは自分の行動に責任を持てないたちだ、それはとても悲しいことだけれど、関係者全員にとって一番よいのは彼を自由にすることなのだ。

「この先どうやって暮らしていけって言うの?」想像がつくでしょうけど、わたしはもう頭がおかしくなりそうでした。「こっちは六年間、ケネスの奴隷だったのよ。あれだけ尽くしたのに、これが彼のお返しなの?」

「わかっているわ、ディリー」ローズは言いました。「あなたにとってはつらいことよね。でも世の中は厳しいの。もちろん、ケネスは扶養料を払わなきゃいけない。それにわたしもあなたの面倒を見るから」

ほら、彼女としてはわたしと争うわけにはいかなかったわけですよ。わたしは彼女のプライベートやロザンクの内情を知りすぎていましたからね。

「わかったわ」わたしは涙をぬぐいながら言いました。「勇敢に振る舞うことにする。でも蹴飛ばされてばかりいて、なんにもいいことがないのって、つらいものね」

そこには、お金持ちで、有名で、みなに尊敬されるローズがいました。一方わたしは、彼女とケネスが名を揚げるのに手を貸した、ただのディリー・ソーボーンズです。ローズの言うとおり、世の中は厳しいけれど、彼女はうまくそのてっぺんに乗っかっているようでした。メイフェアのペントハウス、何人もの愛人たち——それがロザンクの上半分でいることで得られるものです。下半分、もしくは、その残骸は、ヴィクトリアのみすぼらしい部屋数室に甘んじなきゃならないんです。

当然ながら、離婚成立後はローズと会う機会も減りました。でも彼女は約束を守って、ちょっとした手当を支給してくれましたよ。そのお金で、わたしの哀れな古い家もきちんと改装できました。それに、着る物はいつもただで手に入ったし。結局、わたしがケネスの妻だったことや、彼がわたしにひどい仕打ちをしたことは、誰もが知っているわけですからね。もしわたしがぼろを着て歩いていたら、ロザンクの名に傷がついたでしょう。

でも、ローズにもケネスと同じように悪い性癖があったんです。こういうことって、必ずいつかは世間に知れるものですよね。わたしは彼女を非難するようなことは一切口にすまいと気をつけていたんですが、ちょうどそのころ彼女の評判は落ちはじめ——新聞にかなりたくさん彼女を皮肉る記事が載って——そのうちロザンクの店はかつてのようじゃない、もうすたれたという噂が広まってしまいました。

もちろんわたしは仕事をさがさなきゃなりませんでした。ローズのくれる手当やケネスからの扶養料だけじゃとてもやっていけないので、あちこちに手を回しましたよ。気がつくとわたしは、総選挙に向けて保守党のために働いていました。もしわたしがいなかったら、サウス・フィンチリー区の保守党候補が当選したかどうかは怪しいものです。つまりね、わたしは対立候補についてちょっと知ってることがあったんです。彼は以前、ロザンクのモデルとよく出かけていたんですよ。そして、何かひとつサウス・フィンチリーの選挙民が嫌うことがあるとすれば、それは議員のふしだらな性生活ですからね。わたしはあちこちでそれを匂わすのが自分の義務だと感じたわけです。そして我が党の候補者は僅差で当選しました。わたしは愛国者ですもの。当然、感傷や私情よりも女王陛下と祖国の利益を優先します。

何はともあれ、保守党の事務所で身を粉にして働くことは、ケネスを失った淋しさを乗り越えるのに役立ちました。そして、わたしがチチェスター卿と出会ったのも、党の会合のときだったんです。

「あのお堅そうな眼鏡の男の人は誰なの?」わたしは知り合いに訊ねました。相手はすぐさま、あれはエドワード・フェアリー－ゴアだと教えてくれました。父親は亡くなったばかりだそうで、これは彼が貴族院議員になったことを意味しました。

「我が党のもっとも有能な幹部のひとりだよ」わたしの情報提供者は言いました。「内閣の他の閣僚が死んだら、首相の有力候補となる」

わたしはチチェスター卿を取り巻く人の輪の端っこのほうになんとか近づき、彼の妻に紹介されました。それは夫よりいくつか年上に見える灰色の髪のご婦人で、大の狩猟好きらしく、できることならずっと馬の鞍の上にいたいような人でした。そこでわたしは、ロンドンに来るとき着るものはいったいどうしているのかと訊きました。だって、自分の格好に自信が持てなかったら悲惨ですものね? レディ・チチェスターはかなり驚いたようでした。そして、自分のドレスは二年前のものだと認めたんです。

「ロザンクに相談すべきですわ」わたしは夫人に言いました。「彼女はわたしの義妹なんです。あの人に任せてしまえば、もう何も心配ありません」

「別に心配はしていませんけど」レディ・チチェスターは言いました。

「でもご主人はどうでしょうね?」わたしはそう言って、眉を上げてみせました。そしてそれ以上は強く言わないで、しばらくしてその輪から抜け出したんですが、わたしの言葉が頭に残ったんでしょう、レディ・チチェスターは何度か鏡に目をやっていましたよ。別に意地悪を言う気はないけれど、たぶんあの人は鏡を見ることなんてめったになかったんでしょうね。


最終的に、わたしはローズに言って、つぎのショーの招待状をレディ・チチェスターに送らせました。その春はあたりがよく、レディ・チチェスターはショーにやって来ました。そこにわたしがいたわけです。わたしは夫人の隣にすわって、何を注文すればいいかアドバイスしました。ご本人はまるでセンスがなかったので。

それから二週間、わたしは毎日、夫人に電話をかけつづけ、ついに夫人はわたしをランチに招待しました。遅れてきたチチェスター卿とは、客間で食後のコーヒーを飲んでいるときにほんのひとこと話しただけです。でも、わたしは自分の存在をちゃんとアピールしましたよ。「昨夜のクーリエ紙のご自身に関する記事をごらんになりました?」わたしは彼にそう訊ねました。

「見ていませんな」彼は言いました。「ゴシップ記事は読まんのですよ」

「あれはゴシップじゃありませんわ」わたしは言いました。「本当のことですもの。いえ、預言と言ったほうがいいかしら。『保守党を戦闘部隊に変えられる男はひとりしかいない。それはチチェスター卿だ』」

　奇妙なことに、どんなに知的な男性でもお世辞にはころりと参ってしまうんですよね。いくら大げさでもかまわない、みんな、褒められればめろめろです。チチェスター卿は笑って、馬鹿なことを、とばかりに手を振りましたが、わたしは記事の切り抜きをバッグから出して、彼に進呈しました。

　それがふたりの関係の始まりでした。彼がわたしなしじゃとてもやっていけないと認めるまでには一年以上かかりました。そして、それを認めたとき、彼は泣きくずれてしまったんです。でも、そのころはひどい帯状疱疹《たいじょうほうしん》から快復したばかりで、体調があまりよくなかったのだから無理もありません。

「あなたに必要なのは」わたしは彼に言いました。「たっぷり食べることよ」

　彼はそのときヴィクトリアのわたしの家に来ていました。レディ・チチェスターが狩猟中に落馬して脚の骨を折り、ウォリックシア州で臥せっていたもので、エドワードは（そのころわたしたちは、「エドワード」「ディリー」と呼び合う仲になっていました）ロンドンの自宅にひとりきりでいたんです。わたしは、彼がちゃんと食べていないんじゃないかと心配していました。彼にも言いましたが、それこそ胃のためによくないことですから。帯状疱疹のあとなら、なおさらです。そこである日、わたしは貴族院の前まで行き、タクシーの車内で彼を待っていて、なんとしてもあなたをうちに連れていき、きちんとした食事をさせると言い張ったんです。そうして、彼はわたしの家での最初の夜を過ごすことになったわけです。

「心配しないでね」つぎの朝、わたしは言いました。「誰にもばれやしないから。これはあなたとわたしだけの秘密。もちろんマスコミのサメどもにこのことを嗅ぎつけられたら、あなたのキャリアはおしまいだけど」わたしは笑ってそう付け加えました。男の人のあんな怯えた顔は、見たことがありません。まあ、あの人はあまりユーモアのあるほうじゃなかったし。

可哀そうないとしいエドワード……一緒にいたあのころを振り返ってみると、自分が彼の生きがいだったことに気づかされます。わたしは彼に、メアリー・チチェスターは政治家の妻にまるでふさわしくないと言い聞かせました。それは馬と結婚しているようなものなんだと。

「これじゃあなたが可哀そうだわ」わたしは言いました。「口を開けば馬の話でしょ。そんなのあなたが首相の座につく助けにならないじゃない」

「首相の座につきたいかどうかわたし自身わからないんだがね」彼は言いました。「ときどきウォリックシアで死ぬまで過ごせればそれでいいような気がするよ」

「その場合は、もちろんわたしも連れていってね」わたしは言いました。

どうしてなのかわかりませんが、彼は保守党内での自らの役割をぜんぜん果たしていないようでした。ときとしてその姿はイーストボーンにいたころの父を思い出させました。彼は何かに悩まされているように見えました。それにわたしが（もちろん相変わらずマスコミの友人たちと連絡をとりあい、ときおりネタを提供していたので）貴族院の舞台裏で何が起きているか聞き出そうとすると、彼はいつだって話題を変えようとして、奥さんの馬たちの話を始めるんです。

「ジンジャーを見せてやりたいよ」彼は言います。「すばらしい牝馬なんだ。それにメアリーはわたしが知っているどの女より手綱さばきが上手でね」

「あなたの問題は野心がまるでないことよ」わたしは彼に言いました。ときには辛辣《しんらつ》にならずにいられなかったんです。いつもわたしがおいしい夕食をこしらえ、あれこれ世話を焼いているのに、彼ときたら、胃もたれのことで愚痴をこぼしたり、奥さんの馬たちを褒めちぎったりするくらいしか能がないんですから。

わたしは決して奥さんを悪く言ったりしませんでした。なんと言っても、あの人はお金を持っているわけだし、狩猟中に背骨を折るのは時間の問題でしたから。そうなれば、いとしいエドワードは晴れて自由の身です。わたしは彼がウォリックシアにやたらに執着していて、貴族院での仕事を怠っているのが気がかりでした。

「農夫たちにもっと高い柵を作らせなきゃね」わたしは彼に言いました。「奥さんの馬たちがあなたが騒ぎ立ててるとおりの名馬なら、みんな干し草の山だって飛び越えるんじゃない?」

そして、わたしはウォリックシアから話をそらし、貴族院の彼の同僚たちや、それよりもっといいネタになる、内閣の真の大物たちのことにさぐりを入れてみたものです。もし見かけどおりエドワードがボケかけているなら、外交政策や政府が中東をどうするつもりかを論じることこそ彼にとって大事なときに、ただわたしに会いに来させているのはもったいない気がしたんです。しかるべき場所でわたしがちょっと情報を漏らせば、政治的影響は相当なものだったでしょう。

「十年前にあなたとわたしが出会っていたらねえ」わたしはよく彼に言ったものです。「わたしたちはいまここにすわってはいなかったでしょうよ」

「まったくだ」彼は賛成しました。「わたしは南洋諸島にいただろうよ」

ほら、エドワードはいつも、自分の本当の望みは静かに暮らすことだけだっていうふりをしたがりましたからね。

「いいえ」わたしは言いました。「あなたは首相になっていたわ。そしてわたしは首相官邸でお客様の接待をしていたの。あなたが他の連中にいいポストを全部とられているのを見ると、悔しくてしょうがない。あなたには誰か守ってくれる人が必要なのよ。そしてその役を務めるべき人は、厩番《うまやばん》の一群とおしゃべりばかりしてるわけ」

イギリスの未来を彼に託して本当に大丈夫なんだろうか？　わたしは本気でそう思うようになりました。労働党には何人かもっと骨のありそうな人物がいました。それに彼らにはお金だってもっとあったし。わたしはエドワードからはただの一ペニーももらったことがありません。もちろん、向こうがくれると言っても受け取らなかったでしょうけど。でも、毎年クリスマスにウォリックシアから彼が送ってくる、フレームに収まった馬の写真にはさすがにもううんざりでした。

そう、ラブストーリーにハッピーエンドはないものです。現実の世界では決して。わたしのは衝撃的なかたちで終わりました。本当にすごい衝撃でした。

転機は夏の休会期間の終わりに議会が解散したとき、訪れました。わたしはいつものように、エドワードを拾ってうちに連れていくために、国会前広場《パーラメント・スクエア》でタクシーに乗って待っていました。これも問題のひとつで——彼はそのころひどくぼんやりするようになっていて、わたしが先回りしてつかまえてあげないと、自分のうちにまっすぐ帰ってしまうことがあったんです。恐ろしいことに、わたしは貴族院から出てきた彼が、歩道際に停まっていた車に飛びこむのを目にしました。車は猛スピードで走り去り、わたしにはナンバーをメモする暇も、タクシーにあとを追うよう指示する暇もありませんでした。その車の後部座席には、女がいました。窓から姿が見えたんです。

なるほどね。わたしはひとりつぶやきました。そういうことか！　わたしはまっすぐうちに帰って、ウォリックシアの彼の奥さんに電話をかけました。彼女に真実を告げ、夫が他の女と会っていると教えるのは、まったく正しいことですから。

でも、それからどうなったと思います？　電話に出た使用人はこう言ったんです。レディ・チチェスターはウォリックシアの家をすでに売り払っており、現在ロンドンにおられる。奥様とチチェスター卿はケニアに行き、六カ月、いや、おそらく一年間、滞在なさるおつもりだ。おふたりはアフリカに永住することになるかもしれない。チチェスター卿は政治の世界がいやになったのだ。ご夫妻はどちらも大型獣を狩りたいと思っておられる。その使用人の知るかぎりでは、ふたりはただちに――おそらくはその夜に出発する予定とのことでした。

わたしはロンドンの彼の家に電話をしてみました。応答はありません。そこで、思いつくかぎりあらゆるホテルに電話をしましたが、成果はゼロでした。最後には、空港にも問い合わせましたが、やはり何もわからなかったんです。

その後、すべてが明らかになりました。チチェスター卿夫妻は偽名でケニアに向かったんです。わたしは朝刊で一部始終を知りました。理由は、チチェスター卿がまた帯状疱疹を発症し、すべてから逃げ出したくなったから、ということでした。可哀そうに。きっと彼は薬を飲まされていたんでしょう。手錠をかけられていた可能性だってあります。この現代に、自由の国でも、そういうことは起こりうるんですね。これは保守党にとって恐ろしく不名誉なことです。つぎの選挙では、わたしは労働党のために働くつもりです。彼らは少なくとも正直ですから。

それはともかく、わたしは傷ついた心とともに、またひとり残されてしまいました。ケネスのときと同じく、わたしはチチェスター卿に精一杯尽くしました。なのにその結果、何が得られたでしょう？　感謝も何もなしです。彼からはもう二度と便りはないと思います。あの奥さんがそのように取りはからうでしょうから。もし何か来るとしたら、栗毛の牝馬代わりの、バッファローの頭の写真を添えたクリスマスカードくらいじゃないかしら。

わたしが知りたいのは、いったい自分がどこでどうまちがえたのか、です。どんなに人に親切にしようと、どんなに寛容であろうと、見返りは一切ないようだけど、これはなぜなんでしょうね？　徹頭徹尾、わたしは自分をあとまわしにし、他者の幸せを優先してきました。なのにこのごろ、夜、ひとりですわっていると、まわりじゅうに人の顔が見える気がするんです。父さん、母さん、マッジ伯母さん、ケネス、エドワード、そして、ヴァーノン・マイルズまで。それにその人たちの表情はぜんぜん優しくなくて、なんだか追いつめられているみたいです。まるでみんな、わたしと縁を切りたがっているようなんです。彼らは幻でいることに我慢がならず、わたしの記憶から、わたしの人生から、出ていきたがっています。それとも、縁を切りたがっているのはわたしのほうなのかしら。本当にわかりません。ひどくごちゃごちゃしているもので。

医者が言うには、わたしは神経をすり減らしているんだそうです。その先生は睡眠薬を出してくれました。それはベッドのそばに置いてあります。でもね、わたしには、先生のほうがわたし以上に疲れているように思えるんです。きのう、つぎの予約をしようとして電話したら、先方はこう言いました。「すみませんが、ドクター・ヤードリーはただいま休暇中です」でもそれは嘘なんです。わたしにはわかりました。あれは先生の声です。先生は作り声を出していたんです。

なぜわたしはこんなに不運で、こんなに不幸なんでしょう?

わたしのしていることってなんなんでしょう?

The Limpet

解説

石井千湖

ダフネ・デュ・モーリアの日記によれば、「人形」を執筆したのは一九二八年。彼女が二十一歳のときだったらしい。作家としてデビューしたのは一九三一年だから、まだ何者でもなかったころの作品だ。本書は近年になって発見された「人形」を含む十四編を収めた初期短編集。梅檀《せんだん》は双葉より芳しといおうか、若書きでもデュ・モーリアはデュ・モーリアだと思わされる。なんといっても「人形」には、レベッカという魔性の女が登場するのだ。ヒッチコックによって映像化された代表作『レベッカ』の主人公の夫の先妻で、死してもなおマンダレーと呼ばれる屋敷を支配する人と同じ名前。ただし「人形」のレベッカはマンダレーの女主人ではなく、ハンガリー出身のバイオリン奏者だ。彼女に恋をした〝僕〟は、

レベッカ――レベッカ、あの浅黒い真剣な顔、聖人を思わせる狂信的な大きな目、象牙《ぞうげ》のような尖った白い歯の潜む小さな口、そして、黒く輝き、荒れ狂う、手に負えない髪の光輪――そう、あれ以上、美しい人はいまだかつていなかった。誰がきみの心を見抜くだろう？　誰がきみの考えを見抜くだろうか？

と語る。映画になったレベッカも黒髪の美女だ。見抜き難い心に〈輝きはするが、自らを燃やすことのない火花、他の炎を煽《あお》る炎〉を隠しているというくだりにも共通点を感じて比べてみたくなる。

どちらのレベッカが恐ろしいかといえば、マンダレーのほうに軍配が上がるだろう。主人公はレベッカに会ったことがなく、周囲の人々の証言や遺された物をもとに想像するしかないからこそ、どこまでもつかみどころがなく、不穏な人物像ができあがる。「人形」のレベッカのキャラクターはもっとわかりやすく奇抜でグロテスクだ。しかし書かれた当時よりも今のほうがリアルに受け取られそうなところが面白い。

「人形」の他にも、本書には『レベッカ』につながる話がある。「幸福の谷」だ。作中に出てくる谷は、『レベッカ』のマキシムがマンダレーにやってきたばかりの新妻（わたし）と一緒に散歩する〈幸せの谷〉とそっくりなのだ。茅野美ど里訳の『レベッカ』（新潮文庫）で、幸せの谷はこんなふうに描かれている。

　辺りには目くるめくような甘い匂いが立ちこめていた。小川の流れとアザレアのエッセンスが溶け合い、雨滴と足元の湿っぽい苔《こけ》の絨毯《じゅうたん》とが渾然《こんぜん》一体となっているかのようだ。小川のせせらぎと静かな雨音しか聞こえない。

「〈幸せの谷〉と呼んでいるんだ」

口を開いたマキシムも、辺りの静けさを破りたくないのだろう、そっとやさしい声だった。

短編の「幸福の谷」は、〈あなたはぼうっとしている。いつだってぼうっとしている〉と言われる「彼女」の夢に繰り返しあらわれる場所の話だ。

それは複雑に入り組んだ、草深い道で、まわりには灌木《かんぼく》しかなく、シャクナゲやツツジやアジサイが両側から触手を伸ばし、彼女を閉じこめようとする。やがて、谷の底に至ると、下生えのなかに開けた箇所があり、苔の絨毯《じゅうたん》とのどかに流れる小川がある。

苔の絨毯と小川があるふたつの谷にはモデルがある。コーンウォール地方の林の奥、メナビリーという空き家があった場所だ。訳者の茅野美ど里氏によると、『レベッカ』はメナビリーの持ち主にまつわる噂から着想されたのだという。

のちにその場所に移り住んだ作者の思い入れを反映しているのだろう。『レベッカ』において幸せの谷があるマンダレーは、失われたあとも語り手の〝わたし〟の心を囚え続ける。「幸福の谷」の谷も現実に居場所を見出だせず、放心しがちな主人公にとって、愛する夫とも共有できない聖域になっているのだ。

千街晶之氏による『鳥』（創元推理文庫）の解説をはじめとして、デュ・モーリアの経歴を紹介した文章を読むと、都会の華やかな芸術家一家に生まれた彼女が人づきあいを苦手としていたことがわかる。誰もいない谷底にひっそり佇む空き家の光景を微に入り細に入り想像することは、彼女の孤独な魂を解放したにちがいない。生き生きとした荒れ地や廃墟の描写に魅入られてしまう。


社交は得意ではないが、デュ・モーリアは人間に興味を抱いていた。しかもアッパー・ミドル・クラスの自分とは異質の他者に。「英語青年」二〇〇八年五月号に掲載された新井潤美の『「お嬢様作家」』としてのデュ・モーリア」という小論は、マーガレット・フォスターによる伝記など、日本語訳のない資料をもとに、彼女の階級意識に迫っている。デュ・モーリアは自分の家の使用人ととても仲がよく、彼らの生活に好奇心をあらわにしていたのだそうだ。

本書に収録されている「ピカデリー」では、メイジーという女性がメイドから娼婦になるまでの半生を告白する。普通の女の子を失望へと導く〈お告げ〉は残酷だ。別の「メイジー」という短編でも、彼女の行き止まりの日常が切り取られる。

不運でもどこかで神を信じているメイジーと対照的なのは「いざ、父なる神に」と「天使ら、大天使らとともに」に登場する俗物牧師、ジェイムズ・ホラウェイだ。彼は五十代にしては若々しい外見と軽妙なトーク術で裕福な信徒を集めている。上流階級の人々の相談には親身になるが、助けても得にならない人たちは無視。潔《いさぎよ》いほど利己的な男だ。身分違いの恋をした娘を死に追いやっても、貧しい人に公平な副牧師を蹴落としても全く罪悪感を抱かない。好きにはなれないが、記憶には残る。欠陥のある人物を描くときに、デュ・モーリアの筆は冴える。

本書の中で最も近寄りたくないのは、「笠貝」の語り手〝わたし〟だろう。彼女は岩にしがみつく笠貝のように誰かに粘着し、その人生を操ろうとする。本人は善意のつもりで、相手に歓迎されていると思い込んでいるから、遠回しな拒絶には気づかない。しがみつかれた人は疲弊して逃亡する。この短編は以前「あおがい」というタイトルで訳されている（早川書房の異色作家短編集シリーズ『破局』に収録）。旧訳の乾いた語り口もいいが、新訳の〝ですます〟調は〝わたし〟の話の通じなさをさらに際立たせていて効果的だ。

「性格の不一致」「満たされぬ欲求」「飼い猫」「痛みはいつか消える」「ウィークエンド」「そして手紙は冷たくなった」は、さまざまなスタイルで人間のわかりあえなさを描きだす。愛し合う男女でも、親しい友人でも、血の繋がった家族でも、相手の感情を正確に読み取ることはできず、言葉は嚙み合わず、お互いに対する期待は裏切られる。それでも読む歓びを味わえるのは、幻滅のスパイラルがスリルやユーモアを生みだしているから。特に「満たされぬ欲求」は、新婚旅行に出かけるカップルが愚かすぎて愛らしくもある。

デュ・モーリアは、心のなかに他人の正体を目にして喜ぶ悪魔を棲みつかせている作家だ。でも意地悪なだけではない。

例えばある島の秩序が異文化との接触によって崩壊する「東風」に、こんな文章がある。

彼らの暮らしが激しい感情、激しい悲しみに揺さぶられることはなく、彼らの欲望は一度も燃え上がらずに魂のなかに囚われたままだった。彼らは手さぐりで暗闇を進むことに満足し、その闇の外にあるものは決して求めず、子供のように盲目的に幸せに生きていた。心の奥の何かが、無知にこそ安全があるのだ、と彼らに告げていた。

無垢や安全を失っても、闇の外にあるものを見てみたい。デュ・モーリアの小説は、そんな人間の昏《くら》い欲求に応えてくれるのだ。

訳者紹介　英米文学翻訳家。訳書にオコンネル『クリスマスに少女は還る』『愛おしい骨』『氷の天使』『アマンダの影』『死のオブジェ』『天使の帰郷』『魔術師の夜』，デュ・モーリア『鳥』『レイチェル』，キングズバリー『ペニーフット・ホテル受難の日』などがある。

検印
廃止

人形
デュ・モーリア傑作集

2017年1月13日　初版

著者　ダフネ・デュ・モーリア

訳者　務台夏子

発行所（株）東京創元社
代表者　長谷川晋一

162-0814/東京都新宿区新小川町1-5
電話　03・3268・8231-営業部
03・3268・8204-編集部
URL　http://www.tsogen.co.jp
振替　00160-9-1565
暁印刷・本間製本

ISBN978-4-488-20605-5　C0197

もうひとつの『レベッカ』

MY COUSIN RACHEL◆Daphne du Maurier

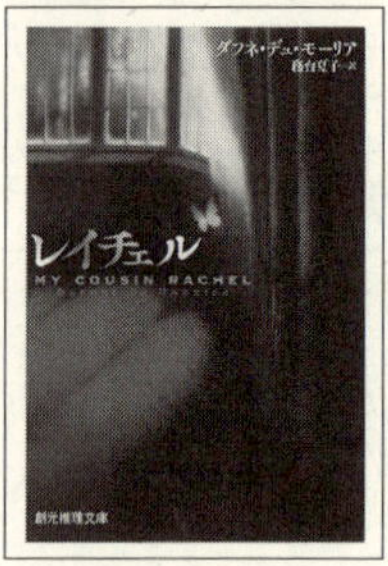

レイチェル

ダフネ・デュ・モーリア
務台夏子 訳 創元推理文庫

◆

従兄アンブローズ――両親を亡くしたわたしにとって、彼は父でもあり兄でもある、いやそれ以上の存在だった。

彼がフィレンツェで結婚したと聞いたとき、わたしは孤独を感じた。

そして急逝したときには、妻となったレイチェルを、顔も知らぬまま恨んだ。

が、彼女がコーンウォールを訪れたとき、わたしはその美しさに心を奪われる。

二十五歳になり財産を相続したら、彼女を妻に迎えよう。

しかし、遺されたアンブローズの手紙が想いに影を落とす。

彼は殺されたのか？　レイチェルの結婚は財産目当てか？

せめぎあう愛と疑惑のなか、わたしが選んだ答えは……。

もうひとつの『レベッカ』として世評高い傑作。

天性の語り手が人間の深層心理に迫る

DON'T LOOK NOW◆Daphne du Maurier

いま見てはいけない

デュ・モーリア傑作集

ダフネ・デュ・モーリア
務台夏子 訳 創元推理文庫

◆

サスペンス映画の名品『赤い影』原作、水の都ヴェネチアで不思議な双子の老姉妹に出会ったことに始まる夫婦の奇妙な体験「いま見てはいけない」。

突然亡くなった父の死の謎を解くために父の旧友を訪ねた娘が知った真相は「ボーダーライン」。

急病に倒れた司祭のかわりにエルサレムへの二十四時間ツアーの引率役を務めることになった聖職者に次々と降りかかる出来事「十字架の道」……

サスペンスあり、日常を歪める不条理あり、意外な結末あり、人間の心理に深く切り込んだ洞察あり。

天性の物語の作り手、デュ・モーリアの才能を遺憾なく発揮した作品五編を収める、粒選りの短編集。